DADOS INTERNACIONAIS DE
CATALOGAÇÃO NA PUBLICAÇÃO (CIP)
Jéssica de Oliveira Molinari - CRB-8/9852

Hill, Susan
 Eu sou o rei do castelo / Susan Hill ; tradução de Mariana
Serpa. — Rio de Janeiro : DarkSide Books, 2023.
 240 p. : il.

 ISBN 978-65-5598-298-5
 Título original: I'm the King of the Castle

 1. Ficção inglesa I. Título II. Serpa, Mariana

 23-3666   CDD 823

Índices para catálogo sistemático:
 1. Ficção inglesa

Impressão: Leograf
The cover of this edition is adapted from the original issue
of Penguin Essentials #43 [ISBN 9780241970782].
All rights reserved.

I'M THE KING OF THE CASTLE
Copyright © Susan Hill, 1970, 1989
Todos os direitos reservados
Tradução para a língua portuguesa
© Mariana Serpa, 2023

"Talvez exista um monstro
(...) Pode ser só a gente."
– *O Senhor das Moscas*

Imagens do projeto gráfico: pixelRaw, Freepik © Alamy, Getty Images, Acervo Macabra/DarkSide

Fazenda Macabra	**Leitura Sagrada**	**Direção de Arte**	**Colaboradores**
Reverendo Menezes	Isadora Torres	Macabra	Jefferson Cortinove
Pastora Moritz	Jessica Reinaldo		
Coveiro Assis	Tinhoso e Ventura	**Coord. de Diagramação**	A toda Família DarkSide
Caseiro Moraes		Sergio Chaves	

MACABRA
DARKSIDE

Todos os direitos desta edição reservados à
DarkSide® Entretenimento Ltda. • darksidebooks.com
Macabra™ Filmes Ltda. • macabra.tv

© 2023 MACABRA/ DARKSIDE

Susan Hill
eu sou o rei do castelo

Tradução: Mariana Serpa

MACABRA
DARKSIDE

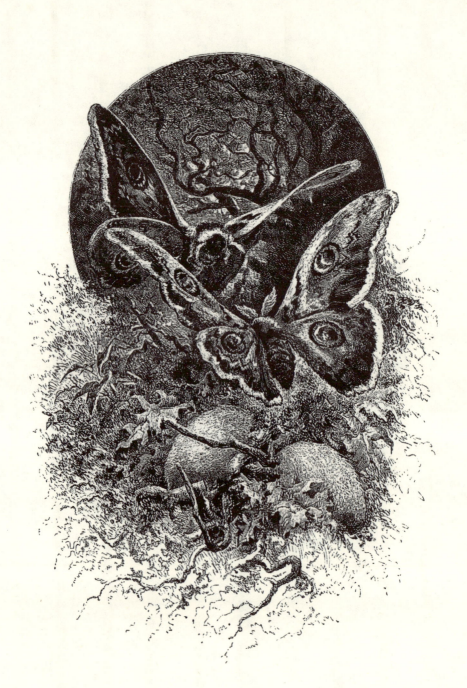

Susan Hill
Eu sou o rei do castelo

Capítulo 1

Sua avó tinha morrido há três meses, então eles se mudaram para a casa.

"Só volto a morar lá quando a propriedade for minha", dissera o pai dele. Mas o velho jazia no andar de cima, depois de um segundo derrame, e lá ficava, sem aporrinhar.

Levaram o garoto para vê-lo.

"Não precisa ter medo", disse o pai, nervoso, "ele agora está muito velho, muito doente."

"Eu não tenho medo nunca." E era a pura verdade, embora o pai não acreditasse.

Vai ser comovente, pensara Joseph Hooper, reunir as três gerações com uma no leito de morte, o primogênito do primogênito do primogênito. Em plena meia-idade, ele começava a nutrir um certo senso de dinastia.

Mas não foi nada comovente. O velho respirava alto, babava um pouco e só fazia dormir. A doença tinha um cheiro azedo.

"Pois bem", disse o sr. Hooper, com uma tossidela, "ele está muito doente, você sabe. Mas me alegra que você tenha vindo vê-lo."

"Por quê?"

"Ora... porque você é o único neto. E herdeiro, imagino. Isso. É assim que as coisas são."

O garoto encarou a cama. A pele já morreu, pensou, está velha e seca. Mas dava para ver bem os ossos das órbitas, do nariz e da mandíbula por debaixo da pele meio brilhosa. Tudo nele, do restolho de barba à dobra do lençol, era pálido e acinzentado.

"Está igualzinho àquelas mariposas mortas que ele tem", disse Edmund Hooper.

"Que modo é esse de falar? Tenha respeito."

O pai o retirou do quarto. Se bem que *eu* mesmo só consigo demonstrar respeito, pensou ele, e tratar meu pai da maneira correta, agora que ele está morrendo, que está quase indo embora.

Edmund Hooper, ao descer a escadaria rumo ao hall apainelado em madeira, nada pensou a respeito do avô. Mais tarde, contudo, recordou a palidez daquela pele muito velha, tal qual uma mariposa.

Agora, já depois da mudança, Joseph Hooper era o senhor de sua casa.

"Eu vou passar muitas temporadas em Londres", explicou. "Não posso ficar aqui o tempo todo, nem durante as suas férias."

"Isso não é novidade, é?"

Ele desviou os olhos do filho, irritado. Eu faço o melhor que posso, pensou, e essa função não é nada fácil sem uma mulher ao meu lado.

"Ah, mas logo as coisas se ajeitam", respondeu ele, "eu vou tratar de lhe arrumar um amigo, e vou encontrar alguém para cuidar de nós aqui nesta casa. Daqui a pouco tudo se resolve."

Eu não quero nada disso, pensou Edmund Hooper, caminhando por entre os teixos nos fundos do jardim, não quero que *ninguém* venha para *cá*.

"Não entre no Salão Vermelho sem me pedir permissão. Vou deixar a chave aqui."

"Eu não vou estragar nada lá, por que é que eu não posso entrar?"

"Bom... tem muita coisa valiosa lá dentro. É só isso. De verdade." Joseph Hooper suspirou, sentado à escrivaninha no quarto com vista para o amplo jardim. "Além disso... não acho que aquele salão possa te interessar muito."

Por ora a casa seria mantida do jeito que estava, até que ele decidisse quais móveis seriam descartados e quais seriam trazidos da casa antiga.

Ele correu a mão hesitante pelos papéis sobre a mesa, oprimido, sem saber por onde começar. Por mais que estivesse acostumado com papeladas, seu pai deixara os negócios em completa desordem, e ele tinha vergonha de toda aquela parafernália da morte.

"Me dá a chave agora, então?"

"*Por favor...*"

"Isso."

"A chave do Salão Vermelho?"

"É."

"Bom..."

O sr. Joseph Hooper esticou a mão até uma gavetinha do lado esquerdo da mesa, abaixo da gaveta onde ficava a cera de lacre. "Não", disse ele, então. "Não, Edmund, vá pegar sol, vá jogar críquete, qualquer coisa. Tudo o que tem no Salão Vermelho você já viu."

"Não tem ninguém para jogar críquete comigo."

"Ah, pois sim, já estou tomando providências quanto a isso, dentro em breve você terá um amigo."

"E eu nem gosto de críquete."

"Edmund, não dificulte, por favor, eu tenho muita coisa para fazer, não posso perder tempo com essas discussões idiotas."

Hooper saiu, desejando ter ficado quieto. Não queria tomar providência nenhuma, não queria ninguém ali.

Mas sabia onde pegar a chave.

Ele é igual à mãe, pensou o sr. Joseph Hooper. Tem o mesmo jeito de quem não se esforça para explicar nada, e guarda segredos, tem o mesmo olhar rígido e frio. Fazia seis anos desde a morte de Ellen Hooper. O casamento não fora feliz. Quando o filho, que tanto se parecia com ela, estava longe, no internato, ele passava longos períodos com dificuldade de recordar como ela era fisicamente.

Joseph Hooper voltou a atenção à carta que chegara em resposta ao seu anúncio.

A residência, de nome Warings, fora construída pelo bisavô do garoto, ou seja, não era tão antiga assim. Naquela época a vila era grande, e o primeiro Joseph Hooper possuía um bom bocado de terras. Agora a vila tinha encolhido, o povo partira para as cidades e pouca gente havia chegado, poucas construções recentes. Derne mais parecia um velho porto, outrora agitado, e agora abandonado pelo mar. Todas as terras dos Hooper foram vendidas, palmo a palmo. Mas ainda havia Warings, erguida sobre uma encosta na rota de saída da vila, sem nenhuma outra casa por perto.

O primeiro Joseph Hooper havia sido banqueiro, e estava subindo na vida quando construiu aquela casa, aos 30 anos. "Não tenho vergonha nenhuma", dissera ele aos amigos da cidade. E havia, de fato, gastado com ela mais dinheiro do que podia. Esperava crescer para caber naquela casa, feito uma criança cresce e passa a vestir roupas que antes eram largas. Era um homem de ambição. Levou consigo, como sua noiva, a filha mais moça de um baronete, e começou a formar uma família, a consolidar sua posição, a fim de poder bancar as despesas da casa que construíra. E conseguiu sem nenhuma folga, de modo que, pouco a pouco, as terras vizinhas que pertenciam a ele foram todas vendidas.

"É essa a história de Warings", dissera Joseph Hooper a seu filho, Edmund, em tom solene, percorrendo com ele a propriedade. "Você devia sentir muito orgulho."

Ele não entendia por quê. Era uma casa comum, ele achava, uma casa feia, nada para ficar ostentando. Mas a ideia de que era *dele*, e toda a história de sua família, isso o agradava.

"Quando for mais crescido", disse o pai, "você vai entender o que significa ser um Hooper."

Apesar disso, para ele próprio, significava muito pouco. Ele estremeceu ao ver a expressão nos olhos do garoto, ao ver sua sagacidade. Era bem filho de sua mãe.

Warings era feia. Não tinha a menor graça, era muito grande, cheia de quinas horrorosas, feita de tijolos vermelho-escuros. Na frente e nas laterais havia o gramado, em uma encosta que descia até um caminho de pedras, e dali adentrava uma alameda, sem nenhuma árvore ou canteiro de flores para preencher a grama rasteira. Subindo a passagem de pedras até os fundos da casa, enfiadas no meio dos teixos, havia enormes moitas de rododendros.

Os teixos já existiam ali antes da casa; Warings fora erguida ao redor deles, pois o primeiro Joseph Hooper admirava sua densidade e firmeza, seu crescimento tão lento e sua longevidade. Ele mesmo havia plantado os rododendros, não por conta do espetáculo breve e dramático de cores nos meses de maio e junho, mas pelo tom verde-escuro, as folhas fibrosas e o caule firme que formavam sua estrutura básica. Apreciava a junção de todas aquelas formas, que podiam ser vistas desde a ponta da estradinha.

No interior da casa, tudo era previsível: os cômodos de pé-direito alto com robustas janelas de guilhotina, as paredes apaineladas de carvalho, as portas de carvalho, a escadaria de carvalho, o mobiliário pesado. Pouca coisa havia mudado ali.

Joseph Hooper passara naquela casa sua primeira infância, antes de começar a estudar, e também todas as férias escolares, e não gostava dali, tinha lembranças tristes de Warings. Mas agora, aos 50 anos, admitia que era um Hooper, filho de seu pai, e passara a admirar toda aquela solidez e melancolia. *É uma casa charmosa*, ele pensava.

Pois sabia que era um homem inútil, sem nenhuma força ou qualidades marcantes, um homem querido e paparicado, mas pouco admirado, um verdadeiro fracasso — mas não de um jeito dramático, como quem despenca de uma grande altura e atrai atenção. Ele era um homem tedioso, um homem que passava batido. *Eu me conheço*, pensava, *e me deprimo com o que sei de mim mesmo.* Mas agora, com a morte do pai, ele podia se plantar diante da casa e tomar emprestadas sua força e imponência, podia falar de Warings como "seu lugar no mundo", isso compensaria muita coisa.

No meio dos teixos havia um caminho estreito, que levava a um pequeno bosque. Junto com um gramado que ficava mais adiante, era tudo o que ainda restava das terras da família Hooper.

O quarto do garoto, nos fundos do último andar, tinha vista para o bosque. Ele próprio havia escolhido.

"Mas olhe os outros, são maiores e mais iluminados", dissera o pai. "Seria muito melhor você ficar no antigo quarto de jogos." Mas ele quis aquele, um quarto estreito com janela alta. Acima dele, somente o sótão.

Agora, ao acordar, havia uma lua enorme no céu, então a princípio ele achou que já tivesse amanhecido, que tinha perdido a chance. Levantou-se da cama. O vento soprava leve e persistente nos galhos dos teixos, olmos e carvalhos do bosque, e fazia farfalhar a grama alta. O luar, penetrando uma brechinha entre duas árvores, iluminava o riacho que corria pelo meio, de modo que vez e outra, quando os galhos se mexiam, via-se um lampejo d'água. Edmund Hooper olhou para baixo. A noite estava muito abafada.

Fora do quarto, no alto da escada, não havia luar nenhum, e ele foi tateando no escuro, sentindo os degraus acarpetados do primeiro lance da escada e o chão frio de carvalho encerado dos outros dois. Avançou com bastante firmeza, destemido e seguro do caminho. Nenhum som vinha do quarto onde seu pai dormia. A sra. Boland só vinha durante o dia. A sra. Boland não gostava de Warings. "É escura demais", dizia ela, "e cheira a casa vazia, a coisa velha, feito um museu." E se metia a tentar deixar entrar luz e ar fresco, onde podia. Mas Derne era terra baixa, e naquele verão o ar estava imóvel e sufocante.

Hooper cruzou o amplo corredor, e ali, já que era a frente da casa, o luar também não chegava. Atrás dele a madeira da escada tornou a se acomodar, depois de amparar seus passos.

Logo de início, ele não soube qual chave usar. Na gaveta do lado esquerdo havia três. Mas uma era mais comprida, e tinha a borda pintada de vermelho. Vermelho para o Salão Vermelho.

O salão ficava nos fundos da casa, de frente para o bosque, e ao abrir a porta ele viu todo aquele verde iluminado pelo luar, como se fosse dia, quando as lâmpadas tinham que ficar sempre acesas por conta dos galhos de teixo que pendiam sobre as janelas.

Hooper entrou.

O salão fora projetado pelo primeiro Joseph Hooper como uma biblioteca, e as estantes envidraçadas ainda circundavam todo o recinto, do piso ao teto, repletas de livros. Mas ninguém nunca lia ali. Muito menos o primeiro Joseph Hooper.

Edmund Hooper tinha examinado os títulos de alguns livros no dia em que fora levado até lá para ver o avô moribundo, e não se interessou por nada. Havia volumes encadernados do *Banker's Journal* e da *Stockbroker's Gazette*, e as obras completas, e intocadas, dos novelistas vitorianos.

Foi seu avô, recém-falecido, quem começou a usar o Salão Vermelho. Era lepidopterologista, e abarrotou o cômodo de mostruários com borboletas e mariposas. Parecia a sala de um museu, pois não havia carpete no piso de carvalho lustroso, e os estojos dos mostruários eram organizados em duas compridas fileiras, de uma parede a outra. Havia bandejas de insetos também, embutidas em reentrâncias nas paredes.

"O seu avô foi um dos colecionadores mais importantes de sua época", dissera Joseph Hooper, quando apresentara o salão ao garoto. "Era conhecido e respeitado no mundo inteiro. Esta coleção vale muito dinheiro."

Pois é, mas de que vale, pensava Joseph Hooper, de que vale se eu não posso vender? Ele odiava aquela coleção com todas as forças. Toda santa tarde, durante os verões de sua infância, tinha que ir para lá e percorrer todos os estojos, ouvindo aulas e explanações; era obrigado a ver os insetos serem retirados à pinça de frascos fumegantes com veneno, acomodados sobre a mesa e esmagados entre as placas.

"Isso tudo vai ser seu", dissera seu pai, "você precisa entender o valor do que um dia herdará."

Ele não ousava se rebelar, e passava as férias todas indo ao Salão Vermelho, fingindo interesse, ganhando conhecimento, disfarçando o medo. Até crescer, por fim, e começar a inventar desculpas para passar as férias longe da casa.

"Para você é fácil dar de ombros e fazer pouco caso", dissera seu pai, vendo o pé em que estavam as coisas. "Você não dá atenção aos feitos de um homem. Eu sou uma autoridade internacional, mas você não liga a mínima para isso. Bom, quero ver você construir um nome, seja lá como for."

Joseph Hooper sabia que jamais faria isso.

Tentou recuperar um pouco da consciência instruindo o próprio filho. "É esplêndido para um homem ser mundialmente famoso desse jeito", dizia ele. "Durante a vida inteira, o seu avô dedicou todo o tempo livre que tinha — pois essa não era a profissão dele, você sabe, era só um hobby, ele ainda tinha que dar conta do trabalho. Cada gotinha de energia extra ele usou para montar esta coleção."

Pois um garoto não deveria se orgulhar da importância de sua família?

Edmund Hooper percorrera o Salão Vermelho, olhando tudo atentamente, sem dizer nada.

"Eu já te vi guardando borboletas em potes de geleia, essas coisas", comentara Joseph Hooper, "e ouso dizer que isso é um sinal de interesse, ouso dizer que você vai seguir os passos do seu avô muito mais do que eu."

"No semestre passado as borboletas eram a maior febre. A gente pegava as larvas e ficava vendo elas no casulo. Agora ninguém mais liga para isso."

Ele foi até a janela e olhou o bosque, tomado pela primeira forte chuva de verão. Não falou se as mariposas rígidas, dentro dos estojos de vidro, lhe interessavam ou não.

"Por que é que o senhor nunca me trouxe aqui antes?"

"Você já veio... Você já veio aqui, quando era bebê."

"Isso já faz muitos anos."

"Bom... pois é."

"Imagino que o senhor tenha brigado com o avô naquela época."

Joseph Hooper soltou um suspiro. "Isso não é coisa que se diga, não é assunto com que se preocupar agora."

Vendo o garoto, no entanto, ele compreendia um pouco como as coisas haviam sido para seu próprio pai, e sentia a necessidade de certa reparação. Eu não sou um homem severo, pensava, tenho mais a lamentar em relação ao meu filho do que ele tinha em relação a mim. Pois sabia, desde o começo, que jamais cairia nas graças de Edmund.

A chavezinha que abria todos os estojos de vidro ficava guardada dentro de uma Bíblia, em uma das prateleiras mais baixas.

Hooper começou percorrendo o salão de um canto a outro, pé ante pé, olhando todas as mariposas, cada uma disposta sobre um cartão branco, com uma etiqueta logo abaixo. Gostou dos nomes — mariposa-esfinge, traça-das-roupas, mariposa-falcão. Leu alguns para si mesmo, bem baixinho. O luar frio adentrava pela janela e se esparramava sobre o vidro.

Acima dos painéis de madeira do Salão Vermelho ficavam os animais, a cabeça de veado com as galhadas despontando no alto da porta, os estojos de peixes cinzentos, com fundo pintado de musgos e água, os corpos empalhados de doninhas, arminhos e raposas, com os olhos vidrados, paralisados em poses forçadas. Graças à longa doença do velho e à negligência da criada, já fazia algum tempo que aquilo tudo não via uma limpeza. O sr. Joseph Hooper tinha dito que os animais seriam vendidos, que não eram motivo de orgulho para a família, que só tinham sido comprados em lote pelo primeiro Joseph Hooper pois ele queria decorar sua biblioteca à moda dos caçadores.

Hooper parou em frente a um estojo no canto do salão, ao lado da janela sem cortina. Olhou as carcaças frágeis, achatadas. Sentia fascínio e empolgação. Inseriu a chavezinha e ergueu a tampa de vidro. Era muito pesada e estava emperrada pela falta de uso. Um bafo de ar velho e fedido atingiu seu rosto.

A maior mariposa de todas estava bem no centro do estojo — *"Acherontia atropos"* —, mas ele mal conseguiu ler as palavras do cartão, pois o sol havia desbotado e amarelado a tinta. "Borboleta-caveira."

Ele estendeu a mão, encaixou o dedo sob o alfinete e deslizou para cima, libertando o corpo grosso e listrado. De uma só vez, a mariposa inteira, morta já havia anos, se desintegrou, colapsando em um montinho disforme de pó escuro e macio.

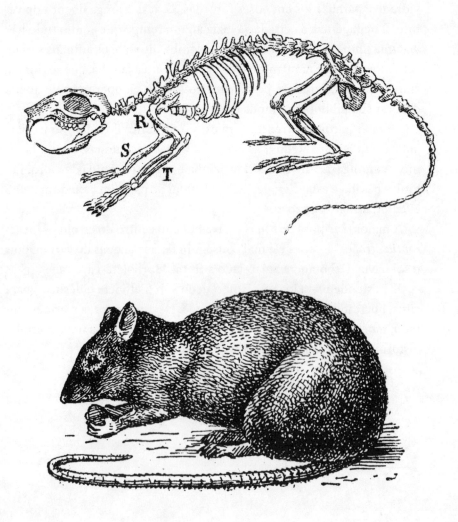

Susan Hill
Eu sou o rei do castelo

Capítulo 2

"Vão vir umas pessoas aqui hoje", disse Joseph Hooper, "agora você vai ter uma companhia."

Pois ele se impressionara bastante com as graciosas cartas da sra. Helena Kingshaw, tão francas e alegres, e mais tarde por sua voz ao telefone. Ela era viúva, tinha 37 anos, e estava prestes a se tornar o que ele chamara de governanta informal. A sra. Boland ainda estaria lá, para limpar a casa e cozinhar.

"Quem sabe não aceitariam passar o verão, a princípio", escrevera ele, "para ver como a senhora e seu garoto se adaptam, e como será a interação entre todos nós."

"Acho que Warings", respondera a sra. Helena Kingshaw, "talvez seja o lar que andávamos procurando."

Joseph Hooper ficou muito tocado. Aquela noite, examinou seu reflexo magro no espelho de chão. "Sou um homem solitário", disse, sem vergonha de admitir.

"Ele se chama Charles Kingshaw e tem quase 11 anos, a mesma idade que você. Então faça um esforço para receber bem o garoto, para ser simpático."

Edmund Hooper subiu lentamente os quatro lances de escada até seu quarto. Estava chovendo forte outra vez, e grandes nuvens escuras pendiam baixas sobre o bosque. Ele tinha pensado em ir até lá, mas a grama estava muito molhada.

Além do mais, havia outro menino chegando, acompanhado da mãe, de modo que agora sempre haveria alguém na casa para observá-lo. A mulher logo ia sair botando os dois para brincar e fazer passeios, era assim que faziam as mães de alguns meninos da escola. Uma vez, havia pouco tempo, ele se perguntara se deveria sentir a ausência de sua própria mãe, e querer coisas que somente ela poderia lhe dar. Mas na verdade não conseguira imaginar que coisas seriam essas. Ele não lembrava nada a respeito dela.

"Sei que você não está nada feliz", dissera seu pai, "que estamos apenas tentando fazer o melhor diante de uma situação ruim. Mas eu quero que você me procure, que me conte as coisas, não tenha medo de admitir quando algo está errado."

"Eu estou ótimo. Não tem nada de errado." Ele odiava que seu pai falasse daquele jeito, tinha vontade de tapar os ouvidos para não escutar nada. "Não tem nada de errado mesmo." E ele só disse a verdade. Mas Joseph Hooper estava sempre de olho nos detalhezinhos escondidos, sempre ansioso, pois havia sido avisado de que o garoto sofreria muito.

Hooper começou a moldar um punhado de massinha para uma nova camada de sua maquete geológica, que ocupava uma tábua junto à janela. Pensou no garoto de nome Kingshaw, que estava chegando.

A casa é minha, pensou ele, é particular, eu cheguei aqui primeiro. Ninguém tem nada que vir para cá.

De todo modo, não revelaria nada de si, e o outro garoto seria ignorado, evitado ou rejeitado. A depender de como ele fosse. Poderia acontecer qualquer coisa.

Ele grudou uma tira de massinha vermelho-escura, seguindo o colorido dos estratos de um mapa. A maquete formava uma saliência, igualzinho aos montes que havia nas colinas. Depois de terminar, ele cortaria a maquete, como se fosse um bolo, e todas as camadas seriam reveladas. Daí poderia continuar montando o mapa da Batalha de Waterloo. Havia tanta coisa para fazer, e ele queria fazer tudo sozinho, não queria a companhia do tal garoto Kingshaw. Naquela tarde, quando os dois chegaram de carro, ele trancou a porta do quarto. Mas ficou observando, inclinando o espelho para poder olhar lá para baixo sem ser visto. Estavam todos parados, meio nervosos. Kingshaw era ruivo. "Edmund!", gritava seu pai, vasculhando a casa inteira. "Edmund! O seu amigo chegou, e seria bom se você não ficasse se escondendo, é muita falta de educação. Venha cá para fora, por favor. Edmund!"

Joseph Hooper se agitou, subitamente assustado com a chegada da mulher, assustado com o que havia feito. Os dois passariam a morar ali, viveriam todos sob o mesmo teto, e ele talvez sofresse com isso, talvez sofresse as consequências de um terrível erro.

Ele está muito inseguro de si, pensou a sra. Helena Kingshaw, que também, já havia alguns anos, passava muito tempo só.

"Edmund, desça aqui agora mesmo!"

Edmund Hooper pegou um pedacinho de papel sobre a mesa, escreveu alguma coisa e o prendeu com cuidado em uma bolota de massinha cinza. Tornou a olhar pela janela. O garoto, Charles Kingshaw, estava com os olhos erguidos, vendo o clarão refletido pelo espelho. Hooper atirou a massinha, que caiu no chão feito uma pedra. Ele se afastou da janela. Kingshaw se abaixou.

"Charles, querido, venha cá me ajudar com as malas, não podemos deixar tudo para o sr. Hooper." A sra. Helena Kingshaw vestia um terninho verde-jade e estava um pouco preocupada, como se alguém pudesse achá-la arrumada demais.

"Ah! O que é isso, o que foi que você encontrou?" Ela estava ansiosa para que ele gostasse de estar aqui, para que logo se sentisse em casa.

Eu não queria vir, pensou Kingshaw, eu não queria vir, essa é mais uma casa estranha, que não é nossa casa de verdade. Mas ele havia apanhado a bolota de massinha. "Nada, não é nada. É só uma pedrinha."

Caminhando atrás da mãe pelo corredor escuro, ele conseguiu abrir o pedaço de papel.

"EU NÃO QUERIA QUE VOCÊ VIESSE", estava escrito.

"Agora vou mostrar os quartos de vocês", disse o sr. Joseph Hooper.

Cheio de medo, Kingshaw enfiou o bilhete no bolso da calça.

"Por que você veio pra cá?", perguntou Hooper, encarando-o do outro lado do quarto. Kingshaw sentiu o rosto enrubescer. Mas ficou firme, sem dizer nada. Entre eles dois havia uma mesinha redonda. Seu baú e uma mala estavam sobre o chão. "Por que você teve que mudar de casa?"

Silêncio. Agora entendi por que é melhor ter uma casa como Warings, pensou Hooper, entendi por que o meu pai vive agarrado àquele monte de chaves. Nós vivemos aqui, é a nossa casa, o nosso lugar. O Kingshaw *não tem lugar nenhum*.

Ele contornou a mesa e foi em direção à janela. Kingshaw recuou.

"Que assustado!"

"Não sou nada."

"Quando o meu pai morrer", disse Hooper, "essa casa vai ser minha, eu que vou ser o dono. Vai ser tudo meu."

"Grande coisa. É só uma casa velha."

Hooper pensou com ressentimento nas terras que seu avô tinha sido forçado a vender. "Lá embaixo tem umas coisas muito valiosas", disse, baixinho. "Umas coisas que você nunca viu."

"O quê?"

Hooper sorriu, olhando pela janela, escolhendo não contar. E na verdade ele não sabia ao certo se a coleção de mariposas era mesmo impressionante.

"O meu avô morreu aqui nesse quarto. Faz pouquinho tempo. Ele deitou bem ali naquela cama e morreu. E agora a cama é sua." Não era verdade.

Kingshaw foi até a mala e se agachou.

"Onde você morava antes?"

"Em um apartamento."

"Onde?"

"Em Londres."

"O apartamento era *seu*?"

"Era... não. Bom, era de outra pessoa."

"Então vocês só *alugavam*."

"Isso."

"Não era seu de verdade."

"Não."

"Por que o seu pai não te deu uma casa decente?"

Kingshaw se levantou. "O meu pai já morreu." Estava com raiva, não magoado. Queria comprar briga com Hooper, mas não teve coragem.

Hooper ergueu a sobrancelha. Aprendera isso com um professor da escola. Parecia uma expressão imponente.

"Bom, a minha mãe não pode comprar casa nenhuma, não é mesmo? Daí não tem jeito."

"Então o seu pai devia ter te deixado algum dinheiro, não devia? Nem *ele* tinha uma casa?"

"Ele tinha, sim, mas precisou vender."

"Por quê?"

"Sei lá."

"Pra pagar todas as dívidas."

"Não, não."

"Você lembra do seu pai?"

"Ah, lembro. É... um pouco. Ele já foi piloto. Ele lutou na Batalha da Grã-Bretanha. Eu tenho..." Kingshaw tornou a se agachar e começou a vasculhar avidamente a mala xadrez. "Eu tenho uma fotografia dele."

"No meio da batalha?"

"Não. Mas..."

"Mesmo assim eu não acredito em você, você é um mentiroso, a Batalha da Grã-Bretanha foi durante a guerra."

"Pois é, eu sei disso, todo mundo sabe."

"Faz vários anos, dezenas de anos. Já acabou. Ele não pode ter estado na guerra."

"Mas estava, estava sim."

"E quando foi que ele morreu, então?"

"Olha aqui a foto, olha só... Esse é o meu pai."

"Eu perguntei *quando foi que ele morreu*." Hooper se aproximou, ameaçador.

"Já faz uns anos. Eu tinha uns 5 anos. Ou 6."

"Então ele já devia ser bem velho. Quantos anos ele tinha?"

"Sei lá. Era muito velho, eu acho. Olha aqui, olha a fotografia." Kingshaw estendeu uma carteirinha marrom. Estava desesperado para que Hooper visse a foto, que acreditasse nele, sentia que precisava deixar alguma marca naquela casa, tinha que ser levado a sério em alguma coisa. Depois de um instante, Hooper se inclinou e pegou o retrato. Esperava alguém diferente, com um jeito destemido, interessante. Mas era só um homem careca, cadavérico, com uma pinta no queixo.

"Que velhote", disse ele.

"Eu te falei. Quando ele estava na Batalha da Grã-Bretanha tinha 20 anos. Isso foi na guerra."

Hooper não respondeu. Largou a fotografia de volta na mala e retornou até a janela. Kingshaw sabia que tinha ganhado, mas não *sentiu* a vitória; Hooper não lhe havia concedido nada.

"Onde é que você estuda?"

"No País de Gales."

Hooper ergueu a sobrancelha. "Pensei que existiam umas cem escolas no País de Gales. Mais de cem."

"Eu estudo no St. Vincent's."

"É uma escola de verdade?"

Kingshaw não respondeu. Ainda estava agachado junto à mala. Ia começar a arrumar as coisas, mas tinha desistido, desfazer a mala faria aquilo parecer definitivo, como se ele tivesse aceitado o fato de que ficaria ali, como se houvesse um futuro a ser levado em conta. Hooper o interrompera bruscamente.

"E também não fique achando que eu queria ter vindo pra cá", disse ele. Hooper refletiu. Lembrou-se de quando lhe contaram da morte de seu avô. "Eu não quero morar naquela casa", dissera.

Ele abriu a janela. Tinha parado de chover. O céu estava cinza feito uma moeda suja. Os rododendros molhados ainda cintilavam por toda a extensão do caminho de pedras.

"É melhor deixar fechada", disse Kingshaw, "essa janela agora é minha."

Ao ouvir o novo tom na voz do garoto, Hooper se virou, avaliando seu significado, e ouvindo também o tremor da ansiedade. Ergueu os punhos e partiu para cima de Kingshaw.

A briga foi rápida, violenta e silenciosa. Morreu muito depressa. Kingshaw limpou o nariz ensanguentado e examinou o lenço. Seu coração batia forte. Ele nunca tinha brigado desse jeito com outro garoto. Ficou pensando como seria o futuro depois disso.

Do lado de fora, no corredor do andar de baixo, ele ouviu a voz alegre da mãe falando com o sr. Hooper, e então uma porta bateu. É culpa dela a gente ter vindo para cá, pensou ele, é culpa dela.

Hooper plantou-se outra vez junto à janela. Ainda estava aberta. Os dois passaram algum tempo em silêncio. Kingshaw desejou ir embora.

"Não fica achando que vai ter que ficar comigo o tempo todo, eu tenho as minhas coisas pra fazer."

"Vou ter, sim, o seu pai que mandou."

"Você vai fazer o que eu mandar."

"Para de ser idiota."

"Eu vou te socar outra vez, vai só vendo."

Kingshaw recuou. "Olha, não pense que eu queria estar aqui, não pense que eu estou gostando."

Ele imaginava que se acostumaria com as coisas. Mas não esperava topar com Hooper. Começou a pegar os itens que tinham caído da mala xadrez.

"O seu colégio é um internato de verdade?"

"É."

"E como é que a sua mãe pode pagar um internato pra você, se não consegue nem pagar uma casa onde morar?"

"Eu acho que... sei lá. Acho que é de graça."

"Não existe escola de graça."

"Existe, sim."

"Só se for escola de gente pobre. Colégio interno, não tem nenhum de graça."

"É que... sei lá. Acho que o meu pai deu muito dinheiro quando eu entrei pra escola. Acho que ele pagou as mensalidades todas de uma vez só, daí agora não custa mais nada. Foi isso, ele fez isso, eu sei que ele fez."

Hooper o encarou friamente. Tinha vencido, e Kingshaw sabia. Poderia bancar o luxo de dar meia-volta e largar aquela conversa.

27

Kingshaw ficou pensando se agora os dois não poderiam estabelecer uma trégua, se ele de alguma forma não havia conquistado o direito de ficar ali. Chegara preparado para se entender com Hooper, como se entendia com a maioria das pessoas, pois assim era mais seguro. Era vulnerável demais para se meter a fazer inimigos.

Mas Hooper era meio diferente, e ele nunca tinha enfrentado esse tipo de hostilidade. Sentia-se abalado por isso, e pela frieza de Hooper, não sabia o que fazer e sentia vergonha de não saber. Parecia o primeiro dia na escola, tentando se ambientar, observando a movimentação dos outros.

Eu cheguei aqui e não gostei, ele queria dizer, não quero ficar aqui, quero ficar em outro lugar, sozinho, em uma casa só nossa, não na casa dos outros, a gente só faz morar na casa dos outros. Mas não posso, tenho que ficar aqui, então por que não tentamos achar o lado bom? Ele estava disposto a dar a cara a tapas, e até teria, naquele momento, dito a Hooper que faria o que ele quisesse, que o reconheceria como mestre de seu próprio território. Mas não conseguia verbalizar nada disso, nem para si mesmo, só sentia um monte de sensações, uma estourando por cima da outra, feito pequenas ondas. Ele estava confuso.

Hooper o encarava do outro lado da mesa. Já se via um hematoma brotando na bochecha esquerda, meio inchado, onde Kingshaw lhe acertara um soco. Embora fosse o mais baixo dos dois, ele parecia mais velho. Havia algo em seu caminhar, no jeito com que ele olhava.

Ele esperou um instante, então foi saindo lentamente do quarto. Na porta, deu meia-volta. "Não vai mesmo achando que você é bem-vindo aqui", disse. "Esse lugar não é seu."

Kingshaw ficou parado um bom tempo depois que Hooper saiu. Não tem ninguém, pensou. O verão inteiro se estendia à sua frente. Depois de um tempo ele começou a chorar, mas em silêncio, e foi engolindo em seco para tentar se conter. Não conseguia parar. Mas não havia nada a dizer, ninguém a quem dizer.

Por fim, ele parou. Era melhor ir desfazendo a mala e guardar o restante das coisas. Sua mãe o levara para lá, estava muito entusiasmada, lhe dissera que aquilo era a resposta a uma súplica. Ele sentia vergonha da forma como ela havia falado.

Kingshaw caminhou a passos lentos até a janela. "Agora a janela é minha", disse, e a fechou com força.

Ao retornar, lembrou o que Hooper tinha dito sobre o avô, que ele havia morrido bem ali, naquele quarto, naquela cama. Kingshaw nem cogitou questionar se era mesmo verdade. Tentou não pensar nos medos que ainda estavam por vir.

"Edmund, por que você se trancou aí dentro? Abre a porta, por favor."

Hooper permaneceu imóvel, só girando o lápis no apontador, observando a madeirinha sair em espiral pelo outro lado, feito uma traça emergindo da larva.

"Eu sei que você está aí, não precisa fingir."

Silêncio.

"Edmund!"

No fim das contas, ele teve que abrir a porta.

"Que história é essa de se trancar aqui? Não estou achando essa atitude muito normal. Você devia estar lá fora, respirando bastante ar fresco, devia levar o Charles Kingshaw para conhecer a vila."

Colada à parede havia uma grande folha de papel branco, repleta de estranhas linhas e pontinhos coloridos, reunidos em blocos. Em um dos cantos estava escrito:

Verde = infantaria do Napoleão

Azul = cavalaria do Napoleão

Vermelho =

Joseph Hooper olhou o papel. Mas não se sentiu bem-vindo ao ver seu filho ali parado, jogando o apontador de um lado a outro em suas mãos, esperando.

"Nenhum campo de batalha foi assim, desse..." Ele fez um gesto — pois queria falar, não queria se sentir um intruso, um estranho no quarto do próprio filho. Nós devíamos ser próximos, pensou, nós só temos um ao outro, eu preciso ser capaz de conversar abertamente com ele. Mas o que mais o irritou, na verdade, foi ver o mapa tão caprichado de seu filho, ele queria dizer "isso aí não é nada, *nada*, esse desenho limpinho, organizado", ele queria falar a verdade sobre aquele cenário, transmitir um vislumbre dos homens, do sangue e dos cavalos, as explosões e o fedor dos tiros, o caos absurdo de tudo aquilo. Mas não conseguiu nem começar. Edmund Hooper permanecia de pé, carrancudo, encarando o pai.

"Cadê o Charles Kingshaw?"

"Pode estar em qualquer lugar. *Eu* é que não sei."

"Pois devia saber, Edmund, você devia estar com ele. Não estou gostando dessa sua atitude. Por que *é* que você não está com ele?"

"Porque eu não sei onde ele está."

"Não me venha com respostinhas, por favor."

Hooper soltou um suspiro.

Se ele fosse mais velho, pensou Joseph Hooper, eu conseguiria lidar com ele, se ele fosse mais velho e fosse diferente, daria para compreender e justificar tudo por conta da adolescência. Pelo menos é o que se diz. Mas ele ainda é um menino, não completou nem 11 anos.

"Bom, é melhor você descobrir onde ele está e levá-lo para dar um passeio, mostrar a ele a casa, a vila, essas coisas, para que ele se sinta... bom, para que ele se sinta em casa. Estou muito ansioso por isso. Pois é. Esta *é* a casa dele, agora."

"Ah. Então eles vão mesmo ficar?"

"Vão passar o verão, isso é certo. E eu estou confiante..." Ele parou de falar, ainda plantado diante da porta. Não contaria ao filho sobre seus sentimentos, não revelaria o quanto desejava agradar a sra. Helena Kingshaw.

Como o meu pai está velho, pensou Edmund Hooper. Que rosto mais murcho.

"Eu quero que você se dê bem com o Charles, e com a sra. Kingshaw também. Alguns dias eu vou acabar voltando pra casa muito tarde, e vou ter até que passar algumas noites lá em Londres. Você vai..."

"O quê?"

"Bom... os Kingshaw estão aqui, isso melhora tudo. Você vai ter companhia."

Hooper lhe deu as costas.

"Edmund, você está sendo muito indelicado com o nosso visitante."

"Achei que o senhor tinha dito que essa casa era dele. Se ele está em casa, então não pode ser visitante, não é mesmo?"

Talvez eu devesse lhe dar umas palmadas por falar comigo dessa maneira, pensou Joseph Hooper. Talvez seja muita burrice deixar ele sair por cima, permitir tamanha audácia. Não gosto desse jeito arrogante. Eu devia me impor. Mas ele sabia que não faria isso. Passara tempo demais pensando, agora não dava mais. Eu tentei não cometer os mesmos erros do meu pai, mas acabei cometendo vários outros, todos meus.

Sua esposa era quem tinha o jeito, mas havia morrido sem lhe deixar nenhum manual de instruções. Ele a culpava por isso.

Ele saiu do quarto.

Com muito cuidado, Hooper acrescentou mais dois círculos à direita do mapa, em um bloco triangular já todo preenchido. Coloriu tudo bem devagar, com voltas e mais voltas, de língua para fora, respirando forte sobre o papel, feito uma criancinha bem menor. Quando acabou, desceu a escada.

"Você tem que vir comigo agora."

"Pra onde?"

"Você vai ver."

Ele havia encontrado Kingshaw na estufa, cutucando as mudas de gerânio com um pedaço de pau. Estava muito quente.

"Anda logo."

"E se eu não quiser?"

"Você tem que vir e ponto final, foi meu pai que mandou. E se alguém te pegar estragando essas flores, você vai se dar mal também."

"Eu não estraguei nada."

"Estragou, sim, tem até umas pétalas no chão, olha aí."

"Mas elas caem mesmo. Elas caem sozinhas."

O sol atravessava o vidro e batia no rosto de Kingshaw. A pele do pescoço já estava toda vermelha. Mas ele tinha gostado da estufa. Cheirava a folhas velhas e secas, e a tinta descascada, de um banco verde quebrado onde batia sol. Havia muitas teias de aranha também. Parecia que ninguém ia até lá.

Hooper estava parado, esperando, com a porta aberta. Não imaginara que Kingshaw se recusaria a obedecê-lo.

"Então vocês dois vão dar um passeio pela propriedade!", disse a sra. Helena Kingshaw, que surgira diante da porta. Tinha a mesma expressão alegre e otimista com que chegara a Warings. Nada pode dar errado, essa é a minha chance e eu não vou desperdiçá-la. Quero que todos nós sejamos muito felizes.

Então eles tiveram que ir; saíram da estufa bem devagar e foram descendo o caminho de pedras, um atrás do outro, em silêncio, vigiados pela sra. Kingshaw.

"Não vem achando que eu quero te levar pra passear. Eu vou correr, e é melhor você não ficar pra trás."

"Por que é que você vai voltar pra dentro da casa? Eu já vi tudo por dentro, não vi?"

"O meu pai mandou eu te mostrar tudinho, e eu sempre faço o que o meu pai manda, não é verdade?" Hooper fez uma cara de deboche e saiu correndo, cruzou a porta da frente, o corredor, subiu a escadaria de carvalho, foi entrando e saindo dos quartos, um depois do outro, batendo as portas. Ia gritando pelo caminho:

"Esse é o quarto do meu pai, esse é um dos quartos de hóspedes, esse é o quarto onde ficam os baús, esse é o quarto da sua mãe, agora vamos subir a escada dos fundos, esse é um dos banheiros, aqui tem um armário, aqui tem outro banheiro..." Tum, tum, tum, tum, bam, bam, bam...

Depois de um tempo, Kingshaw parou de seguir Hooper. Sentou-se no primeiro degrau da escada dos fundos. Estava frio e muito escuro.

Eu queria ficar longe do Hooper, pensou, queria sair sozinho, encontrar um bosque ou um riacho. Qualquer coisa longe daqui. Mas não ousava cruzar sozinho os portões da casa, e não foi a lugar nenhum.

No corredor de cima, Hooper fazia barulhos e batia portas. De repente apareceu outra vez, no topo da escada, bem acima de Kingshaw.

"Eu mandei você me seguir."

"E daí? Eu não sou obrigado a te obedecer."

"Eu estou te mostrando a casa!", disse Hooper, muito altivo.

"Você é o maior bobão, está se comportando feito um idiota."

Hooper começou a descer a escada bem devagar, estendendo delicadamente um pé atrás do outro e parando a cada degrau. Kingshaw ouvia a respiração dele. Mas não se virou. As pernas de Hooper, em um jeans azul, surgiram atrás de seu pescoço. Uma pausa. Kingshaw só tinha que esticar a mão e conseguiria puxá-lo, agarrá-lo por detrás dos joelhos, então ele perderia o equilíbrio e cairia pelo vão da escada. Ele se apavorou quando a ideia lhe veio à mente. E permaneceu imóvel.

Hooper seguiu em frente e passou por ele com muito cuidado, evitando até encostar em suas roupas. Em algum lugar, um rato cruzou o piso e se enfiou por baixo de uma porta.

Hooper se afastou. Desceu mais um lance de escada e foi cruzando o corredor que levava à frente da casa. Dali a pouco, Kingshaw ouviu uma porta se abrir e se fechar. Em algum outro canto, provavelmente na cozinha, um rádio tocava música.

Ele ficou ali sentado ainda um tempão.

Susan Hill
Eu sou o rei do castelo

Capítulo 3

Uma trilha cruzava o gramado irregular dos fundos da casa, e para além dela só se viam outros gramados, subindo e descendo, sobrepostos feito vários travesseiros. Deviam ser uns três quilômetros até Hang Wood, que corria junto às encostas. Mais abaixo havia um trecho de mato aberto que levava à floresta propriamente dita.

Isso tudo ficava do lado oeste. A leste de Warings havia somente a vila de Derne, depois umas lavouras planas, e mais adiante é que surgia a primeira das rodovias principais.

Kingshaw havia estudado tudo aquilo, milímetro por milímetro, antes de chegar lá, mas só pelos mapas. Ainda não vira nada disso, só tinha descido um pouco além do caminho de entrada e se apoiado em um portão.

Mas hoje ele resolveu caminhar. Fazia mais de uma semana que os dois tinham chegado, e ele já estava cansado de ficar circulando pela casa sob o olhar de Hooper. Foi cruzando os teixos e hesitou ao chegar à floresta. A entrada era escura e sombria, e só dava para enxergar uns poucos metros adiante. Havia moitas de cicuta e urtiga da altura do seu peito obstruindo o caminho.

Ele tornou a recuar e foi margeando o matagal, até sair em uma das laterais do gramado. Então, seguiu em frente.

A princípio, o caminho se inclinava em uma subida. Estava muito quente e um trator havia esburacado toda a terra, que estava muito seca, de modo que ele não parava de tropeçar. Tentou ir andando pelas partes gramadas entre os sulcos, mas não estava confortável. A grama era espessa, com vários arbustos espinhosos que penetravam suas sandálias e machucavam seus pés.

Kingshaw não olhou para trás. Baixou a cabeça e saiu andando, a passos lentos e firmes, um, dois, um, dois. Não estava muito interessado em saber aonde ia, mas precisava se afastar daquela casa e de Hooper. E queria provar para si mesmo que conseguiria, de alguma forma, se virar sozinho por ali. Ele escalou um portão. No terceiro gramado havia um frondoso milharal, com os milhos já quase maduros.

Ele procurou uma trilha, mas não havia nenhuma, nem margeando as laterais. Então avistou um caminho bem estreito, que cruzava o campo na diagonal. Foi acompanhando. O milho batia em sua cintura. No meio do caminho, porém, percebeu que era só uma trilha feita por algum animal, ou por alguém que passara ali antes dele. Havia uns milhos pisoteados. Kingshaw parou. Alguém poderia vê-lo, talvez fosse melhor não estragar mais nada. Ele tinha que voltar.

O milharal era mesmo bem alto. Ele agora estava bem no meio, debaixo de um sol forte. Sentia o suor escorrendo pelas costas e pelas dobras das coxas. Seu rosto estava ardendo. Ele se sentou, mesmo com a grama pinicando sob o jeans, e olhou a fileira de árvores escuras na beirada de Hang Wood. Pareciam todas bem coladinhas — dava para ver com clareza o contorno dos galhos de cada uma. Os gramados ao redor estavam totalmente imóveis.

Ao ver o corvo pela primeira vez, ele não deu bola. Vários outros já tinham passado. Esse deslizou para dentro do milharal com suas imensas asas, pretas e desgrenhadas. Ele começou a percebê-lo quando a ave despontou de repente, circundou sua cabeça, depois deu um mergulho e pousou bem ali perto. Kingshaw via as penas escuras brilhando no meio do milho amarelado. O animal voou, deu um volteio e tornou a descer, mas desta vez não pousou na grama, ficou sobrevoando a cabeça do garoto, batendo as asas e emitindo um som que mais parecia um estalo feito com duas tiras de couro. Era o maior corvo que ele já tinha visto. Quando o pássaro desceu pela terceira vez, ele ergueu os olhos e viu o bico escancarado, emitindo um berro. O interior da boca era escarlate, e os olhos eram miúdos e brilhantes.

Kingshaw se levantou e abanou os braços. O corvo recuou um pouco e subiu mais alto no céu. Ele começou a retornar bem depressa pela trilha do milharal, olhando para a frente. Que bobagem sentir medo de um pássaro nojento. O que é que um pássaro iria fazer? Mas ele sentia, naquele milharal frondoso, seu extremo isolamento.

Por um instante ele só ouvia o baque surdo de seus próprios passos, e o suave roçar do milho em seu corpo. Então sentiu uma lufada de ar quando o imenso corvo desceu, batendo as asas, e rodopiou bem acima de sua cabeça. O bico se abriu, e um grasnido rouco ecoou de dentro da boca escarlate.

Kingshaw começou a correr, agora sem nem se importar se estava pisoteando o milho, pois queria fugir, queria chegar no outro gramado. Imaginou que o milharal talvez fosse uma espécie de mercearia dos corvos, onde ele era considerado um invasor. Quem sabe aquele não era só o primeiro de um batalhão inteiro de corvos que chegaria em breve para atacá-lo. Então corre pro gramado, pensou ele, corre pro gramado, que lá é mais seguro, tudo vai passar. Ele ficou pensando se o corvo não o teria confundido com algum animal agressivo, à espreita no meio do milho.

Ele cruzou o milharal lentamente, os caules grossos se amontoavam no meio do caminho e ele tinha que afastar todos com os braços. Mas acabou chegando ao portão e o escalou, desabando sobre o gramado do outro lado. O suor escorria por sua testa e entrava em seus olhos. Ele olhou para cima. O corvo ainda se aproximava. O garoto correu.

Mas também não foi fácil cruzar esse outro gramado, por conta da buraqueira aberta pelo trator. Ele foi tentando saltar os buracos, esticando as pernas o máximo possível, e por um breve momento sentiu que estava indo mais rápido. O corvo arremeteu outra vez, e na subida

Kingshaw sentiu a pontinha da asa preta em seu rosto. Soltou um arquejo seco e repentino. Na mesma hora, acabou prendendo o pé esquerdo em um dos sulcos, desequilibrou-se e desabou para a frente.

Ele caiu de cara na grama grossa, alternando entre arquejos e soluços, com o som do próprio sangue latejando no ouvido. Sentia o sol queimando sua nuca e o tornozelo desconjuntado. Mas dava para se levantar. Ele ergueu a cabeça e correu dois dedos pelo rosto. Havia um filete de sangue, do arranhão causado por um arbusto espinhoso. Ele se levantou meio cambaleante, sorvendo vorazmente o ar abafado. Não via mais o corvo.

Quando voltou a caminhar, no entanto, viu o bicho emergir do gramado, um pouco mais ao longe, e começar a rodeá-lo. Kingshaw disparou a correr, chorando e limpando com a mão a mistura de sujeira, suor e lágrimas do rosto. Havia uma bolha em seu tornozelo, pelo atrito na tira da sandália. O corvo ainda estava bem alto, planando no céu, acompanhando suas passadas. Ele pulou o terceiro portão e chegou ao gramado que margeava Warings. Já dava para ver os fundos da casa. Ele disparou a correr ainda mais depressa.

Então caiu novamente, e desta vez ficou no chão, completamente sem fôlego. Por entre os filetes de suor e as mechas grudentas de cabelo, enxergou uma figura encarando-o de uma das janelas do segundo andar da casa.

O corvo emitiu um único guincho, desceu, com aquele horrendo bater de asas, e pousou bem no meio de suas costas.

Kingshaw pensou que, no fim das contas, talvez seu grito tenha sido o que assustou o bicho, pois ele não ousou se mexer. Ficou ali deitado, fechou os olhos, sentiu as garras do pássaro arranhando sua pele sob a camisa fina, e começou a gritar de um jeito estranho, ofegante. Logo em seguida, o pássaro voou. Ele esperava sentir as bicadas do corvo, recordando histórias terríveis de abutres que comiam os olhos de pessoas vivas. Não conseguia acreditar que escapara.

Ele se pôs de pé e correu, e agora o corvo só planava no alto, mas não muito alto; ainda em seu encalço, mas em silêncio e sem tentar nenhum outro ataque. Kingshaw sentiu as pernas fracas ao escalar a última cerca, e chegou ao ponto de onde começara sua caminhada, à beira da mata. Olhou para trás, assustado. O corvo deu alguns volteios e mergulhou na espessa folhagem dos carvalhos.

Kingshaw limpou o rosto outra vez com o dorso da mão. Queria encontrar sua mãe. Seu corpo todo tremia. Mas ele nunca ia atrás da mãe, sempre se virava sozinho, e não ia correr para ela por conta de um pássaro idiota. Então seu olhar captou um movimento ligeiro. Ele ergueu os olhos. Hooper estava bem na janela de seu quarto. Parado, observando.

Na mesma hora Kingshaw desviou os olhos, deu meia-volta, subiu por entre os teixos e entrou na casa pela porta dos fundos.

"Você estava com medo. Estava fugindo."

"Esse quarto é meu, Hooper, você não pode entrar aqui quando te dá na telha."

"Então você devia trancar a porta, não é?"

"Não tem chave."

"Com medinho de um pássaro!"

"Não foi nada disso."

"Você estava *chorando*, eu sei muito bem, dá pra ver."

"Cala a boca, cala a boca."

"Era só um *corvo*, nada de mais, você nunca tinha visto um corvo? Estava achando que ele ia fazer o quê?"

"Ele..."

"Ele o quê? O que foi que ele fez?" Hooper fez um biquinho. "Era um corvo malvado, era? Assustou o bebezinho da mamãe?"

Kingshaw deu um giro rápido. Hooper parou. A lembrança do soco de Kingshaw em seu osso do rosto ainda era vívida. Ele encolheu os ombros.

"Por que você sumiu, afinal? Achava que ia chegar aonde?"

"Não se mete. Não sou obrigado a te contar nada."

"Posso te falar uma coisa, Kingshaw?" Hooper se aproximou de repente e o imprensou na parede, respirando bem na cara dele. "Você está muito malcriado, de uma hora pra outra ficou muito metidinho, não é mesmo? Vai vendo, vai vendo."

Kingshaw cravou-lhe uma mordida forte no punho. Hooper o soltou e deu uns passos para trás, ainda a encará-lo.

"Vou te falar uma coisa, seu bebezinho, eu duvido que você volte lá no bosque."

Kingshaw não respondeu.

"Você foi até lá e voltou correndo porque morre de medinho do escuro."

"Eu mudei de ideia, só isso."

Hooper se escarranchou em uma cadeira próxima à cama. "Muito bem", disse, com uma voz suave e ameaçadora, "então volta lá, eu te desafio. E eu vou ficar assistindo. Ou de repente você vai lá pra floresta grandona, até. Isso mesmo, eu duvido que você consiga entrar lá na florestona. Se você entrar, vai ficar tudo bem."

"Tudo o quê?"

"As coisas."

"Eu não tenho medo de você, Hooper."

"Que mentiroso."

"Eu consigo ir pra floresta a hora que eu quiser."

"Mentiroso."

"Eu nem ligo se você acredita ou não."

"Ah, você liga, sim. Mentiroso, mentiroso, mentiroso."

Silêncio. Kingshaw se agachou e começou a mexer na tirinha da sandália. Jamais havia encarado uma provocação tão implacável.

"Eu te desafio a ir até o bosque."

"Ah, não enche."

Hooper levou as mãos à cabeça e batucou com os dedos. Estava frustrado com Kingshaw. Não sabia como transpor aquela muralha, aquele olhar firme e seco. Só conseguia jogar uma isca atrás da outra para ver até onde ele ia, enquanto tentava pensar em outras coisas. Desprezava Kingshaw, mas estava curioso a respeito dele. Logo na primeira semana o seu jeito havia mudado. Ele estava mais quieto, mais cismado. Hooper queria saber o que se passava na cabeça dele. Então sentou-se outra vez na cadeira e observou.

"Vou te encarar", disse, em tom frio.

Kingshaw queria que ele fosse embora. Mas não tinha ideia do que faria em seguida. Não era muito criativo. Podia montar uma maquete, ou então ler. Se montasse a maquete de um galeão levaria um bom tempo, pois era difícil. Mais do que isso ele não conseguia imaginar.

Estava ansioso por conta do bosque e da floresta. Agora teria que ir até lá. Sempre que alguém o desafiava ele precisava fazer coisas. Coisas horríveis.

Quando ele tinha uns 5 anos, seu pai o levara para nadar em uma piscina. Lá havia um menino chamado Turville. Turville percebeu que ele tinha medo da água, não só por não saber nadar, mas por outros motivos, bastante inexplicáveis. Aquele azul lustroso, artificial, e o jeito como ficavam os braços e as pernas das pessoas debaixo d'água, muito grandes e esbranquiçados. Quanto mais medo sentia, porém, mais ele sabia que teria de pular na piscina. Havia um nó gigantesco bem no meio de sua barriga. Ele estava enjoado. Ao pular, e mesmo depois, a sensação não melhorou em nada, só piorou, a realidade era muito mais pavorosa do que ele tinha imaginado.

Turville o forçara a mergulhar inúmeras vezes, até se dar por satisfeito, e o pai de Kingshaw e o pai de Turville ficaram só olhando e rindo, depois pararam de olhar, desatentos, alheios a tudo. Kingshaw continuou mergulhando e continuou com medo, era o medo que o impelia, e a vergonha por sentir medo.

Agora ele teria que ir até o bosque, ou a floresta. Soltou um suspiro, encarando pela janela de seu quarto o triste gramado defronte à casa. Faz ele ir embora, pensou, faz ele ir embora.

De repente, Hooper saiu, batendo a porta e sem dizer uma palavra. Kingshaw não desviou os olhos da janela. A gente fica se mudando, pensou ele, a gente vai pra lugares horríveis, e continua sem pertencer a lugar nenhum. Eu quero voltar pra escola.

Não havia absolutamente nada a fazer.

Hooper subiu para o sótão. Quando a ideia lhe veio à mente ele se encheu de entusiasmo, embora também tivesse ficado meio aflito, pois nunca tinha feito uma coisa assim. Jamais imaginara como era atraente a presença de Kingshaw, ficar pensando no que fazer com ele.

A casa tinha vários sótãos, todos interligados por arcos estreitos e pequeninos, feito catacumbas. Havia pilhas e mais pilhas de coisas, enormes e empoeiradas. Antes de Kingshaw chegar, ele havia passado uma tarde por lá e encontrara um baú repleto de pedras, de diversas cores e texturas. Queria todas. Havia também umas coisas de seu avô, lâmpadas, frascos e redes, todos apetrechos da coleção de mariposas. As redes estavam bem podres. Tinham um cheiro estranho.

A coisa que ele procurava estava no último sótão, no chão. Ele recordava tê-la visto na véspera, quando fora até lá atrás de um álbum de selos. O sol invadia as janelas altas, fazendo a poeira dançar, e formava sombras estranhas no piso de tábuas. Tudo cheirava a coisa velha, quente, fedida. Ele afastou uma caixa de papelão, e uma aranha imensa e de dorso caroçudo, meio cinza-esverdeada, disparou até umas pilhas de jornais. Hooper pensou em capturá-la. Mas daria um trabalhão, e elas sempre acabavam morrendo. Ele poderia usá-la para assustar Kingshaw, se não tivesse tido essa outra ideia.

Ele empurrou a caixa mais um pouco, fazendo a poeira remexida subir, e soltou um espirro. Então se abaixou e ergueu o treco com cuidado. Achou que poderia se desintegrar, igual à borboleta do Salão Vermelho. Mas era só poeira. Ele tocou de leve o treco. Era muito grande. E velho, supunha. Por um instante Hooper achou que fosse mudar de ideia, pois ele mesmo agora sentia um certo medo. Segurava o troço com cuidado, meio afastado do corpo. Então encontrou uma caixa com camisas velhas e rasgadas, pegou uma e acomodou o treco. O pano também tinha um cheiro estranho. Ele saiu do sótão.

Kingshaw acordou. O quarto estava bem silencioso. Tinha sido um sonho, então.

Ele se virou de costas, com os olhos bem fechados, pensando nas razões por que Hooper havia sumido pelo resto do dia. Esperava que ele chegasse dizendo: "Você tem que ir ao bosque agora, eu vou ficar plantado na janela te vigiando, tem que ir bem lá pro meio, senão...". Mas Hooper não viera.

Kingshaw começou a achar que talvez Hooper não estivesse muito acostumado a fazer o papel de valentão. Ele está tentando, está só aprendendo. Hooper não era feito os valentões que havia em sua escola. Com esses ele sabia lidar, pois eram burros e muito transparentes. De todo modo, eles agora quase não o aborreciam. Ele tinha jeitos de lidar com eles. Já Hooper era imprevisível. Astuto. Criativo.

Fez-se um som lá fora no gramado, um certo barulho de passos. Mas Warings era assim mesmo, vivia rangendo e se remexendo, era velha demais e suas portas e janelas não fechavam direito.

Kingshaw virou a cabeça e abriu os olhos, para olhar o relógio. Detestava abrir os olhos naquele quarto à noite, não parava de pensar no avô de Hooper estirado na cama, morto.

O que ele viu primeiro não foi o relógio. Uma nesguinha de luar que entrava pelo quarto realçou o contorno de alguma coisa sobre a cama, mais ou menos no meio. Ele não fazia ideia do que era. Aguçou os ouvidos. Alguém tinha estado ali no quarto, mas agora não havia nenhum som do outro lado da porta.

Me ajuda a acender a luz, pensou ele, eu não posso ficar com medo de acender a luz, eu preciso enxergar. Mas não se atreveu a estender a mão, e ficou deitado, de olhos bem abertos. Nada se mexia. Nem ele se mexia.

Mas ele tinha que ver, tinha que saber. Por favor, por favor me ajuda a acender a luz...

Ele esticou a mão esquerda bem depressa, encontrou o interruptor e acendeu a luz, em uma fração de segundo. Então olhou.

Na mesma hora soube que o corvo não era de verdade, que estava empalhado e morto. De certa forma isso só piorou ainda mais as coisas. Suas garras puxavam o lençol. Ele era imenso.

Kingshaw ficou imóvel, mas não gritou, não emitiu nenhum som. Estava fraco e paralisado de tanto medo, por mais que seu cérebro ainda funcionasse. Ele sabia quem tinha trazido aquilo, sabia que Hooper ainda estava esperando no corredor, que tinha visto a luz se acender. Hooper queria que ele sentisse medo, que gritasse, chorasse e chamasse pela mãe. Ele não faria nada disso. Não havia nada, absolutamente nada, que ele pudesse fazer em socorro próprio. Queria erguer a perna bem depressa e empurrar o pássaro horrendo no chão, tirá-lo de cena, não o queria ali, pressionando sua coxa. Mas qualquer movimento poderia mover o bicho para o lado errado — para mais perto. E ele não conseguiria tocá-lo com a mão.

Ele tinha que apagar a luz. Hooper ainda esperava, de ouvidos atentos. Ele conseguiu, no fim das contas, mas não se atreveu a puxar a mão de volta para a cama. Ficou deitado, com os olhos fechados e uma ardência na bexiga. Estava com medo de molhar a cama. Queria morrer, queria que Hooper morresse. Mas não havia nada a fazer, nada. Por fim, já quase de manhã, ele cochilou.

Quando acordou, passava um pouco das seis. O corvo agora parecia ainda menos real, porém muito maior. Ele continuou deitado, esperando que o bico se abrisse e mostrasse o interior escarlate da boca, esperando que o bicho levantasse voo e depois arremetesse contra ele, para furar seus olhos. Que bobagem, que bobagem, é só uma droga de pássaro podre. Ele respirou fundo, fechou os olhos e rolou da cama para o chão. Então, saiu correndo. Passou um tempão sentado no banheiro. A casa estava muito quieta.

Ele ficou pensando o que faria com aquele troço, como poderia se livrar dele. Agora era dia claro, e talvez ele sentisse ainda mais medo de pôr a mão no corvo, mas não contaria a ninguém sobre aquela presença em seu quarto. O bicho teria que ficar ali mesmo, no chão ao lado da cama, noite após noite, até que a sra. Boland viesse limpar o quarto e o levasse embora.

Quando ele voltou, o corvo não estava lá.

Hooper devolveu o pássaro ao sótão. Sabia que Kingshaw tinha acordado de madrugada, acendido a luz e ficado imóvel, pois não escutara som nenhum. A luz se apagara de novo. E o quarto ficou em silêncio. Depois disso Hooper se levantou e voltou para seu quarto sem fazer barulho, morrendo de frio.

No café da manhã, passou o tempo todo encarando Kingshaw, tentando atrair seu olhar, descobrir alguma coisa. Kingshaw não olhou para ele, nem abriu a boca.

No fundo da embalagem de cereal havia a miniatura de um submarino, feita de plástico. Ao mergulhá-la na água da banheira ela ia retornando gradualmente à superfície, formando um rastro de bolhas. Foi Kingshaw quem chegou ao fundo da embalagem. Ele puxou o saquinho de dentro, meteu a mão e pescou o submarino. Hooper esperava.

Kingshaw examinou a miniatura com cuidado. Leu as instruções, presas ao brinquedo por um elástico. Então o apoiou sobre a mesa, a certa distância, e voltou a comer seu cereal, sem erguer os olhos.

"Tudo bem", disse Hooper, "pode ficar com ele, se quiser." Ele abriu um sorriso doce.

Kingshaw levantou a cabeça bem devagar e encarou Hooper longamente, cheio de ódio. E continuou comendo. O submarino de plástico ficou ali, sobre a mesa, intocado.

"Ah, como é bom ver esses dois enfim se entendendo", disse o sr. Joseph Hooper à sra. Kingshaw, um pouco mais tarde, depois que os meninos saíram da sala. "Acho que eles vão ser amigos."

Hooper o viu quando subia a passagem de pedras. Na mesma hora, correu até o gramado e foi andando bem pelo cantinho, até se encontrar a poucos metros dele.

Kingshaw estava de pé, com as mãos nas laterais do rosto, tentando espiar pela janela do Salão Vermelho. Hooper parou, de modo a não surgir no reflexo do vidro. Kingshaw se remexeu um pouco nas pontas dos pés.

"Está fuxicando o quê?"

Ele se virou. Hooper vinha em sua direção.

"Você não pode entrar aí, está trancado. É o Salão Vermelho e é particular. A chave fica com o meu pai."

"Por quê? Só tem um monte de livro velho e uns peixes mortos."

"Você que acha."

"O que tem, então?"

"Tem coisas valiosas, já te falei. Umas coisas que você nunca nem viu."

Kingshaw estava curioso, andara tentando imaginar o que haveria nos estojos de vidro. Mas apesar disso não gostava do aspecto do Salão Vermelho, não achava que fosse querer entrar lá. Ele se afastou da janela.

"Quer que eu te mostre?"

Kingshaw deu de ombros. Não posso deixar o Hooper descobrir o que eu acho de verdade, nunca, sobre coisa nenhuma. Ele não queria entrar no salão.

"Pode vir comigo depois do jantar", disse Hooper.

Kingshaw estava plantado no corredor. Hooper não chegava. Talvez estivesse tudo bem, de repente ele havia se esquecido ou mudado de ideia, talvez até nem viesse. Kingshaw deu meia-volta.

"Peguei a chave", disse Hooper, surgindo atrás dele.

O Salão Vermelho estava um breu. Pelas janelas se via o céu cinza-chumbo e um temporal caindo lá fora. Os galhos dos teixos vergavam para perto do vidro.

Kingshaw avançou só um pouquinho, então parou. Sabia que seria assim, que não ia gostar. O salão cheirava a coisa morta, e seus sapatos faziam ranger de leve o piso de madeira encerada. Hooper estava parado junto à porta, com as chaves na mão.

"Vai lá", disse ele em tom manso, "você tem que dar uma olhada. Pensa que sorte você tem por eu ter te trazido aqui. Vai lá."

Kingshaw se aprumou e caminhou lentamente até o primeiro estojo de vidro. Respirou fundo e com força.

"São mariposas."

"Pois é, todos os tipos de mariposas do mundo."

"Quem... de onde veio isso?"

"Do meu avô. Nunca ouviu falar dele? Nossa, você é burro, né? O meu avô era o colecionador mais famoso do mundo inteiro. Ele escreveu um montão de livros sobre mariposas."

Kingshaw não sabia o que era pior, se as mariposas vivas, que faziam barulho ao voar, ou essas mariposas mortas, achatadas, presas com alfinetes. Dava para ver os olhos esbugalhados e as veias fininhas por dentro das asas. Ele sentiu um arrepio na nuca. Desde pequeno morria de medo de mariposas. Elas sempre invadiam seu quarto à noite, quando eles ainda tinham uma casa e seu pai o forçava a deixar as janelas abertas, e ele se deitava no escuro e ouvia as asas roçando as paredes e os móveis, depois esperava, em completo silêncio, temendo que elas viessem pousar em seu rosto. Mariposas.

Hooper se aproximou por trás dele. "Abre aí uma das caixas. Eu deixo." Ele estendeu uma chavezinha para Kingshaw.

"Não."

"Por quê?"

"Eu... eu estou vendo direitinho, não estou?"

"Está, mas assim não dá pra pôr a mão. Você tem que encostar nelas."

"Não."

"Por quê? Que bebezinho medroso, tem medo de mariposa!"

Kingshaw não disse nada. Hooper deu uns passos, inseriu a chave e ergueu a pesada tampa de vidro.

"Pega uma."

Kingshaw recuou. Não tocaria naquilo sob hipótese alguma, nem queria ver Hooper fazer isso. "O que é que foi, bebezinho?"

"Nada. Eu só não quero pôr a mão, só isso."

"Elas não *mordem*, não."

"Não quero."

"Elas estão mortas, não é mesmo? Já morreram há décadas."

"É."

"Então você está com medo de quê? Você tem medo de coisas mortas?"

"Não."

Kingshaw continuou andando para trás. Só queria sair daquele salão. Se Hooper tentasse agarrá-lo e o forçasse a tocar em uma das mariposas, ele ia partir para cima, não queria nem saber.

"Vem cá ver, Kingshaw."

"Eu não quero."

"Bom, *eu* tenho coragem de encostar, vou pegar uma pra você ver. Eu tenho coragem de fazer tudo."

"Melhor não."

"Por quê?" Hooper o olhava de um jeito inquisitivo. "Por que não?"

"Pode acabar estragando. Se elas são tão valiosas, capaz de você levar bronca, não é?"

Ele imaginou os pelinhos finos do inseto roçando os dedos de Hooper. Sentia vergonha de ter tanto medo, mas não conseguia evitar, só queria sair dali, parar de olhar aquelas mariposas horríveis. Hooper o encarava.

Por um instante os dois ficaram ali parados, à espera. Então Hooper deu um rodopio, empurrou Kingshaw, saiu pela porta e girou a chave com força na fechadura. O som de seus passos foi sumindo pelo corredor. Uma porta se fechou em algum lugar.

Na mesma hora Kingshaw correu até a janela, tentando não olhar as mariposas. A chuva cruzava o gramado, ensopava os teixos, batia no vidro. Já passava das nove, e já estava bem escuro, por conta das nuvens pesadas.

As janelas eram aferrolhadas. Ele passou um tempão forçando o metal emperrado e acabou quebrando a unha do polegar. O parapeito estava imundo. Ele não ousou se virar para o salão, olhar os corpos rígidos dos animais, os peixes mortos, as mariposas enfileiradas em seus estojos de vidro. Ficou empurrando e puxando as duas janelonas, até sentir que os braços pareciam deslocados e o peito dolorido. Não conseguia erguê-las, fazia anos que ninguém mexia ali. Mas continuou tentando, mesmo depois de perceber que seria inútil, pois enquanto forçasse desesperadamente as janelas não teria que se virar e enfrentar o salão. Por fim, ele desistiu e começou a chorar de frustração.

Devem ser umas oito horas, pensou, depois de um tempo, está todo mundo acordado, se eu gritar bastante alguém vai vir me buscar. Mas ele sabia que não gritaria, não faria nada que desse a Hooper a sensação da vitória. Alguma hora sua mãe subiria para dormir, então ele poderia bater na porta e chamar a atenção de alguém. Era só esperar, só isso.

Ele se sentou no parapeito da janela. Se Hooper voltasse agora, ele iria... não dava para imaginar o que ele faria. A briga com Hooper no primeiro dia tinha sido um choque, por mais que ele não tivesse saído machucado.

Uma rajada de chuva açoitou a janela.

Lá fora, no gramado, ele via as sombras dos teixos balançando com o vento. Pensou de repente em figuras masculinas escondidas no mato, atocaiadas, à sua espera. Os rododendros formavam desenhos curiosos, ladeando a extensa passagem de pedras. Ele não teve coragem de continuar olhando, então deu as costas para o jardim e avançou um pouco pelo salão.

Eu devia acender a luminária e procurar nessas estantes um livro para ler, pensou, não posso agir que nem um bebê. Quando alguém passar eu chamo, e pronto. Não contaria nada sobre Hooper.

Ele sabia que a luminária formaria sombras, mas só naquele cantinho junto às estantes, o resto do salão continuaria escuro. Talvez não fosse tão ruim se ele se sentasse perto dos livros, na poça de luz formada pela luminária...

Era muito importante enfrentar Hooper, por mais que só ele mesmo soubesse do enfrentamento. Era o mais importante de tudo.

Kingshaw ergueu o braço até a luminária. Quando a luz se acendeu, uma mariposa emergiu das sombras e voou rumo à luz, roçando sua mão.

Por fim alguém cruzou o corredor, duas pessoas rindo a caminho do segundo andar. Ele gritou. Abriram a porta.

"Eu fiquei trancado", disse ele, rígido.

Sua mãe franziu o cenho, imóvel, esperando a orientação do sr. Hooper. Ele se aproximou de Kingshaw.

"Eu estou bem", disse o garoto. "Está tudo bem, eu só fiquei trancado. Boa noite." Antes que começassem a fazer perguntas, ele correu e subiu as escadas. No banheiro, vomitou com força.

"Ele é um burro", disse Hooper, na manhã seguinte. "Por que é que não gritou? Eu nem sabia que ele estava lá, eu nunca sei o que o Kingshaw faz."

Não vai ser assim pra sempre, Kingshaw não parava de pensar. Pois o tempo passaria, e no fim das contas não haveria mais aquela casa horrível, não haveria mais Hooper. Era só questão de esperar, de arrumar coisas para fazer. Ele não pensaria nas próximas férias. Até lá talvez tudo já tivesse mudado, eles poderiam estar morando em outro lugar. Desde a morte de seu pai, as coisas mudavam com frequência. Eles já tinham morado até em um hotel. Ele tinha odiado.

Querido Deus, disse ele ao ir dormir, faça com que o sr. Hooper *não goste da gente, que ele não goste de nos ter aqui e que nos mande embora.* Mas ficava pensando o que aconteceria depois disso, se o próximo lugar não seria ainda pior.

Ele pensou na escola. Lá era o seu lugar, as pessoas o conheciam, lá ele havia se tornado a pessoa que todos decidiram que ele seria. Era um lugar seguro. Já no primeiro dia, quando o carro parou em frente ao prédio principal, ele soube que estava tudo bem, que era o que ele queria. Vários meninos choravam, com o rosto pálido, segurando a mão da mãe. Ele não tinha chorado. Queria entrar e ver tudo, conhecer outros alunos, tocar nas paredes e nas portas e na colcha da cama, sentir o cheiro de cada coisinha. Estava tenso de empolgação, sentindo os pés esmagarem o cascalho, queria dizer à sua mãe pode ir, pode ir, para que tudo começasse logo.

"Mas que valente", dissera a mãe de outro garoto.

"Ah, mas nem sempre eles revelam tudo, ele está reprimindo os sentimentos. Ele só tem 7 anos, muito novo, muito novinho."

"O Charles é um menino muito sensível", dissera a sra. Helena Kingshaw. "Mas... ah, sim, eu tantas vezes penso se estamos fazendo a coisa certa, se ele ainda não é muito novo..."

Mas eles fizeram, sim, eles fizeram a coisa certa, pensou Kingshaw, tocando o brasão em alto relevo de seu casaco novo. Estava tudo bem, era o que ele queria. Por mais que fosse diferente, que ele não fizesse ideia de como seria.

Na terceira semana de aulas, ele adoeceu. Ficou em uma sala especial, e todo mundo podia visitá-lo quando quisesse, e ele tinha livros, biscoitos e qualquer bebida que pedisse. O sol entrava pela janela e esquentava sua cama. Ele sentia que estava tudo bem, que aquele era o melhor lugar onde poderia estar. Quando melhorasse, poderia ir à sala do diretor, ver televisão e comer frutas.

"Eu gosto muito daqui, é muito incrível", escreveu para casa.

"Ele é tão corajoso", disse a sra. Helena Kingshaw ao ler a carta, chorando um pouco.

No internato St. Vincent's, Kingshaw pediu: "Quero ficar aqui para todo o sempre".

Susan Hill
Eu sou o rei do castelo

Capítulo 4

Uma semana depois, Kingshaw encontrou o quarto. Hooper tinha ido passar o dia em Londres com o pai.

Ficava no corredor de cima, no canto mais a leste da casa. Ninguém dormia lá. O que ele gostou no quarto foi o tamanhinho dele e o fato de que parecia nunca ter servido a uma função específica. Havia uma janela, com vista para os gramados que levavam à vila. Havia uma cadeira baixa, feita com muita palha trançada, mas sem braços, estofada em tecido florido e desbotado, e uma mesa retangular com uma gaveta encostada à janela. Diante da mesa havia uma cadeira de vime azul. Na parede oposta havia um armário com portas de vidro, e dentro dele ficavam as bonecas, dezenas de bonecas muito pequeninas, todas femininas, feitas de arame revestido de lã, como limpadores de cachimbo, e com o rosto bordado. Os vestidos, as saias e os véus das bonecas estavam todos desbotados, em tons de bege, cinza e marrom, e já quase não se via os rostinhos.

Kingshaw havia aberto o armário e examinado as bonecas, uma de cada vez. Ergueu as saias e encontrou anáguas, e também calcinhas bordadas direto no corpo em lã preta, igual à do rosto. Ele gostou das bonecas, gostou da sensação de tocá-las. Arrumou todas sobre a mesa e ficou olhando.

Talvez aquele quarto um dia tivesse pertencido a uma criança, mas ele achava que não. Os móveis pareciam ter sido largados ali sem nenhum critério, depois de terem cumprido sua função em outras partes da casa. O quarto não tinha personalidade, por isso ele achou que poderia ocupá-lo. Não gostava do quarto que lhe fora dado, só entrava lá para dormir. Levou os materiais para montar a maquete do galeão espanhol e ficou brincando ali mesmo. A porta tinha uma fechadura. Se Hooper se trancava, por que ele não poderia fazer o mesmo? Sentia que era um jeito de se defender.

Ele gostava de ficar sozinho pois estava acostumado, sentia-se seguro em sua própria companhia. Os outros eram imprevisíveis. Ele jamais sentira falta do pai. Mas ali havia muito tempo livre, e quando a maquete estivesse pronta ele teria que pensar em outra atividade. Aquela manhã tinha chegado um cartão-postal de Devereux, lá de Norfolk:

"Saímos para velejar todos os dias. Está fazendo sol. Tem muita gente aqui, e lanchas muito velozes. Estou aprendendo tudo sobre elas. Até logo."

Ele queria tanto ter ido com os Devereux. Eles o tinham convidado, a sra. Devereux tinha escrito uma carta, e ele também recebera outros convites, podia até ter ido para a Itália com os Broughton-Smith. Mas acabou indo para Warings. Além do mais, sua mãe tinha dito que não gostava da ideia de velejar, que não queria que ele viajasse para o exterior, que se afastasse, pois ela já o via tão pouco. "Agora eu só tenho você", dissera ela. Ele deu meia-volta, incomodado, odiando ouvir aquilo.

Ele sabia que Hooper vinha tentando descobrir aonde ele andava indo. Mas estava ficando astuto, não se deixaria ser seguido. Esperava Hooper ir ao banheiro, ou dizia que alguém o estava chamando de outro canto, a sra. Boland ou o pai dele. Ou então simplesmente saía correndo para longe, escapava pelos corredores e se escondia em outros cômodos, despistando Hooper, depois esperava. Era impressionante como sempre dava certo. Mas não daria por muito tempo.

Ele agora entendia, sem rodeios, que odiava Hooper. Nunca odiara ninguém, e a sensação lhe deixava um gosto forte na boca, de uma intensidade chocante. Tinham lhe ensinado que era errado odiar, mas ele não dera muita bola, pois parecia um sentimento que jamais sentiria. Ele gostava da maioria das pessoas. Não gostava de Crup, por exemplo — mas não gostar de alguém era diferente, não era o mesmo que odiar, e ele agora já tinha seu jeito de lidar com Crup. Porém, logo nos primeiros dias percebera que o que sentia por Hooper era ódio. Morria de medo desse sentimento, queria se ver livre dele, mas sabia que isso jamais aconteceria, pelo menos não enquanto ele tivesse que morar naquela casa, com Hooper.

Então, ele refletiu: talvez eu não precise ficar com ele. E largou o triângulo de plástico, pensativo.

"Espero que agora você seja amigável com o jovem Charles Kingshaw", disse Joseph Hooper, no trem vindo de Londres. "Não ando vendo vocês dois juntos em casa."

Hooper ergueu os olhos da revistinha *A Tortura do Monstro do Pântano*.

"Não posso fazer nada se ele vive trancado, não é?"

"Trancado no quarto dele?"

"Em algum lugar. Num quarto ou noutro. *Eu* é que não sei."

"Me parece uma atitude muito estranha. O que ele fica fazendo?"

Hooper deu de ombros.

"Lentamente, os pés imensos foram carregando a desajeitada fera. O fedor dos pântanos pairava à sua volta, e a lama em seu couro escamoso datava do início dos tempos. O sangue e a morte que ela buscava eram..."

"Acho que vou falar com a mãe dele."

O trem fez algumas paradas.

"Por outro lado, suponho que ele seja meio tímido. Você tem que ser compreensivo quanto a isso, Edmund, em amizades desse tipo a gente precisa dar e receber. Eu espero que você aprenda essa lição logo cedo na vida. Afinal de contas, ele não tem pai."

Hooper olhou para cima e ergueu as sobrancelhas.

O sr. Hooper deu uma tossidela, virou o rosto e se remexeu no assento. Não dá para ter certeza, pensou, talvez ele realmente se lembre de algumas coisas em relação à mãe. É impossível decifrar a mente das crianças. Ele se incomodou com a própria falta de sagacidade. Tentou buscar, no semblante do filho, alguma pista sobre o que poderia estar se passando em sua cabeça, mas não encontrou nada. Não conseguia recordar nada sobre si mesmo quando tinha aquela idade, a não ser o ódio que sentia de seu próprio pai.

Mas eu sobrevivi, pensou ele, e não tenho nenhuma grande questão, apesar de tudo. Não vou me permitir sentir culpa por nada. Edmund vai ser igual a qualquer garoto saudável. Eu não tenho culpa.

Ele assistiu ao pôr do sol pela janela, e depois de um tempo retornou à sua revista, já mais apaziguado. Sentia-se absolvido.

Edmund Hooper olhava fixamente o próprio dedo, apoiado na revistinha, a pele enrugada, o contorno seco e lacerado da unha. Imaginou como seria se suas mãos fossem um único bloco de carne, sem as divisões dos dedos. Os dedos eram um troço estranho. Mas também era espantoso pensar em quantas coisas ele não conseguiria fazer. Sua mão ocultava os apavorantes desenhos do Monstro do Pântano.

Amanhã vou descobrir qual é a do Kingshaw, pensou ele, vou entrar em todos os cômodos da casa, um por um, bem de mansinho. Estava irritado com a sensação de que o garoto de alguma forma tinha escapado de suas mãos e ganhado vantagem. Já fazia quase três semanas que ele estava na casa.

Era surpreendente, pois Kingshaw não era esse tipo de menino. Hooper percebia com clareza que a experiência de ser rejeitado, importunado e agredido era nova para ele. Logo no comecinho ele ficou atordoado e recuou, tentando entender como lidar com aquilo. Mas não demorou a descobrir, e agora tinha a guarda bem erguida.

No dia do corvo empalhado, Hooper chegara a sentir um certo respeito, meio reprimido, mas abandonou o sentimento na manhã seguinte, furioso ao ver o desprezo de Kingshaw. Agora ele tinha resolvido se entocar em algum canto da casa, e um quarto que Hooper desconhecia passara a ser a fortaleza de Kingshaw.

"É melhor vocês dois irem fazer uns passeios", Joseph Hooper ia dizendo, "esse tempo bom não vai durar muito. Quando *eu* tinha a sua idade, não me lembro de ficar entediado durante as férias de verão."

Mas ele lembrava que raramente tinha permissão de ultrapassar o jardim. Diziam que as meninas iriam atrás dele, que acabaria em acidente. Mas não era por isso. Ele era obrigado a se enfiar no Salão Vermelho com seu pai, ficar olhando as mariposas em seus frascos de veneno, sentindo aquele cheiro de livro velho e bicho morto, e via pelas janelas altas o sol lá fora, no jardim.

Ao olhar seu filho agora, de repente, percebeu por que ele o fazia se lembrar tanto de si mesmo. Ele era muito pálido. Os garotos de Derne passavam o verão todo circulando seminus, com a pele marcada pelo sol, mas Joseph Hooper raramente saía de casa e nunca podia tirar a camisa, de modo que vivia muito pálido. Seu filho também era pálido.

"Vocês deviam sair para tomar um sol, um ar fresco, não ficar enfiados dentro de casa. Isso não é nada saudável. Amanhã de manhã, depois do café, vou insistir para que deem um passeio pelo jardim."

Hooper ergueu a revistinha diante do rosto. Queria dizer que não daria passeio nenhum, que não iria a lugar nenhum com Kingshaw. Mas não disse nada, e imaginou se o próprio Kingshaw não acabaria se recusando a sair com ele. Achava que agora havia deixado Kingshaw com medo.

O trem acelerado adentrou um túnel. Em Warings, Kingshaw foi para a cama cedo, deitou-se no escuro e ficou fazendo planos. Vai ficar tudo bem, disse ele, eu sei o que fazer, não vai ser assim pra sempre.

Ele planejou vários dias à frente, quase uma semana. Estava tudo organizado, menos a hora. Ele tinha que encontrar o dia certo. No começo, porém, foi mais difícil que o previsto reunir as coisas todas. Ele era muito metódico, mas estava avançando com cautela.

Como jamais havia feito esse tipo de coisa e ninguém esperava que ele fizesse, Kingshaw sabia que seria levado a sério. Por mais que estivesse fazendo apenas por si mesmo, sem se importar com o que os outros fossem pensar. Não lhe passou pela cabeça a ideia de fracasso, ainda que em outras situações ele fracassasse com bastante frequência. No mínimo seria um gesto simbólico, e eles compreenderiam. Para ele não era uma ideia ridícula ou esquisita, muito menos uma traquinagem. Era necessário, e ponto final. Ele não estava sendo corajoso, nem frívolo.

Depois de reunir as coisas, Kingshaw as levou para o quarto das bonecas e trancou tudo lá dentro, e sempre levava a chave consigo. Mas agora já tinha certeza de que Hooper havia descoberto. Fora mesmo só questão de tempo.

Um dia, estava chovendo sem parar, e o sr. Hooper o flagrou dobrando a quina da escada principal.

"Ora, ora, eu estava atrás de você!"

Kingshaw parou. "Você tem que ser muito, muito educado com o sr. Hooper", dissera sua mãe. "Ele já foi tão bondoso com a gente. E tem o maior interesse por você, Charles, já andou até conversando comigo sobre os seus estudos e o seu futuro." Os olhos dela brilhavam, e as pulseiras sacolejavam em seus braços. Não estrague as coisas, ela queria dizer, não me tire essa oportunidade. Kingshaw não gostava desse novo jeito, ávido e esperançoso, que ela demonstrava em Warings.

Tinha mudado muito.

"Seja educado com o sr. Hooper." Mas ele nunca conseguia pensar em nada para dizer.

"Cadê o Edmund?"

"Talvez ele... não sei, não vi ele, não."

O sr. Hooper era meio curvado, usava um terno azul bem escuro e vivia alisando o cocuruto, já estava meio calvo. Tinha a boca pequena e franzida.

"Olha, eu encontrei duas coisas para vocês agora de manhã. Achei um jogo de damas e um tabuleiro de bagatela. O jogo de damas é muito raro, muito valioso, era... bom, acho que você não vai se interessar em saber disso, pode ir lá encontrar o Edmund, depois eu levo tudo para vocês. Na sala da frente tem uma mesa, podem ir para lá."

Kingshaw subiu a escada lentamente. O sr. Hooper pode mandar a gente fazer qualquer coisa que ele quiser, pois a minha mãe recebe dinheiro pra trabalhar pra ele, e essa casa aqui não é nossa. Eu vou ter que ficar lá na sala com o Hooper, jogando damas.

"Ah, mas que gentileza! Que ótima ideia!", disse a sra. Helena Kingshaw na sala de jantar, abrindo um sorriso ansioso. "Excelente para uma manhã chuvosa. Esses meninos andam tão desanimados nesses últimos dias, nem sei dizer... mas agora, com esses jogos, a amizade enfim vai se firmar. Foi uma sugestão muito sagaz!"

Joseph Hooper alisou a cabeça meio calva, mais satisfeito do que nunca com a sra. Helena Kingshaw.

"Nem vem achando que eu vou ficar aqui com você. Espera só o meu pai sair. Ele nem vai saber de nada."

"Mas a minha mãe não vai sair. Ela vai saber. Você vai ter que ficar."

Hooper soltou um grunhido de escárnio.

"E se ele não sair? E se ele ficar aqui o dia todo e não for pra Londres?"

Hooper não respondeu.

Vai ficar tudo bem, pensou Kingshaw, de repente. A gente pode ficar jogando damas sem parar, e coisa e tal, e ele pode mudar, a gente pode ser amigos. Depois eu volto pra escola, e vai ficar tudo bem.

Ao olhar Hooper pelas costas, no entanto, ele soube na mesma hora que nada nunca ficaria bem. Não havia como voltar no tempo, retornar aos dias em que não queria ir para aquela casa, mas ainda imaginava poder ganhar a amizade de Hooper. Nada iria mudar, e ele bolou um plano.

Depois de tomar a decisão, foi como se um peso saísse de suas costas. Ele fora persuadido, e agora não seria dissuadido. Mas acordava no meio da noite e sentia um medo paralisante por conta de seus planos. Ainda assim, seguiria em frente. A despeito do que fosse acontecer entre ele e Hooper.

"Isso é um tabuleiro de bagatela", disse Hooper, "é muito velho. Vale a pena ter um, eu te garanto."

Kingshaw deu uma olhadela.

"Vamos jogar, então."

Fez-se um silêncio. Dava para ver os ossinhos salientes na nuca de Hooper, logo acima da gola da camiseta. Kingshaw enrijeceu o corpo, pensando no corvo empalhado em sua cama, tentando adivinhar o que mais Hooper poderia fazer.

"Está bem", respondeu Hooper, sem interesse. "Pode ser."

Ele contornou a mesa e ergueu o tabuleiro. "Bota as damas pra lá." Kingshaw hesitou, mas obedeceu, pois não valia a pena discutir. Sabendo que tinha se decidido, que o futuro estava todo organizado, ele podia se dar ao luxo de ficar ali com Hooper, jogar bagatela e relaxar um pouquinho.

Os dois mal falavam. Hooper ia marcando o placar e eles se revezavam, muito concentrados. As bolinhas prateadas acertavam os pregos. Lá fora, o céu escureceu e a chuva apertou. Joseph Hooper não foi para Londres, no fim das contas.

Às onze horas, a sra. Helena Kingshaw chegou com copos de leite. "Ora, mas que jogo incrível! Não tem nada melhor que isso, nessa manhã chuvosa!", disse ela, com a voz alegre.

Os dois beberam o leite, agradeceram e nada mais.

Ele ainda tinha mais duas coisas para levar ao quarto das bonecas. Esperou até depois do almoço. E também tinha que pensar em um lugar onde acomodar aquilo tudo.

Olhou em volta com cuidado, na curva da escada e no primeiro lance. Não havia ninguém. De todo modo, se Hooper já estava sabendo do quarto, não fazia muita diferença.

Todas as portas do andar de cima eram pintadas de marrom, e o segundo lance da escada não era acarpetado. Eu odeio essa casa, pensou Kingshaw, eu odeio, é de longe o pior lugar onde a gente já morou. Desde o instante em que a avistou, pela janela do carro, ele odiou a casa. Hooper exagerava em ter tanto orgulho dela.

Ele cruzou uma passagem pequena e mal iluminada e dobrou a curva para o corredor. E viu Hooper. Ele estava sentado no chão, encostado na porta do quarto, com as pernas esticadas. Kingshaw paralisou.

"Está indo aonde?"

"Cai fora, Hooper."

"Cadê a chave? Olha aqui, essa casa não é sua, você sabe disso, quem você pensa que é pra ficar trancando as portas?"

"Não enche."

"Você não pode mais entrar aqui, só se eu deixar."

Kingshaw pôs no chão a caixinha que carregava, exaurido. Hooper era muito infantil.

"E não vem achando que eu vou sair daqui. Eu posso ficar aqui o dia todo. E a noite toda também, se eu quiser. Eu posso ficar aqui pra sempre. Essa casa é minha."

"Por que é que você não cresce?"

"Eu quero saber o que tem lá dentro."

"Nada."

"Aí tem coisa. É melhor você ir me contando."

"Cala a boca."

"Eu quero saber o que é que você anda fazendo aí dentro. Não pense que eu não sei onde você circula, eu já estou sabendo faz semanas, estou sabendo desde sempre."

Kingshaw ficou em silêncio. Estava um pouco afastado de Hooper, com o rosto fora da luz. A chuva batia no telhado. Talvez fosse melhor deixar Hooper entrar. Ele entraria de qualquer jeito, na violência, ou então ficaria plantado ali por horas a fio. Ele não achava que tinha muitas chances de enfrentar Hooper. Nem ninguém. Ele não era covarde. Era só realista, descrente. Não se rendia aos outros, mas seguia em frente, desde o início, com a certeza de que seria derrotado. Assim evitava surpresas e decepções em relação a tudo.

Então talvez valesse deixar Hooper entrar no quarto de uma vez, para encerrar o assunto. Já que ele ia descobrir, era melhor que descobrisse por escolha do próprio Kingshaw. Pelo menos assim ele mantinha a vantagem, de alguma forma, e isso era importante. Hooper sempre ganhava.

Lentamente, Kingshaw meteu a mão no bolso traseiro do jeans e pegou a chave.

"Não tem *nada* aqui dentro... que quarto mais idiota. Por que você vem aqui?"

Silêncio.

"Aquele galeão já estava ali?"

"Não."

"Foi você que montou?"

"Foi."

Hooper se aproximou e o examinou de perto. "Você não colou direito. Dá pra ver os encaixes."

"E daí?"

"E daí que vai quebrar, só isso."

"Não mexe, não mexe."

"E *isso* aqui, Kingshaw, o que é?"

"Umas coisas."

"Você é fechadão, não é?"

"Não sou obrigado a te contar tudo."

"Vamos ver o que tem nesse saco."

"Não. Sai daqui, Hooper." Ele lutou, mas Hooper prendeu seus braços bem no alto, fora de alcance.

"Eu vou abrir, estou abrindo, vou abrir *agora*... eu vou... eita!"

"Me dá aqui, isso não tem nada a ver com você, são coisas pessoais."

"Pra que esses fósforos?"

Kingshaw se virou, pôs as mãos nos bolsos e olhou pela janela. Deixa ele continuar, oras. Atrás dele, Hooper remexeu o embrulho e abriu um saco de papel. E foi botando as coisas sobre a mesa.

"Você roubou, você roubou tudo isso. Ladrão, ladrão, ladrão."

"Eu não roubei nada."

"Comprar é que você não comprou."

"Comprei, sim, eu comprei."

"Que mentira."

"Bom... os fósforos eu não comprei."

"Então onde é que você pegou?"

"Eles estavam..."

"Fala!" Hooper se aproximou, ameaçador, e colou o rosto no de Kingshaw. *"Fala!"*

"Estavam largados por aí. Acho que a minha mãe comprou."

"Não foi ela coisa nenhuma, seu ladrão. Nessa casa nada é seu, é tudo meu e do meu pai, e se você pegar é porque roubou. Você é um ladrão."

Kingshaw deu um rodopio e Hooper recuou depressa, de modo que o golpe não o acertou. Hooper continuou encarando os itens sobre a mesa, raciocinando. De repente, seu rosto se iluminou e ele ficou vermelho, os olhos arregalados, tomados de empolgação, ao descobrir a resposta.

"Você vai..." Ele parou, olhando para Kingshaw.

Então soltou um longo assobio.

"Mas que esperteza!"

"Você não sabe. Você não sabe de nada. Até parece que eu ia te contar!"

A expressão de Hooper era estranha e triunfante.

"E eu sei também por que você está fazendo isso. É por minha causa. Você tem medo de mim, Kingshaw, você é um filhinho de mamãe, um bichinho assustado. Você não sabe o que eu posso fazer com você, eu posso fazer qualquer coisa. É por isso."

"Deixa de burrice."

Mas Hooper ria, pois sabia que essa era a verdade. Pelo menos em parte, pois ainda havia outras coisas além do medo de Hooper, agora havia muito mais, coisas muito piores.

"Eu posso contar pra eles."

"Vai contar pra eles o quê? Eu não falei nada, você nem sabe qual é a minha ideia."

Os dois se calaram. Kingshaw viu que Hooper estava meio inquieto, sem saber ao certo como tirar vantagem daquilo. Ele sabia que Kingshaw tinha razão, de certa forma. Ele não tinha dito nada, então, se ele contasse tudo a seu pai e à sra. Kingshaw, os dois iam dar risada.

Ele havia organizado as coisas todas em duas fileiras bem retinhas, feito itens de um museu, então foi pegando e observando cada uma, pensativo. Não tem nada que ele possa fazer, pensou Kingshaw, o que o Hooper sabe não vai fazer nenhuma diferença. Vai ficar tudo bem, eu não preciso ficar aqui, nem mesmo agora.

Hooper olhou Kingshaw de soslaio. "Eu vou com você."

Kingshaw sabia que ele estava falando sério. Passou a semana inteira pensando nisso, não esquecia a voz de Hooper e o sorriso estranho. Estava fugindo pois queria fugir de Hooper — esse era o único jeito. Enquanto ficasse ali as coisas só iriam piorar, Hooper podia fazer qualquer coisa, e ele próprio teria que fazer também, para se defender. Não dava para saber aonde aquilo ia parar. Hooper não o queria ali. Bom, então ele não ficaria.

Logo cedo ele percebera que não havia possibilidade de trégua. Os dois viviam se evitando, viviam trancafiados. Mas isso era só o começo, um ganho de tempo, não podia durar. Até se fosse na escola a coisa podia ser melhor, talvez eles fossem protegidos pelo bando de alunos. Ali, não.

Ele sabia que tinha ido até seu limite para se defender de Hooper. Não possuía esse talento, e continuaria perdendo, perdendo, sem jamais conseguir enfrentá-lo. Hooper era ardiloso. Ele odiava Hooper.

Mas havia outras coisas. O jeito de sua mãe agora, radiante, agradável, desprovida de qualquer orgulho. Ele não gostava de vê-la. Pois tinha orgulho próprio. E ainda havia a casa, Warings, tão velha e tão sombria, com um cheiro estranho, ele sentia medo o tempo todo quando estava lá dentro.

Ele não ia aguentar mais muito tempo. Então, iria embora. Parecia muito simples. Ele tinha olhado um mapa, havia pensado nisso. Estava tudo planejado. Só que agora Hooper tinha descoberto e disse que iria junto. Ele ficaria esperando, de olhos e ouvidos atentos, não havia como fugir daquela casa sem que Hooper soubesse. E ter sua presença provocativa, desgastante e intimidadora era a pior coisa que ele poderia imaginar. Pior até do que fugir sozinho.

Joseph Hooper se sentia um novo homem. Planejou chamar os decoradores, dar uma limpeza nos sótãos e até oferecer um coquetel no domingo de manhã, para marcar o início de sua era como dono de Warings. Seus amigos viriam de Londres, e ele travaria contato com os vizinhos das redondezas e consolidaria sua posição na área.

"A senhora me tirou um peso dos ombros", disse à sra. Helena Kingshaw. "Me deu novas forças. Já não me sinto tão sozinho." Costumeiramente reservado e rigoroso, ele se surpreendeu com a própria fala.

Os dois sentiam gratidão um pelo outro e por esse novo arranjo em suas vidas, então era fácil dizer: "Como os meninos se deram bem! Que alegria ver os dois se divertindo! Como é bom que tenham companhia!". Eles falavam bastante sobre os filhos, sem ter ideia da verdade.

A sra. Helena Kingshaw mergulhou de cabeça nos preparativos do coquetel de domingo, que tinha como convidados pessoas muito importantes. Minha vida está mudando, pensava ela, tudo está dando certo. Ah, que ótima decisão foi termos vindo para cá!

Susan Hill
Eu sou o rei do castelo

Capítulo 5

"Vou passar o dia em Londres com o sr. Hooper", disse a mãe dele.

O coração de Kingshaw acelerou. Ele sabia que não teria outra chance igual a essa.

"Vamos sair de manhã bem cedinho, para pegar o primeiro trem", disse a sra. Helena Kingshaw, empolgada feito uma garotinha. Havia muitas compras a fazer para o coquetel, e além disso ela esperava encontrar um vestido novo, bem fino. O passeio seria um completo deleite. Joseph Hooper sugerira a viagem em um tom rígido, meio sem jeito, mas ela sentiu que ele ficou satisfeito com seu entusiasmo, pois abrira um sorrisinho tímido.

"Ai, mas e os meninos? Como é que nós vamos deixar os dois sozinhos o dia inteiro?"

Ela agora ansiava por cuidar dos dois da mesma forma, sem demonstrar favoritismo pelo próprio filho.

"Mas a sra. Boland vai estar de olho neles, e os dois já têm juízo, eu acho, não são mais bebezinhos. Vai ser uma aventura, eles vão gostar da sensação de liberdade!"

A sra. Kingshaw olhou pela janela da sala de estar. Ele gosta de mim, pensou, está me levando para Londres. Apesar de que ela só o acompanharia nesse bate e volta, pois ele passaria o dia todo na cidade, no escritório.

Ela sentia uma certa culpa por não querer levar Charles. "Mas eu também nem queria ir", dissera ele. "Prefiro ficar aqui." Ela não se permitia acreditar nisso, pois questionava bastante sua própria capacidade como mãe, se dizia as coisas certas e demonstrava ficar à vontade na presença dele.

Pois bem, eu preciso pensar um pouco mais em mim, pensou ela, e abriu o guarda-roupas para começar a escolher o que vestir.

Ele sairia bem cedinho, antes deles, assim que amanhecesse. Eles nem pensariam em conferir o quarto. Daí o dia inteiro passaria, e pelo menos até tarde da noite ninguém descobriria nada. A sra. Boland ia pensar que ele tinha saído para um piquenique, a sra. Boland nunca percebia as coisas.

Mas sua mãe, quando retornasse de Londres, subiria até o seu quarto. Seria preciso arriscar, simples assim, ou então dar uma ajeitada na roupa de cama. Não, isso não daria certo, ela sempre vinha abraçá-lo na cama e colar o rosto no dele, se entrasse no quarto certamente descobriria. Se ela não entrasse, ele teria até o café da manhã do dia seguinte. Mais de um dia inteirinho.

Ele estava cheio da grana. Sempre guardava dinheiro que deveria ir para a poupança em uma caixa de Lego, dentro de um saco azul-marinho. As pessoas lhe davam dinheiro no Natal e no aniversário, davam também porque ele não tinha pai, e ainda havia a mesada. Ele quase não gastava. Já tinha quase 7 libras.

Se fosse andando pela estrada até a estação de Crelford, fatalmente seria visto por alguém. Então decidiu ir por dentro, partindo de Hang Wood. Precisava se forçar a passar por Hang Wood, mesmo que não fosse necessário. E se esconderia por lá, ninguém nunca pensaria em começar a procurá-lo por aquelas bandas.

"Vou lhe trazer um presente", disse a sra. Helena Kingshaw naquela noite. "Vou trazer alguma coisa bem especial, para que você não pense que eu me esqueço de você." As pulseiras sacolejaram em seu braço. Kingshaw odiava aquelas pulseiras, odiava o jeito como ela balançava o braço, exibindo-as. Eles nunca deveriam ter ido para aquela casa.

Ele pegou a caneca azul com Ovomaltine que sua mãe lhe estendeu. "Boa noite."

No segundo lance de escadas viu Hooper, parado na porta do quarto, de olho atento. Ele usava um pijama verde-garrafa que o deixava ainda mais pálido. Kingshaw o ignorou, mas sabia que Hooper estava especulando, talvez até pudesse ler seus pensamentos e descobrir várias coisas. Hooper não tinha limites em suas atitudes.

Amanhã eu vou embora, pensou ele, amanhã nada mais vai importar.

"Acendi a lareira da sala de estar", disse o sr. Joseph Hooper junto à porta da cozinha, alisando o cocuruto. "Não quer vir me fazer companhia, algo assim? Só para variarmos."

A sra. Helena Kingshaw enrubesceu, com um gesto sutil de surpresa e satisfação.

Ele tinha programado o alarme para as cinco e meia, mas pensou melhor e adiantou para as cinco. A essa hora já estaria claro, e ele queria partir o mais cedo possível. Na noite da véspera, já bem tarde, trouxera do outro quarto tudo o que levaria na viagem, enquanto Hooper assistia ao seriado *Gunsmoke* na televisão. Agora estava tudo debaixo de sua cama.

Depois de passar dias e dias vasculhando a casa, encontrara uma mochila escolar velha, na gaveta de um dos quartos de hóspedes. Estava sem alças, mas ele conseguiu improvisar umas alcinhas feitas de barbante.

Conseguir a comida foi bem difícil. Ele pegou umas coisas na cozinha, quando sua mãe estava fora, e ficou pensando se aquilo seria roubo. Na escola ensinavam que roubar era uma das coisas mais abomináveis que alguém podia fazer, e desde a primeira semana ele se impressionou com essa frase. No fim das contas, acabou concluindo que não era roubo, pois aquela comida era ele próprio quem iria comer, se não estivesse fugindo de casa, era parte do pagamento que sua mãe recebia por trabalhar lá. De todo modo, não estava levando muita coisa. Uns biscoitos, dois pacotes de balinhas de gelatina, que ele podia comer aos poucos, umas batatas fritas e metade de uma caixinha de queijo processado. Comprou chocolates na vila, e também umas balas de menta. Parecia de bom tamanho. Ele tinha dinheiro para comprar mais, quando já estivesse longe de Derne.

A água foi mais difícil ainda. Ele não tinha onde colocá-la. Uma garrafa de vidro seria muito pesada e poderia quebrar, e de todo modo ele não encontraria nenhuma vazia. Por fim, decidiu beber bastante água antes de sair, e depois procuraria um riachinho ou uma loja que vendesse refrescos. Ele nunca tinha ido muito longe dali, mas imaginou que houvesse algum córrego.

Além da comida, ele separou uma lamparina, seu canivete, uns curativos, um par de meias e um rolo de barbante. Não tinha conseguido arrumar um mapa, só o que ficava na mesa do sr. Hooper, que ele podia consultar, mas não teve coragem de levar. Não conseguia pensar em mais nada. Além disso a mochila já estava abarrotada, apesar de bastante leve em suas costas. Ele ficou ali parado, no quarto, segurando as alcinhas da mochila, pensando: estou indo embora, estou indo embora. Havia um bolo estranho em seu estômago.

Ele acordou pouco depois das quatro. Ainda estava escuro. Não fazia sentido sair àquela hora. Ficou deitado de costas, de olhos bem abertos.

Ele estava com medo. Sabia como seria. Não havia chance de que isso tudo fosse uma aventura. Era o que o sr. Hooper diria. Talvez fosse para outras pessoas, talvez fosse uma traquinagem, feito quando Peverell e Blakey escalaram a montanha, no semestre anterior, só para tumultuar. "São compreensíveis essas peripécias", comentou o diretor, depois do ocorrido.

Mas ele era a última criatura que faria uma coisa dessas, a menos que fosse necessário. Durante todos os preparativos para a partida ele estava com uma sensação estranha, sem acreditar que aquilo iria mesmo acontecer. De repente o Hooper morre, pensava, ou vai visitar alguma tia fora do país, ou de repente o sr. Hooper briga com a gente e nos expulsa de

Warings de uma hora pra outra. Uma vez eles chegaram a morar quatro semanas em uma casa em Londres e saíram de lá às pressas, por conta de alguma coisa que desagradou sua mãe, algum aborrecimento. Era época de Natal, e de lá eles foram para o tal hotel.

Ele sabia que não havia nenhuma chance de partir e deixar Hooper em casa, ponto final. Ele nunca atraía sorte mesmo, só atraía azar. Aconteciam coisas ruins, não coisas boas, e nada do que ele fizesse ou sentisse poderia mudar isso.

Ele sentia mais do que medo. Estava abatido e paralisado, agora que a manhã trouxera a realidade. Continuava revirando na mente todas as possibilidades mais terríveis, e precisava pensar em outras coisas bem depressa.

Ele sabia que devia era se preocupar com sua mãe. Devia se preocupar com os sentimentos dela, e achava que havia algo errado consigo mesmo, pois não conseguia. Ela o tinha levado para aquela casa, e agora estava indo para Londres com o sr. Hooper, olhava para ele e não compreendia nada. "O Charles está se ambientando tão bem", dizia, e Kingshaw ficava consternado ao ouvir isso, embora não realmente surpreso. Ela nunca soubera nada a respeito do filho, e ele nunca quis que ela soubesse. Gostava de guardar tudo para si. Ninguém enxergava as coisas com a mesma clareza que ele, e ele crescera acostumado a lidar com tudo sozinho.

Ele ficou deitado até que a escuridão do quarto desse lugar a uma meia-tinta. Faltavam vinte para as cinco. Ainda não dava para sair, ele não ousaria sair de casa no escuro. Mas não conseguia continuar deitado. Levantou-se, trocou de roupa e se plantou junto à janela, contando a respiração, inspira, expira, aguardando o toque do alarme.

Do lado de fora, estava tudo muito estranho. Ele nunca tinha acordado tão cedo. Saiu pela porta dos fundos e foi margeando a passagem de pedras no meio dos teixos. Ao chegar à cerca que levava ao primeiro gramado, bem ao lado do bosque, olhou para trás. A casa parecia tão grande vista dali, com as venezianas todas cerradas, feito olhos fechados. Eu odeio essa casa, odeio, odeio, pensou Kingshaw.

Ele olhou de volta para a frente.

Estava muito mais frio que o esperado. Ele usava jeans, uma camiseta, um suéter por cima e mais a capa de chuva. Parecia que não era o bastante. Uma névoa fina e cinzenta dominava o ambiente, umedecendo suas roupas.

Ele escalou a cerca e logo se assustou, pois não conseguia enxergar muito à frente no gramado, o nevoeiro estava muito denso. Mas ele já conhecia aquele quilômetro e meio, mais ou menos, do dia em que fora perseguido pelo corvo. Ele ajustou os barbantinhos da mochila e partiu por cima da grama revolta. Estava muito molhada. As azedinhas e línguas-de-vaca roçavam em suas pernas, e a umidade ensopou rapidamente sua calça jeans. E também estava escorregadio, ele tinha que avançar com cuidado. Na grama, os dentes-de-leão reluziam feito moedas de ouro.

Ele chegou a um sulco mais profundo e o reconheceu. Era o ponto onde havia caído, onde o corvo tinha pousado em seus ombros. Veio-lhe à mente a sensação das garras duras entranhadas em sua pele, do peso do pássaro, do grasnido. Ele se arrepiou. Dali a pouco virou-se outra vez e olhou para trás. Não dava mais para ver a casa, o nevoeiro já tinha cerrado tudo.

Ele nunca tinha presenciado tamanho silêncio. A sensação era de uma certa densidade, em parte por causa da neblina, e também porque não ventava, o ar não se mexia, só lhe congelava o rosto. Ele não conseguia nem escutar os pássaros no meio do gramado. Só ouvia um murmúrio fraco, bem no fundo do ouvido. Seus pés iam roçando a grama molhada.

Ele chegou à segunda cerca. A mortalha de névoa ainda encobria o cenário, mas o céu cinzento havia clareado um pouco. Era uma sebe de espinheiros, repleta de teias de aranha molhadas. Kingshaw cutucou uma das teias, e a trama finíssima, fria e meio grudenta se desfez em seus dedos. Um inseto preto atravessou sua unha e correu até os restos da teia.

Ele seguiu em frente. Sentia-se completamente sozinho, como se o mundo não abrigasse mais ninguém. Rodeado por aquele nevoeiro, achava que poderia tropeçar e cair, direto no mar ou em um buraco fundo. Mas já não sentia medo, de tão decidido que estava a continuar. O jeans molhado ia batendo em seus tornozelos.

Mais próximo ao milharal a neblina se estreitava bastante, e ele pôde distinguir do outro lado o contorno escuro das margens de Hang Wood. A plantação estava imóvel, e a luz da manhã lhe conferia um estranho tom de bege sujo. Na beira do gramado havia um trator, surgido de repente do meio da névoa. Parecia ter brotado ali mesmo daquele solo, era improvável que tivesse sido trazido por alguém, a não ser que o tivessem abandonado ali no meio da madrugada.

Ele se aproximou. O trator também estava cheio de teias de aranha, entrelaçadas nos raios do volante e nos cubos das rodas. Depois de um tempinho, ele pisou no estribo e subiu. O assento era frio e muito duro. Inclinou-se para frente e segurou o volante. Estava bem úmido e escorregadio. Os enormes pneus da frente tinham as ranhuras cheias de lama, esterco e palha amassada. O trator tinha um cheiro esquisito, de ferrugem e óleo frio. Do alto do veículo, Kingshaw se sentiu poderoso, de certa forma, como se montasse o lombo de uma fera gigantesca. Dava até para sentir o corpo impetuoso do bichão começando a se mexer, avançando pela mata escura, fazendo estremecer o solo áspero. A fera enxotaria tudo à sua frente, e ele seria o soberano, o conquistador.

Uma brisa fina e súbita soprou no milharal. Kingshaw desceu com dificuldade, e por um instante a alça improvisada da mochila de couro se agarrou ao câmbio do trator. Ele morreu de medo de puxar alguma alavanca e acabar deslocando o veículo, que iria desembestar ladeira abaixo, arremessá-lo para fora e esmagá-lo com as gigantescas rodas. Ele suou um pouquinho para soltar o barbante, contorcendo o corpo todo, passando um braço por trás do outro. Por fim, conseguiu, e quase caiu de cara na terra molhada. Saiu ileso, mas o barbante da mochila arrebentou. Aquela cordinha fina já o machucava, marcando seus ombros. Não ia adiantar muito, no fim das contas. Mas ele tinha que dar um jeito. Tornou a prender o barbante, com o nó mais forte que pôde, e acomodou novamente a mochila nas costas.

Ele se retorceu para passar debaixo da cerca de arame farpado e adentrou o milharal, e ao olhar para trás mais uma vez já pôde enxergar bem mais longe, a cerração aos poucos estava se dissipando. À medida que ele se afastava o trator parecia cada vez maior, mas também mais comum. Era só metal.

Mais adiante ele distinguiu a fileira de carvalhos escuros, verde-azulados, rodeados por uma profunda escuridão. E disparou pelo milharal.

Hang Wood não é muito grande, pensou ele. A mata se estendia até o outro lado. Ele a cruzaria e sairia mais abaixo, no trecho de mato aberto. Bem na base ficava a Barnard's Forest, que se estendia por cerca de dez quilômetros até o vilarejo vizinho e mais parecia um imenso tapete de couro animal. Ele não passaria nem perto de lá. Quando saísse de Hang Wood atravessaria o bosque, depois viraria a oeste, na direção das lavouras, e desceria a primeira encosta. Dali a mais uns quinze quilômetros, provavelmente chegaria à estrada. Ele não fazia ideia de quanto eram quinze quilômetros, mas achava que daria conta de percorrer o trecho facilmente. Depois de Hang Wood, ele daria conta de qualquer coisa.

Não havia a menor chance de desistência. Ele sabia disso desde o início, sempre soube, mesmo enquanto sua mente se revirava, tentando escapar do que o impelia a fazer aquilo. Eram os seus temores, alguma coisa dentro dele que o forçava a seguir em frente. Hang Wood. Hooper tinha falado desse lugar. Ele tinha ido até lá para ver com os próprios olhos, no dia em que fora perseguido pelo corvo. A floresta dominava seus pensamentos. Hang Wood.

Hooper o desafiara a voltar lá, ou então a se embrenhar no bosque dos fundos da casa, onde tudo aquilo havia começado.

Pelo menos aquele era o último lugar onde o procurariam. Se eles não tivessem ido a Londres, no fim das contas, ou se Hooper e a sra. Boland fossem atrás dele, iriam primeiro até a vila. Ainda mais Hooper, que sabia o horror que Kingshaw tinha da mata. Já que Hooper saberia o que estava acontecendo, claro, ele juntaria os pontos no instante em que desse falta de Kingshaw no café da manhã. Mas até lá os outros dois já estariam a caminho da estação de trem.

Kingshaw apertou o passo. Sentia-se subitamente exposto. Ali era muito alto, e assim que o nevoeiro se dissipasse ele poderia ser visto a quilômetros de distância. Lá da casa dava para ver o milharal, e o que ele mais temia agora era ser visto por Hooper.

Quando ele chegou à margem da floresta o sol já tinha nascido, e vinha transpassando bem de leve o nevoeiro. Ainda estava muito frio. Kingshaw viu que o milho desse lado, próximo das árvores, estava todo comido, achatado, em forma de semicírculos. Ele não sabia por quê. Lembrou-se dos corvos.

Falar sobre entrar em Hang Wood era uma coisa. Agora, ele percebia que não seria tão fácil assim. Havia uma vala, coberta de grama grossa e ervas daninhas. Logo acima vinha crescendo uma sebe densa e espinhosa, cheia de arame farpado. Kingshaw desceu até a vala, só para testar. A vegetação batia quase nos seus joelhos. Estava tudo muito molhado. E também a margem se inclinava em direção à sebe, parecia não haver jeito de passar. Dava para ver a floresta alguns metros adiante, os troncos das primeiras árvores. Estava escuro, e mesmo dali ele conseguia sentir o cheiro de terra fria que vinha da mata.

Ele saiu da vala e começou a margear lentamente o milharal. O tempo todo a neblina se dissipava, cada vez mais, e ele já enxergava com clareza o trator, e o arame farpado bem do outro lado. O sol estava mais forte. Ele olhou o relógio. Eram quase seis da manhã. As caminhadas sempre levavam mais tempo que o imaginado.

A essa hora eles já teriam acordado, estariam se vestindo. Se fossem dar falta dele antes de sair, seria a qualquer momento durante a próxima meia hora. Ele olhou por cima do gramado, esperando ver duas silhuetas correndo em sua direção, sua mãe com o terninho chique, e o sr. Hooper, muito alto, magro e sombrio, feito um corvo.

Ele agora se sentia melhor, pois ouvia uns barulhinhos, sobretudo de pássaros. Uma ou duas vezes chegou a ver algo voejando por entre as árvores. As folhas farfalhavam.

A floresta avançava em curva, e ele foi acompanhando até não conseguir mais ver a sebe nem o trator. O milharal se estendia bem mais para baixo, e até onde ele podia ver estava tudo meio comido nas beiradas, naquele estranho formato de meia-lua. Alguma coisa tinha feito isso... alguma coisa. Ele não queria ficar pensando, podia ser qualquer coisa.

O céu estava cinza-claro, meio cintilante. A cerração descia espiralada pelas margens do campo e bem espessa no horizonte. Mas o sol estava muito forte. Ele parou, largou a mochila e despiu a capa de chuva. A capa não cabia na mochila, então ele teve que pegar o canivete e o rolo de barbante, cortar um pedaço e prendê-la. Levou tempo.

Ele estava muito orgulhoso de si. Passara um tempão planejando tudo, e agora estava acontecendo. Ele se empolgou com o espírito da coisa, com as infinitas possibilidades de sua jornada, resolveria os problemas à medida que surgissem, e não via limites para o que poderia fazer.

Ele nunca tinha sido muito bom em nada. Mas também não era *ruim*. Não era assim tão completamente incapaz a ponto de servir de exemplo, como era o caso de Leek. Leek só sobrevivia por conta de sua incompetência descomunal. Os outros caçoavam dele, mas também nutriam por ele um estranho orgulho, o garoto era uma aberração, de tão ruim que era em tudo o que fazia. Todo mundo falava dele com um sorrisinho condoído. Leek vivia escorado por todos.

Kingshaw não era assim. Não fazia nada super bem, nem super mal. Era o tipo de garoto cujo nome as pessoas esqueciam. Quando alguém o via pelos corredores, estalava os dedos para ele, lhe passava tarefinhas. Toda hora ele recebia uma tarefinha. Na sua turma, diziam: "Você, é...".

Então, agora que havia chegado às margens de Hang Wood e que tudo tinha corrido bem, ele estava orgulhoso de si, orgulhoso da forma como havia planejado as coisas, orgulhoso de sua mochila bem organizada e do que carregava nela.

Estava tudo certo, então.

Enquanto fechava a mochila, porém, ele percebeu uma verruga no dedo médio. Isso era novidade. Cheio de medo, sentiu um embrulho no estômago. Tinha acontecido, era verdade. Bem que eles tinham falado.

Broughton-Smith tivera umas verrugas, dezenas de verrugas, bem nos joelhos. A coisa foi tão ruim que ele tinha que ir ao médico.

"Eles dão injeção", dissera Casey.

"Eles metem uma agulha quente nas verrugas, uma por uma. É isso que eles fazem."

"Dói pra diabo."

Broughton-Smith olhara com tristeza para os joelhos enverrugados. Fora ele quem havia chorado a noite inteira depois de arrancar um dente. Fenwick tinha rido dele. No fim das contas, Gough foi chamar o irmão. "Não vai precisar de médico", disse ele, "porque o meu irmão entende de feitiçaria, daí ele faz um troço lá com as verrugas e elas somem todinhas."

Certa noite, antes do jantar, o irmão de Gough levou Broughton-Smith até o laboratório do quinto ano, no corredor dois. Os outros garotos ficaram esperando do lado de fora, nos degraus da escada, na escuridão. Ninguém falava nada, nem se arriscava a tentar espiar pela porta de vidro. Kingshaw recordava o cheiro daqueles garotos, todos amontoados. Estavam com medo. Podia acontecer qualquer coisa.

No final, Broughton-Smith saiu com um sorriso enigmático.

"O que foi que ele fez?"

"O que aconteceu?"

"É feitiço mesmo?"

"É proibido mexer com magia, é um pecado terrível."

"Você agora vai morrer, com certeza."

"É, aposto que ele te envenenou, você vai morrer de madrugada."

"A gente quer *olhar*."

Mas Broughton-Smith escapou da rodinha de garotos e disparou pela escadaria de pedra, no meio da escuridão. O sinal do recreio tocou.

Na manhã seguinte, todas as verrugas estavam marrons, quase pretas. Broughton-Smith ficava afastando o joelho por debaixo da carteira, para olhar. Parecia assustado. Dois dias depois, tinham todas desaparecido. No dormitório, ele espichou as pernas e mostrou aos outros, deixando todo mundo olhar bem a pele franzida de seus joelhos, sem verruga nenhuma. Quando as luzes se apagaram, eles ficaram conversando.

"Elas vão pra outra pessoa", disse Clarke. "É assim que funciona o feitiço. Pras verrugas saírem de você, você tem que pedir pra elas brotarem em outra pessoa."

"Em quem?"

"Pode ser qualquer pessoa?"

"Não, tem que ser alguém que você detesta."

Elas vão brotar em mim, pensou Kingshaw, deitado na cama. Era inevitável. Broughton-Smith nunca fora com a cara dele. Ele tentou se convencer de que não acreditava em nada daquilo, mas tinha que acreditar, pois as verrugas de Broughton-Smith tinham sumido, e na manhã seguinte Kingshaw reparou que ele o encarava. Era assim que as coisas aconteciam.

Agora, ele ficou um bom tempo encarando a própria verruga. Imaginou se conseguiria deixá-la preta e mandá-la para outra pessoa. Para Hooper. Ou se valeria a pena tentar. Mas estava com medo, não gostava de ver aquele troço na mão.

Quando ele encontrou a clareira na outra ponta do bosque, o sol já tinha nascido, já era dia claro. Havia uma abertura na sebe, e ali as árvores eram diferentes, um grupo à parte dentro da floresta principal. Kingshaw imaginou que fossem lariços. O sol brilhava direto sobre elas, e ele pôde enxergar um longo trecho no meio da vegetação. Havia samambaias e umas plantas com folhagem crespa no chão, e entre os galhos despontava um estranho brilho verde-acobreado, como se fosse o fundo do mar. Ele achou que parecia tudo bem. Tudo seguro.

Ele se sentou ali na vala um instante, sentindo o sol em suas costas, embora o ar estivesse muito frio. Havia orvalho por toda parte, e agora seu jeans estava bastante molhado.

Então, ele pulou a vala e avançou depressa umas dez passadas, de olhos fechados. Quando tornou a abri-los, estava dentro de Hang Wood.

Susan Hill
Eu sou o rei do castelo

Capítulo 6

Kingshaw prendeu a respiração. A floresta sussurrava, em um movimento contínuo, e as folhas farfalhavam feito seda bem acima de sua cabeça. Eram de um verde muito claro, quase transparentes onde o sol batia, dava para ver os veios todos. Aos pés dele, no meio da vegetação rasteira, havia folhas mortas, com a superfície seca e amarronzada, mas muito úmidas na parte de baixo.

Logo à sua frente, Kingshaw viu o tronco de uma árvore caída. Resolveu se sentar. A casca estava coberta de musgos cinza-esverdeados. Tinha a textura de um tecido de algodão. Havia fungos também, saindo das frestas do tronco e na junção de um galho, em um formato estranho e esponjoso.

Ele gostou dali. Jamais tinha estado em um lugar como aquele, e era muitíssimo diferente do que ele esperava. O cheiro era bom, e boa também era a sensação de estar totalmente escondido. Tudo ao redor parecia inofensivo, e dava para ver um bom pedaço de mata à frente, estava tudo certo. O sol fazia até os arbustos densos e espinhosos parecerem inocentes.

Diversos pássaros entoavam seus cantos, mas não muito perto dali, e ele não via nenhum, só uma e outra silhueta amarronzada voando depressa por entre as árvores. Alguns pombos arrulhavam mais para dentro da mata. Ele viu um coelho. Saiu com um pinote estranho do meio de um arbusto bem próximo, sentou-se em uma faixinha de terra banhada pelo sol e começou a se limpar, tal qual um gato. Kingshaw ficou impressionado.

Havia coelhos na escola, presos em gaiolas, gordos e branquelos, de olhos vermelhos e vazios. Mas aquele era diferente, era agitado, cheio de vida. Ele ficou observando o bichinho um tempão. Mas quando se mexeu, para tirar a mochila e pegar alguma coisa para comer, o coelho saiu saltitando.

Antes de sair de casa, ele havia descido até a cozinha e preparado uma fatia bem grossa de pão com manteiga, que comeu agora, com um naco de queijo. Quando terminou, quis beber alguma coisa. Fora muita burrice não ter trazido nenhum tipo de frasco. Bom, não havia o que beber, então era melhor nem ficar pensando nisso. Em vez disso, ele se levantou e atravessou a clareira até o outro lado. Havia uma trilha estreita, mas com o mato bem alto. Dos dois lados se espalhavam galhos e moitas, e ele teve que pular alguns, passar por baixo de outros e abrir caminho com os braços. Havia também um pé de azevinho. Sem querer, ele enfiou o polegar em um espinho pontudo. Ao lamber a gota de sangue, sentiu um gosto doce e metálico. Então o espinho de um outro arbusto lhe arranhou o rosto. Ele percebeu que estava precisando se abaixar cada vez mais. Por fim, chegou a outra clareira. E retornou à postura normal.

Ali era mais escuro, dava para perceber que ele estava bem no meio da mata. A vegetação no alto era bem mais fechada, e o sol não conseguia atravessá-la. Ele viu uns pássaros voejando, alarmados, por entre as árvores à frente. Esfregou o braço no nariz e no lábio superior.

Então, ele ouviu o som. Na mesma hora percebeu que já o tinha ouvido uns segundos antes, mas não dera atenção, achou que fossem seus próprios movimentos. O som ecoou de novo. Vinha por detrás dele, meio ao longe, lá da beira da floresta. Ele ouviu a própria respiração. E só. Mas os pássaros tinham se aquietado. Ele esperou. Nada. Ainda nada. Então, um barulho sutil e sibilante entre as samambaias.

Bem ao lado da trilha havia uma moita densa de azevinhos. Kingshaw se agachou e começou a rastejar até lá. Tentava se equilibrar sobre as pontinhas dos pés, mas as folhas faziam barulho. Ele não sabia do que estava se escondendo. Podia ser de um animal. Não fazia ideia do que havia por ali, além do coelho que passara mais cedo. Fosse lá o que fosse, tinha comido todo o milho. Mas não devia ser ninguém de casa, ele achava. Eles teriam chegado gritando pelos gramados, correndo pelo meio da mata. Aquele barulho era furtivo. Talvez ali fosse uma área de caça, ou talvez a guarda florestal circulasse pelos arredores. Ele pensou se não estaria invadindo o lugar.

Kingshaw se agachou bem atrás da moita. Um inseto pequenino, cor de ferrugem, passou por seus pés. O interior do arbusto era escuro e exalava um cheiro amargo. Das brenhas da mata, algum pássaro soltou um piado agudo, e depois de uma pausa piou de novo. Parecia a risada de um louco. Depois, mais nada, nem o mísero estralejar de um galho.

Bem quando ele ia se levantar e sair de trás da moita, os galhos da árvore se afastaram, e Hooper apareceu.

Ele não tinha feito quase nenhum barulho, não tinha *falado* nada, nem gritado o nome de Kingshaw. Parecia saber exatamente aonde estava indo, o tempo todo.

Kingshaw foi tomado por uma pesada sensação de inevitabilidade. Não estava com muito medo, nem com raiva. Ele não teve sorte, e provavelmente jamais tivera. Ter saído de casa e chegado até ali com tanta facilidade tinha sido uma ilusão. De algum cantinho, Hooper andara observando tudo.

Ele não tinha a menor ideia do que fazer agora.

Hooper estava parado. Sob o brilho úmido da floresta, seus braços e suas pernas pareciam estranhamente pálidos. Ele tinha os olhos e ouvidos atentos, mas não mexia a cabeça. Por um momento Kingshaw se encheu de esperança. De repente ele não veio atrás de mim, de repente ele só veio dar um passeio sozinho, talvez eu consiga ficar aqui sem ser visto, e daí no fim das contas ele volta pra casa.

"Pode sair, Kingshaw", disse Hooper, calmamente. Kingshaw paralisou. Fez-se um silêncio. Do meio da mata, os pombos tornaram a emitir seus arrulhos guturais.

"Você está atrás dessa moita, já estou sabendo, dá pra ver os seus pés, não precisa fingir."

Bem devagar, Kingshaw se levantou, hesitante, e deu um passinho à frente. Os dois garotos se encararam, um de cada lado da trilha.

"Eu falei que vinha atrás de você. Falei que você não ia escapar."

"*Como* que você me viu?"

"O que é que você acha? Eu tenho janela, não tenho?"

"Tem, mas eu não..."

Hooper suspirou. "Você é muito burro, não é? Era bem óbvio que ia ser hoje."

Kingshaw não respondeu. Eu sou um burro, eu sou um burro, pensou. Pois era claro que Hooper sabia que seria hoje, aquela era sua única chance. Além do mais, Hooper sempre sabia de tudo, simples assim.

"De todo modo, você não pode vir comigo."

"Eu posso fazer o que eu quiser."

"Eles vão vir atrás de você."

"De você também, oras."

Então, Kingshaw percebeu uma sacolinha de lona nos ombros de Hooper. Ele estava falando sério, queria mesmo ir junto.

"Você não consegue pensar em nada sozinho", rebateu, com vozinha de bebê. "Você tem que me imitar em tudo."

Hooper fez uma careta desdenhosa.

"Você não vai querer ir pra onde eu estou indo, Hooper, ninguém ia querer você por lá."

"Pra onde é que você está indo?"

"Não vou falar."

"E como é que você sabe que eles querem você?"

"Eu sei."

"Como?"

"Não te interessa."

"Olha só, Kingshaw, pode poupar a sua saliva, não adianta você achar que pode fazer alguma coisa em relação a mim. Você só veio pra cá, esse lugar não é seu, você tem que fazer o que eu mando, porque a sua mãe trabalha pra mim e pro meu pai."

"Não, não é nada disso, Hooper, cala essa boca."

"Ela é empregada, só isso, o meu pai que paga ela, então ela tem que fazer o que o meu pai manda, e você tem que fazer o que eu mando."

"Quem falou?"

"O meu pai."

Kingshaw pensou que talvez fosse verdade. Pois em todos os cantos onde eles já haviam morado ele tinha que ficar atento ao que os outros lhe falavam. "Você tem que ter bons modos", dizia sua mãe, "não pode incomodar, essa casa é deles, não é nossa."

"Então, se eu quiser ir com você, eu vou."

"Mas *pra quê*?", retrucou Kingshaw, em desespero. "Não entendo por que você quer vir. Você não quer fugir de casa, e também não vai querer ficar circulando por aí comigo, vai? Você não gosta de mim."

"Não."

"Então por quê?"

Hooper ficou em silêncio, só esboçando um sorrisinho. Kingshaw queria descer a mão nele, e se assustou com as sensações que Hooper lhe provocava, destruindo todo e qualquer pensamento razoável. Sua cabeça fervilhava quando Hooper ficava assim, diante dele, e ele só se debatia feito um doido, sem acertar o alvo, incapaz de se conter e falando igual a um bebezinho. Ele precisava contar alguma vantagem. "Mas eu vim até aqui, não vim? Você falou que eu não ia ter coragem de entrar lá no bosque, mas aqui é muito maior, aposto que você nem imaginava que eu fosse conseguir entrar aqui sozinho."

Hooper deu de ombros. "Grandes coisas." Ele se agachou e remexeu o mato, até encontrar um graveto grosso. Testou uns golpes com ele no ar, e o movimento produziu um sibilo.

"Vai fazer o que com isso?"

"Qualquer coisa. Quem anda pela floresta sempre tem que ter um pedaço de pau."

Ele parecia seguro, entendido. Os dois passaram vários minutos ali parados. Então, mesmo sem querer, Kingshaw não se conteve. "Você trouxe alguma coisa pra beber, Hooper?"

"Você *não* trouxe?"

"Não."
"Está com sede?"
"Um pouco."
"Como você é *burro*."
"Deixa pra lá, não importa. Eu só queria saber."
"Nem vem achando que eu vou te dar a minha bebida, você mesmo devia ter pensado nisso, já que é tão esperto."

Kingshaw deu meia-volta e começou a caminhar o mais depressa possível, cruzando a clareira e adentrando um novo trecho de vegetação mais densa. Sabia que ouviria Hooper vindo atrás. Dali a pouco, ouviu. Mas ficou calado durante um tempo.

Ele já não se sentia feliz e relaxado por estar na floresta, perdera o interesse por tudo o que via e ouvia. Só pensava no fato de estar sozinho com Hooper, e no que Hooper poderia fazer com ele. Mas talvez fosse muito menos que dentro da casa. Lá era o seu território, ele era o mestre. Ali, de certa forma, os dois estavam em pé de igualdade.

Mais adiante, Kingshaw percebeu que a trilha desaparecera por completo. Agora só se via o denso tapete de vegetação marrom-esverdeada, os gravetos, os galhos e as robustas raízes das árvores, feito cordas brotando do chão. Todo o cenário parecia igual, eles podiam rumar para qualquer lado. Ele seguiu em frente. Era para lá que ficava a saída até o outro lado. Mas ele não tinha ideia da distância, ficava só esperando ver o fim do caminho, mas não via.

Vez e outra, o sol transpassava o emaranhado de plantas e ondulava feito água sobre os troncos das árvores. De modo geral, porém, as folhas eram muito grossas e não permitiam a passagem da luz. O espaço era estreito, também, agora que eles já estavam bem para dentro da floresta, o ar que ele inalava parecia quente, e de certa forma mais espesso que o normal. Kingshaw sentia a pele pegajosa sob a camiseta. Logo teria que parar para tirar o suéter.

Foi difícil avançar. Ele ia transpondo o matagal muito alto e os arbustos densos, quase sem conseguir enxergar sequer um metro à frente, e de repente uma nova clareira despontava. Foi assim por um bom tempo. O tempo todo ele ouvia Hooper em seu encalço. Mas agora os dois já estavam mais ambientados, e caminhavam sem fazer tanto barulho.

Quando eles se abaixaram para atravessar um grande emaranhado de moitas espinhosas, acabaram prendendo as roupas e tendo que parar para soltá-las, e Kingshaw ouviu o barulho pela primeira vez. Era um som estranho, feito o ronco de um porco ou de um cavalo, mas ao mesmo tempo bem diferente. Ele parou onde estava. Logo atrás, Hooper deu mais uns passos e parou também, já bem perto dele. Kingshaw sentiu sua respiração. O ronco ecoou de novo, depois veio o som de um movimento, um galho se partindo.

"Que que é isso?"

Kingshaw virou de leve a cabeça e viu o rosto de Hooper. Ele tinha os dentes quadrados, com serrinhas nas pontas e um espaço entre os dois da frente. No lábio superior havia um bigodinho de suor. Ele é de verdade, Kingshaw pensou, tem sangue e água dentro dele. Sentia um certo conforto na presença de Hooper, em seus odores corriqueiros. Afinal de contas, será que ele realmente poderia machucá-lo de alguma forma?

"Um barulho. Tem alguma coisa ali."

"O que é?"

"Como é que eu vou saber?"

"Não pode ser uma pessoa, esse barulho não é de gente."

"Não."

"Agora parou."

"De repente foi embora, então."

Os galhos estalaram novamente, e eles ouviram o som de passos suaves sobre as folhas, mais adiante dos arbustos.

"Vai lá dar uma olhada."

"De repente é..."

"O quê?"

"Não sei."

"Vai lá ver."

Silêncio.

"Você está com medo."

"E daí? Você também está."

"Larga de ser burro."

"Por que é que você não tem coragem de ir lá?"

"Eu que falei primeiro, você que tem que ir. *Anda logo...*"

Os dois sussurravam. Depois de um momento Kingshaw avançou um pouco mais, afastando os galhos com cuidado, sem saber o que veria. Imaginou criaturas a observá-lo por entre as árvores, de olhos brilhando e lanças a postos. Havia uma tensão na floresta, uma sensação de vida e mistério. Ele recordou uma leitura sobre os javalis que se embrenhavam nas florestas, e os caçadores ficavam à espreita para esfaquear a garganta, o coração e os olhos deles. E havia também uns outros porcos-do-mato, com uns espinhos perigosos e meio nojentos. O ronco soou outra vez. Com muita cautela, ele deu mais um passo à frente.

Havia uma pequena clareira, iluminada por uma faixinha de sol, e do lado oposto, entre duas árvores, um cervo. Seu corpo cor de areia se tremia todo, e os olhos eram grandes e brilhantes. Kingshaw percebeu que o animal estava com medo, mais até do que ele próprio. E voltou depressa para os arbustos.

"É um cervo."

"Que tipo de cervo?"

"Sei lá, de qualquer tipo. Tem um monte de chifres na cabeça."

"São as galhadas, seu burro."

"Isso."

"Eu nunca vi um desses."

"Com certeza você já viu no zoológico."

"Eu nunca fui ao zoológico."

Kingshaw soltou um assobio de espanto. Jamais imaginou que pudesse superar Hooper, em qualquer situação.

"E aí, o que é que a gente faz então?"

"Bom, ele não vai *machucar* a gente."

"Então vamos continuar", rebateu Hooper.

Kingshaw recuou. Lembrou que não queria ficar com Hooper de jeito nenhum. Hooper saiu andando na frente. A moita se fechou na mesma hora e quase o escondeu. Por um segundo, Kingshaw tornou a se sentir sozinho. Então o cervo recomeçou a roncar.

"Por que é que ele faz esse barulho?", sussurrou Hooper por entre os arbustos.

"Acho que ele está com medo. Deve estar chamando os outros."

"Ah. Será que tem muitos outros?"

"Sei lá. Achei que era você que sabia tudo de tudo."

"Cala a boca."

"Ele não ia ficar na mata sozinho, não é? Todo mundo sabe disso."

"Não. Vem logo, Kingshaw, vamos atrás dele, de repente a gente vê mais de cem. A gente pode encontrar qualquer coisa."

Kingshaw ouviu Hooper dar um bote, e o cervo disparou barulhento pela mata. Ele avançou até a clareira. Na mesma hora, uma raposa saiu correndo por entre as árvores.

"Anda", disse Hooper.

Kingshaw foi atrás dele. Os dois cruzaram os carvalhos, onde haviam encontrado o cervo, e se embrenharam mais para dentro da mata.

"Para de fazer tanto barulho", disse Hooper, dali a pouco. "Tem que espiar bem de mansinho, é assim que os caçadores fazem."

"A gente não é caçador."

"É, sim. Você quer ir atrás dele, não quer? Só que não vai ver é nada, se fizer tanto barulho."

Kingshaw não respondeu. Estava furioso com Hooper por ele ter assumido o comando de uma hora para outra, caminhando na frente e dando todas as ordens. A bola estava com ele. Mas, pelo menos por enquanto, ele estava mais interessado em seguir o cervo do que em fazer qualquer coisa com Kingshaw. Para ele era só um passeio, uma aventura, nada sério. Um tempo depois, Kingshaw pegou o espírito. Quando Hooper desatou a correr por uma das clareiras, ele correu também, e os dois fizeram tanto barulho que o cervo já devia estar muito longe. Hooper fazia uns movimentos estranhos, dava uns saltos, uns botes agressivos. Então apoiou as mãos e os joelhos no chão e começou a rodear uma árvore.

"A gente é caçador", disse ele. "Agora você não pode dar nenhum pio. Aqui tem javalis. E ursos."

"Não na mesma floresta, não tem como."

"Abaixa, abaixa."

Kingshaw se agachou. Os galhos e as folhas mortas machucavam seus joelhos. A mata era diferente vista dali, as folhas pareciam maiores e bem mais distantes, os troncos das árvores estavam em um ângulo estranho.

Dava um certo enjoo olhar para cima e para os lados. O fedor adocicado das folhas úmidas subia por entre seus joelhos e penetrava as palmas de suas mãos. Ele via vários insetos, aranhas, besouros brilhosos com vários segmentos, entrando e saindo dos troncos. E havia musgos também. Alguns eram mais rosados e bem espessos, feito algas marinhas. Pareciam viscosos.

De repente, Hooper colou a barriga no chão e ficou parado, com os pés quase no rosto de Kingshaw. Encarava os arbustos.

"Olha lá ele!"

Kingshaw se esgueirou para a frente. O cervo estava mais adiante, em postura de fuga. Seu pescoço estava tão tenso que parecia a ponto de rachar.

"Devem ter outros", disse Hooper. "Acho que eles descem pra água."

"Que água?"

"Ué, tem um córrego por aqui, não tem? De repente tem até um rio."

"Sei lá."

"Claro que tem, nas florestas sempre tem."

"Ah."

Hooper tornou a se levantar e foi avançando sorrateiro, ainda atrás do cervo. O terreno começava a se inclinar em uma descida sutil, e embora ali as clareiras fossem bem maiores, a vegetação era mais emaranhada, e em alguns pontos havia até urtigas e trepadeiras que chegavam na altura dos joelhos. Era tudo bem úmido. Ao erguer o pé, Kingshaw ouviu um barulhinho molhado. Ainda estava muito quente. Quase dava a impressão de que não havia ar. Kingshaw limpou o suor do rosto.

"Eu quero parar. Esse suéter está me deixando com calor."

No mesmo instante ele se perguntou por que sentira necessidade de falar aquilo. Estava sozinho, não estava com Hooper, Hooper é que tinha ido atrás dele e começado com essa história de caça, e ele não precisava dar nenhuma satisfação a ele. Mas então percebeu que já havia aceitado a presença de Hooper, estava até meio contente, pois os dois já tinham se embrenhado bastante na floresta. Mas estava irritado consigo por ter reconhecido a liderança de Hooper. Tentou pensar em formas de recuperar o comando.

Ao tirar o suéter, deu uma olhada no relógio. Já passava das oito, eles estavam na mata havia mais de duas horas. O pensamento o assustou.

Hooper estava parado a uns metros de distância, cutucando a terra com o dedão do pé.

"*Anda*, Kingshaw."

"Eu não quero brincar disso agora."

Hooper fez uma careta desdenhosa. "Brincar de quê? A gente está caçando cervos, não é? Eu pelo menos estou. Você faz aí o que quiser."

"Eu quero ir embora. Já estava na hora de eu sair."

"Sair para onde?"

"Sair daqui. Eu vou cruzar os gramados atrás da floresta, e depois..."

"Depois o quê?"

"Depois nada. Não te interessa. Mas você vai ter que voltar."

Hooper fez que não.

"Tô fora."

Kingshaw enfiou o suéter na mochila. Atrás dele estavam as moitas de onde os dois tinham acabado de sair. Ele seguiu adiante.

"Aonde é que você vai?"

"Eu já falei, tenho que sair daqui agora."

"Vai pra casa?"

"Não é da tua conta. Não."

"Vai pro outro lado da floresta, então?"

"Isso."

"Mas não é por aí."

"É, sim."

"Não é, a gente veio de lá. A gente deu meia-volta."

Kingshaw hesitou. Havia moitas por toda parte. Ele tentou se orientar. Se rumasse para a clareira à esquerda, sairia de Hang Wood. Àquela altura já devia estar quase na beirada. Ele foi avançando mais um pouco. Um tempo depois, ouviu Hooper vindo atrás.

A clareira se estreitou, mas ali não havia nenhum emaranhado de moitas, dava para caminhar direito. Acima deles, as copas das árvores se entrelaçavam. Estava muito escuro. Kingshaw parou. Não havia claridade em nenhum ponto à frente. Se a margem da floresta estivesse próxima, haveria alguma luz.

Bem lentamente, ele se virou. Mas deu na mesma. Todos os cantos pareciam iguais.

"O que é que foi agora?"

Pela primeira vez, Kingshaw sentiu um toque de medo na voz de Hooper, e soube que havia recuperado a liderança.

"Por que você parou?"

Com movimentos bem calculados, Kingshaw passou os dois indicadores pelo barbante da mochila e tirou-a das costas. Desamarrou a capa de chuva, estendeu-a no chão e se sentou. Hooper ficou em pé, olhando em volta, apreensivo, o rosto pálido feito a barriga.

"A gente se perdeu", disse Kingshaw. "É melhor a gente ficar aqui e pensar no que fazer."

Hooper desabou. Ajoelhou-se no chão um pouco mais ao longe e começou a esmurrar a folharada, de cabeça baixa. "A culpa é sua, Kingshaw, você é um burro e um idiota e a culpa é sua. Você devia ter me obedecido."

"Ah, cala essa boca."

De repente ecoou um grito lancinante e um bater de asas, feito um chocalho. Kingshaw olhou para cima. Dois corvos zuniam no céu, as asas estendidas. Depois que eles passaram, tudo voltou a ficar mais calmo, e mais escuro. Uma leve brisa soprou na mata, remexendo o ar abafado. E novamente o silêncio. Uma graúna começou a cantar, um canto alto e claro, feito um alerta. Hooper ergueu os olhos, alarmado. De algum ponto, bem ao longe, estrondeou o primeiro trovão

Susan Hill
Eu sou o rei do castelo

Capítulo 7

"Foi um trovão", disse Hooper, depois de vários minutos de silêncio.

"Pois é. Se estiver armando um temporal de verdade, a gente vai ter que se abrigar. Vai chover."

Kingshaw percebeu que Hooper olhava para o nada, com o rosto estranho e rígido. Falava com os lábios franzidos, como se chupasse um limão azedo.

"Eu sempre fico doente quando pego chuva, eu odeio chuva forte. Nunca posso sair de casa."

Suas pupilas estavam pequeninas. Ele está com medo, pensou Kingshaw, está morto de medo. Eu nunca tinha visto ele com medo, mas agora estou vendo.

Se ele fosse vingativo, essa seria a chance de se vingar de Hooper. Mas ele não era. Não queria nem saber, desde que ficasse em paz.

"Eu acho que aqui a gente está bem protegido."

"A gente está debaixo das árvores. Nunca se deve ficar debaixo das árvores, é a coisa mais perigosa que tem."

"Isso se for uma árvore sozinha, no meio de um campo, coisa assim. Aqui tudo bem, é diferente."

"Por quê?"

"Sei lá. As árvores estão todas juntinhas, eu acho. É diferente, pronto."

Não muito longe, mais um trovão estrondeou.

"Que ódio, eu vou ficar doente."

"Mas tudo bem ficar doente, não é? Não tem importância."

"Kingshaw, por que é que a gente não volta correndo? Se a gente correr, dá pra sair da mata, e de repente a gente chega em casa antes do temporal desabar."

"Ah, claro, a gente já andou vários quilômetros, não é mesmo? Além do mais, pra começo de conversa, a gente nem sabe sair daqui, não é mesmo? Então como é que a gente vai voltar pra casa, seu burro?"

"A gente pode tentar, dá simplesmente pra voltar pelo mesmo caminho."

"Só que a gente não sabe o caminho. Enfim, eu não vou voltar pra casa, tá? Você faz o que quiser, pode ir embora."

"Eu não vou ficar sozinho no meio da tempestade."

Hooper elevou a voz a um tom de pânico. Qualquer traço de orgulho próprio que ele pudesse ter havia se desintegrado, ele não queria nem saber se Kingshaw percebia seu medo — *queria* que ele percebesse, na verdade, queria ser protegido.

Kingshaw não sentiu a menor pena. Estava indiferente. Mas não largaria Hooper sozinho, agora ele sabia que precisava assumir a liderança.

À medida que o céu escurecia, uma tensão foi se instalando na mata. Dava para ouvir até a movimentação sutil dos pássaros, mesmo a uma boa distância. Kingshaw estava com calor. Queria que o temporal desabasse, queria sentir a chuva e o frescor. Havia algo de incômodo naquela espera, parecia que tudo ao redor concentrava uma certa violência. Mas ele não sentia um pingo de medo. Não sentia nada. Sua mente estava muito límpida e ele conseguia visualizar tudinho, sabia o que tinham de fazer. Ele pensou na mãe. Talvez àquela hora os dois já estivessem em Londres. Ele a imaginou circulando ao lado do sr. Hooper, com seus sapatos de salto alto e o elegante terninho verde. Mas nada disso importava agora, ninguém importava, ele estava indo embora, ia dar tudo certo.

A floresta fazia tudo parecer muito distante, não só em termos de espaço, mas de tempo também. Ali ele se sentia isolado de todo mundo, longe das cidades, da escola e de casa. Aquele lugar já o havia transformado, expandido sua vivência de tal forma que ele sentia estar prestes a descobrir algum segredo, cuja existência o outro mundo desconhecia.

Um ribombo de trovão estrondeou acima, depois o barulho de um rasgo, como se o céu estivesse se abrindo. Hooper se levantou e olhou em volta, transtornado de pavor.

"Vem", disse Kingshaw, com naturalidade, "é melhor a gente montar um abrigo." Ele abriu bem a capa de chuva e caminhou até uma das moitas. Hooper ficou olhando, meio trêmulo, plantado onde estava. Agora coriscavam relâmpagos, esbranquiçando os troncos das árvores.

Com cuidado, Kingshaw estendeu a capa de chuva o máximo possível sobre os arbustos. As moitas eram muito densas. Ele se agachou e foi rastejando por baixo.

"Vem", disse, "aqui está tranquilo, a gente não vai se molhar."

Hooper hesitou, mas acabou engatinhando até lá. Acomodou-se no cantinho mais afastado, onde estava escuro, e se encolheu todo, com as mãos junto do rosto. Quando um novo trovão estourou pela mata, ele tapou os ouvidos e se enroscou.

"Está tudo bem", disse Kingshaw, "é só barulho."

O brilho de um raio refletiu nos olhos de um pássaro empoleirado em algum galho próximo, e por um segundo tremulou uma faísca verde-amarelada, feito uma tocha. Logo em seguida veio o trovão.

"Ai, meu Deus, ai, meu Deus."

Hooper estava totalmente fora de si, envolto no próprio medo, alheio a tudo, menos à tempestade e ao pavor que sentia. Kingshaw recordou suas próprias sensações no dia em que o corvo o perseguira. Devia ser a mesma coisa. Ele quis se rasgar inteiro, de tanto medo que sentiu.

"Olha, não vai demorar muito, vai passar rapidinho", disse, meio constrangido, em um ímpeto de carinho. Mas Hooper não escutava, estava todo encolhido, com o pescoço curvado e a cabeça enfiada entre os joelhos.

No começo a chuva caiu bem de leve, com gotas grandes molhando as folhas. Mas depois desabou um aguaceiro violento, e Kingshaw sentiu a água penetrando os arbustos. A capa não cobria quase nada. Ele espiou do lado de fora e viu a chuva toda prateada, formando imensas poças no solo da clareira.

Depois de um bom tempo começou a estiar, as gotas caindo feito agulhas, mas de repente um trovão e um relâmpago estouraram ao mesmo tempo, tão alto que o próprio Kingshaw deu um pinote, assustado. Parecia uma bomba explodindo bem ali atrás da moita, e por um longo segundo toda a floresta foi tomada de um brilho branco, meio esverdeado. Hooper choramingou e se balançou um pouco, para frente e para trás.

Kingshaw começou a pensar no que aconteceria depois, se Hooper ficaria envergonhado. Agora ele não vai mais poder me amedrontar, pensou, não vai mais ser o líder.

Muito tempo se passou, até que a luz retornou à mata. Os trovões ainda ribombavam ao longe, lentamente, mas sem cessar. Kingshaw pôs a mão no cabelo. Estava ensopado. Suas roupas também estavam molhadas.

Então, de súbito, o sol preencheu a clareira. Parecia uma cortina se abrindo em frente a um palco iluminado. Um vapor muito fino começou a subir do solo encharcado e dos troncos das árvores, e um cheiro forte invadiu as narinas de Kingshaw. As gotas de chuva cintilavam nos arbustos.

Ele saiu de baixo da moita e examinou a capa de chuva. Estava toda afundada no meio, empapada de água. Ele puxou a capa, e um pouco de água escorreu pela moita e caiu perto de Hooper.

"A chuva parou", disse Kingshaw.

Ele se afastou um pouco. O chão estava todo enlameado, e a vegetação molhada tornou a encharcar a barra de sua calça. Ele parou sob o sol. Lá no alto, no meio das folhas, despontavam frestinhas de céu azul.

"Pode vir, Hooper, está tudo bem."

Os pássaros tinham voltado a cantar e uns barulhinhos suaves ecoavam ao redor, enquanto as gotas de chuva iam rolando pelas árvores.

Kingshaw esfregou as pernas. Tinha ficado todo espremido debaixo da moita. Hooper não saía de jeito nenhum, mas pelo menos destapou os ouvidos e levantou a cabeça. Ele se sentou, tentando escutar para que lado tinha ido a tempestade.

Foi nesse momento que ouviu a água. Não era chuva, era água corrente, em algum ponto à direita, mais adiante de onde começava a encosta. Ele virou a cabeça. Devia ser um riacho, correndo mais depressa por conta da chuva. Ele apertou a boca, pensando na sede.

Kingshaw retornou ao arbusto e pegou a mochila. O couro estava molhado, mas do lado de dentro estava bem seco.

"Tem algum riacho por aqui", disse a Hooper. "Estou ouvindo, mais lá pra baixo. Vou tentar encontrar."

Hooper o encarou direto nos olhos pela primeira vez desde o início do temporal.

"Pra quê?"

"Estou com sede."

"Eu também."

"Você falou que tinha trazido bebida."

"Falei nada."

"Falou sim, você me chamou de burro porque eu não trouxe."

Hooper não respondeu, só começou a se levantar bem lentamente. Saiu de baixo da moita, andou cerca de um metro, virou-se de costas para Kingshaw, abriu o zíper da calça jeans e fez xixi na samambaia. Kingshaw ficou olhando. Demorou um tempão. Ele estava mesmo com muito medo, pensou Kingshaw. "Eu não trouxe bebida porque sabia que tinha um riacho", disse Hooper, por fim.

"Que mentira, você nunca nem veio aqui, não sabe nada do que tem aqui."

"Sei, sim."

Kingshaw largou o assunto para lá. Sentia que a tempestade tinha mudado as coisas, dado a vantagem para ele. Era só olhar para Hooper.

Mas ele tinha esquecido com que tipo de pessoa estava lidando. Já no meio da clareira, Hooper deu uma olhada em volta. "Isso, eu estou ouvindo, é por ali. Eu sou o líder, então vou na frente."

Desconcertado, Kingshaw foi atrás.

Descendo por entre os arbustos havia uma trilha estreita. A encosta não era muito íngreme. Parecia mais frio depois da chuva, mas à medida que eles avançavam mais para o meio das árvores o ar tornou a esquentar, denso e abafado pela umidade. O solo ainda estava empapado e era muito difícil caminhar, por conta disso e da folhagem úmida que grudava nos tornozelos. Mas o som da água corrente foi se aproximando.

Além da sede, Kingshaw agora sentia fome, queria parar e pegar na mochila um pedaço de chocolate. Então sentiu o pé tocar em alguma coisa na grama. Ele se abaixou. Logo à frente, Hooper parou e deu meia-volta.

"Qual o problema? Anda logo."

"Encontrei um troço."

"O quê?"

Kingshaw não respondeu. Foi tateando o solo e sentiu uma textura de pelo macio e úmido. Afastou a grama.

O coelho estava morto. Hooper se aproximou, parou um pouco e depois se agachou também.

"O que é isso?"

"Um coelho." Kingshaw correu de leve o dedo pelo pescocinho frio. "Foi baleado."

"Mas onde? Não tem sangue."

"Não."

As orelhas do animal estavam rígidas, alertas, como se ele tivesse morrido tentando ouvir alguma coisa, mas os olhos estavam vidrados, vazios e distantes, feito os olhos de um peixe em uma travessa.

"Não dá pra fazer nada com ele, *dá*?"

"Não."

"Então vamos andando. Achei que você estava com sede."

Kingshaw o ignorou. Pegou o coelho com cuidado. Era pesado e meio molengo, como se estivesse totalmente solto por dentro.

"Você já tocou numa coisa morta?"

"Não. Bom, só em passarinhos. Nada grande."

"Isso aqui não é grande!"

"É, sim. Quer dizer, nunca toquei num *mamífero* morto."

"E também nunca viu uma pessoa morta?"

Kingshaw ergueu os olhos, nervoso. "Não."

"Nem o seu pai? Não te levaram pra ver ele no caixão?"

"Não."

"Eu vi o meu avô morto. Faz bem pouco tempo."

"Ah." Kingshaw não tinha como saber se era verdade. Ele alisou os pelos molhados do coelho.

"Ai, Kingshaw, joga isso fora."

Mas ele estava relutante. Estava gostando da sensação. Nunca soube como era segurar um troço morto. Agora sabia. Ele pegou o coelho no colo. "Está morto, só isso", disse Hooper. "Quando as coisas morrem acaba tudo, nada mais importa."

"Importa sim. Bom, as pessoas, pelo menos."

"Óbvio que não. Não tem diferença."

"Tem sim, tem sim."

"*Qual* diferença?"

"É porque... porque são corpos humanos."

"Os seres humanos são animais."

"Sim, são, só que... só que não. É diferente."

Hooper suspirou. "Olha só, quando você respira é porque está vivo, não é? Tudo é assim. Daí, quando a gente para de respirar, o coração para, e a gente morre."

Kingshaw hesitou, meio angustiado, sem saber o que argumentar. Hooper arregalou bem os olhos. "Não vai me dizer que você acredita nessas baboseiras de alma, fantasma, essas coisas?"

"Em fantasma, não..."

"Quando morre, morre, acaba tudo."

"Não."

"Olha aqui... dá até pra *ver*." Hooper cutucou o coelho. A cabecinha desabou para o lado. "Está morto."

Kingshaw ficou olhando, desconsolado. Não conseguia pensar direito. O que Hooper tinha dito talvez fosse verdade, mas ele sabia que não era.

"Se você acredita nesse troço de alma, também tem que acreditar em fantasmas e aparições."

"Tenho nada."

"Porque os fantasmas são pessoas que já morreram, não são?"
"Sei lá."
"Claro que são."
"Mas foi você que acabou de falar que quando a gente morre acaba tudo."
"Eu não acredito em fantasma, oras. Mas você acredita. Se acredita nas outras coisas, tem que acreditar nisso."

Kingshaw não respondeu. Mas ainda estava angustiado.

"Então é melhor você ficar de olho, não é? Mas na verdade isso é tudo bobeira."

Ao olhar outra vez o coelho, Kingshaw viu de repente uma enorme ferida em sua orelha, toda farelenta, cheia de trecos, sangue e larvas. Ele atirou o corpo para longe com violência. O animal desabou no chão com um baque surdo.

Quando tornou a erguer a cabeça, ele viu que Hooper o encarava com os olhos apertados, em uma expressão de deboche. Pagara Kingshaw na mesma moeda pelo horror que sentira da tempestade. Sem dizer mais nada, deu meia-volta e retomou a caminhada.

A ferida cheia de larvas foi atormentando Kingshaw, tanto na mente quanto nas entranhas. O coelho morto, que no início parecia tão puro, agora era a coisa mais nojenta, imunda e contaminada. Ele baixou os olhos inquietos à camiseta, para ver se estava manchada.

No mesmo instante, Hooper começou a deslizar, desgovernado, abanando os braços para tentar recuperar o equilíbrio.

"Kingshaw, Kingshaw... ai, meu Deus..."

A trilha terminava em uma descida íngreme, entre duas bordas cobertas de samambaias que batiam na cintura. O solo por debaixo estava úmido e escorregadio por conta da chuva. Hooper não conseguia parar, foi deslizando de quatro, rolando pela vegetação, gritando de medo.

"Kingshaw..."

Mas Kingshaw não pôde fazer nada além de descer com muito cuidado atrás de Hooper, tateando o solo a cada passo. Lá de baixo veio um estrondo, depois um grito. Na mesma hora os pássaros levantaram voo, assustados, e sumiram pela mata.

"Tudo bem aí?"

Silêncio.

"Hooper? O que você arrumou?"

Kingshaw deslizou mais uns metros encosta abaixo, meio inclinado para a frente.

"Hooper? O que foi que houve com você?"

"Olha lá o riacho, eu encontrei, dá pra ver o curso."

Furioso, Kingshaw foi se arrastando pelos últimos metros sobre a grama encharcada. A ponta de um galho lhe arrancou um naco de pele da mão.

Hooper estava ajoelhado, espiando por entre uns juncos grossos e escuros.

"Você não se machucou nadinha!"

"Não, não."

"Eu achei que você estava morrendo, você fez um barulho horrível. Por que ficou gritando daquele jeito, se não se machucou?"

Hooper balançou a cabeça, impaciente. "Eu achei que fosse. Olha aí a água, deve estar indo pra algum lugar."

"Por quê?"

"Porque sim. Os rios e os córregos sempre desaguam em algum ponto. Se a gente acompanhar o curso, a gente consegue sair daqui. Ok?"

"Como é que você sabe?"

"Porque é óbvio."

"Não acho nada óbvio, pode ser que o rio não saia da mata, de repente ele vai ainda mais pra dentro."

"Não vai. Você é um imbecil, Kingshaw, o rio sai da mata, sim, porque a gente viu, não foi? Lá na ponte da vila?"

"Pode não ser o mesmo rio."

"Mas é." Hooper se levantou. "Anda, vamos por ali. Aqui não é bom de beber água, está tudo cheio de planta."

"Você está imundo. Está cheio de sujeira nas pernas."

"E daí? Vamos andando."

Kingshaw não se mexeu. Queria sair da floresta tanto quanto Hooper, era verdade. Mas não com Hooper. Além do mais, não estava muito certo de que devia mesmo acreditar que eles conseguiriam sair da floresta se acompanhassem o riacho.

Mas não lhe interessava o que Hooper fazia ou aonde pretendia ir. Cedo ou tarde, assim que encontrassem a saída, Hooper teria que voltar para casa. Kingshaw não voltaria nunca mais.

"Anda, anda logo, não fica aí *parado*."

"Eu faço o que eu quiser."

Hooper parou e o encarou. "Se você ficar aqui, vai ficar sozinho. Isso não seria nada bom pra você, seria? Você ia acabar morrendo aqui dentro, nunca ia conseguir achar a saída."

"E por que não? Eu também posso achar, não é só você que pode."

"A gente tem que ficar juntos, senão é perigoso."

"Foi você que fez a gente se perder, com aquela brincadeirinha idiota."

"Dane-se. Só vem atrás de mim."

Kingshaw ainda estava relutante. Sentiu um ímpeto súbito de dar meia-volta e rumar na direção oposta, de se arriscar. Mas não sabia ao certo se gostava ali de baixo. Não tinha certeza se a presença da água mudaria as coisas e acabaria trazendo vários obstáculos que eles ainda não haviam enfrentado. Os dois tinham aprendido um pouco sobre a mata, mas lá na parte de cima. Ali era diferente.

A área cheirava a vapor e umidade, feito uma selva, e também exalava um odor pútrido e adocicado. Não havia ar. Kingshaw queria escalar a margem outra vez e continuar subindo, queria subir bem no alto de uma árvore até conseguir ver o céu aberto. Eles pareciam estar presos ali havia horas, uma eternidade. A água corria lenta por entre as margens tomadas de vegetação.

"E aí, Kingshaw, você vem ou não vem? Daqui a um minuto eu vou embora sozinho, não estou nem aí pra você."

Kingshaw sabia que ele não iria. Hooper tinha morrido de medo do temporal. Jamais conseguiria circular sozinho pela floresta. Sem dizer nada, começou a caminhar a passos lentos.

Os dois seguiram o curso do riacho por um longo trecho, talvez mais de três quilômetros, e nada mudou. O solo estava lamacento e muito escorregadio. Não existia vida ali embaixo, não havia pássaros nem borboletas, mais parecia um túnel escuro e úmido. Junto às raízes expostas das árvores cresciam alhos-selvagens, exalando um forte fedor.

De repente, Hooper parou.

"O que foi?"

"Nada."

"Por que você parou?"

"Já estou de saco cheio."

"De quê?"

Kingshaw se aproximou dele. À frente e atrás eram a mesma coisa, um túnel.

"A gente não está chegando a lugar nenhum, não estamos saindo da mata, na verdade está escurecendo cada vez mais", disse Hooper, em tom queixoso. "Que ódio."

"Foi você que falou que queria seguir o córrego."

"Tá, mas agora não quero mais, mudei de ideia."

"Não tem como a gente voltar tudo."

"Por que não?"

"Porque é a maior burrice, nunca se deve voltar atrás, nunca. Além do mais, não tinha saída lá pra trás."

"Como é que você sabe?"

"Porque foi de lá que a gente *veio*, oras!"

"Mas a gente não cruzou o caminho todo. A gente pode subir a encosta outra vez."

"Mas dá pra subir por aqui também."

"Não, aqui só tem umas moitas com espinho e tal. Eu quero voltar."

"Mas são vários quilômetros."

"Não interessa, eu quero voltar."

"Olha, deixa que eu vou na frente, já que você está com tanto medo."

"Eu não estou gostando daqui, Kingshaw, é muito esquisito. É apavorante."

"Que bebezão. O caminho vai dar em algum lugar, você mesmo que falou."

"Para de falar que eu falei isso, que eu falei aquilo."

"Mas você falou mesmo, ué. Fica de olho."

Kingshaw o empurrou e tomou a dianteira. Não estava mais ligando para Hooper, agora havia encontrado um jeito de falar com ele.

O túnel verde se estendia até onde os olhos alcançavam. Ele também não estava nada satisfeito, mas não diria isso a Hooper. Pouco antes quase sugerira voltar sozinho, ou que eles tentassem escalar a margem mais alta do riacho. Agora só queria seguir em frente. Odiava tomar uma decisão, pôr um plano em prática e depois não terminar. Era um desperdício. Ele gostava de concluir as coisas. Além disso, agora que estava na frente outra vez, agora que recuperara a liderança, queria ficar lá. Hooper que fosse atrás dele, se quisesse.

Os dois retomaram a caminhada. Mas não por muito tempo. Em dado ponto, o riacho fazia uma curva e corria sob uma moita de espinheiros baixa e comprida, em forma de arco. Eles tiveram que subir pelas laterais da margem e avançar de lado, agarrando-se a troncos e raízes para se equilibrar. Até que as moitas sumiram, e eles chegaram subitamente a uma clareira.

Ali o córrego era bem largo, e um desvio pelas árvores formava um laguinho em um dos extremos da clareira. As margens mais altas tinham declinado gradualmente, e naquele ponto a água e o solo retornavam ao mesmo nível. Estava muito mais claro também. As árvores ali eram olmos, muito altos e bem espaçados, com as folhas lá em cima.

Para além do laguinho, o riacho ainda corria até onde a vista alcançava, e pouco adiante havia mais vegetação rasteira.

"Olha, parece uma piscina", disse Kingshaw.

"Mais ou menos. É meio pequeno."

"Será que alguém represou a água pra fazer esse laguinho?"

"Sei lá. Não, acho que não. Ih, olha só, aqui na lama da margem está cheio de marcas de cascos. Os cervos devem descer aqui."

"Te falei."

Eles ficaram um pouco ali parados, sentindo que haviam chegado a algum lugar, mas sem saber ao certo o que fazer. A área não parecia mais próxima à beira da floresta, havia árvores por todo canto, e eram todas imensas.

Então o sol saiu, e a clareira foi preenchida de uma luz pálida, verde-amarelada. A água do riacho e do laguinho era totalmente translúcida.

"Já sei o que eu vou fazer, eu vou nadar."

Hooper tinha tirado a sacola de lona dos ombros e a jogado longe. Agora estava se despindo e largando as roupas na grama, de qualquer jeito. Kingshaw ficou olhando, imóvel. Não tinha intenção de se divertir. Mais uma vez, porém, Hooper deixara tudo de lado pela novidade, pela aventura. Saiu correndo pelado até o riacho, feito um animal branquelo no meio das árvores. A água se espalhou quando ele pulou e começou a se remexer, dançando e abanando os braços.

"Vem, Kingshaw, a água está ótima!"

Ele atirou um esguicho d'água.

"Qual é o problema? Você não sabe nadar? Não está nem frio."

Kingshaw permaneceu imóvel. Recordou o azul lustroso e artificial da piscina em que o tal garoto Turville o forçara a mergulhar.

"Você está com *medo*?"

Não, não, pensou ele, porque aqui é diferente, aqui está tudo bem. Naquele outro lugar havia uma sensação ruim, tinha muita gente circulando, uma barulheira danada, e ele sentia que poderia morrer afogado ali na frente de todo mundo e ninguém prestaria atenção, todos continuariam circulando, rindo e conversando. De repente ele se sentiu muito mais velho, com uma força e um poder impressionantes, podia fazer qualquer coisa. Começou a se despir também, embora com menos impulso que Hooper. Ajeitou com cuidado as roupas dobradas sobre a mochila.

Era esquisito estar pelado ao ar livre. Ele olhou o próprio corpo e remexeu os dedos dos pés, sentindo a textura das folhas frias. Hooper observava, esperando com impaciência e ainda chapinhando a água. Começou a gritar de maneira selvagem.

Kingshaw parou um instante junto à margem e olhou para baixo. Então foi invadido por uma enorme onda de empolgação, tornou a sentir a imensa importância de ser quem era e de estar onde estava, bem no meio da floresta. Soltou um berro, em resposta a Hooper, e mergulhou com tudo no riacho.

Por mais estranho que fosse, a água estava quente e aqueceu suas pernas e sua barriga. Ele passou um tempo simplesmente parado, sentindo a água e estremecendo de prazer. Então mergulhou a cabeça e começou a nadar. Dava para abrir os olhos debaixo d'água. Lá embaixo era turvo, um azul-esverdeado. Havia peixes. Ele viu as pernas de Hooper balançando, feito as franjas de uma anêmona-do-mar. Deu um impulso para a frente.

Os dois ficaram na água um tempão. Eu não quero sair daqui nunca mais, pensou Kingshaw, essa é a melhor sensação do mundo. Eles lavaram a lama do corpo, depois apostaram corrida, erguendo bem os joelhos, chapinhando e gritando. A parte do laguinho até que era bem funda. Kingshaw ia nadando debaixo d'água e de vez em quando levantava a cabeça, feito um golfinho, e espirrava água em Hooper.

Por fim, o sol saiu. Hooper estava sentado na beirinha, examinando a unha do pé. As árvores mais ao longe pareciam bem escuras, quase pretas, e o riacho de repente ganhou um tom opaco, remoinhando por entre as coxas de Kingshaw. Ele se arrepiou.

"A unha quebrou", disse Hooper, "eu acertei uma pedra."

"Está sangrando?"

"Não, mas está estranho. Ficou meio esponjoso debaixo, onde a unha saiu. E rosado."

"Quer um curativo?"

"Endoidou?"

"Ué, eu tenho alguns."

"Curativos?"

"Tem uma latinha inteira. De vários tamanhos."

Hooper ergueu os olhos. "Bom, então tá", disse, indiferente.

Kingshaw foi andando até a beira do riacho e saiu.

"Você está esquisito", disse Hooper.

Kingshaw hesitou, ainda com água pingando.

"Você está com os braços e as pernas meio molengos."

"Você também, ué. Todo mundo fica assim."

"Não desse jeito. Você está igualzinho a um fantoche com as cordas soltas."

Kingshaw enrubesceu. Sem olhar para Hooper, foi até a pilha de roupas. Estava tiritando, arrepiado e com os braços azulados.

"Ai, droga, não tenho nada pra me secar", disse, abatido.

Hooper agora estava de pé, mas ainda encarava o dedão do pé.

"Estou com frio."

"A gente pode acender uma fogueira", disse Kingshaw, "eu trouxe uns fósforos."

"Não, isso é perigoso."

"Por quê? A gente pode apanhar umas pedras e fazer tipo uma lareira. Tem um monte de pedras debaixo d'água. E também aqui é bem úmido, não dá pra incendiar as árvores nem nada. Daí a gente pode até cozinhar alguma coisa."

"Cozinhar o quê? Eu só tenho biscoito e uns tomates. E um saco de balinhas de hortelã. Nada disso dá pra cozinhar."

"Os tomates dá. Ou a gente pode pescar alguma coisa. Caçar."

"Pensei que isso fosse uma brincadeira idiota."

"Não é *brincadeira*, tá? A gente precisa de uma fogueira porque está com frio, e é no fogo que as pessoas cozinham. Eu estou com fome."

"E o que é que a gente vai encontrar para cozinhar? Não é tão fácil assim."

"Várias coisas."

"*O quê?* Você já acendeu alguma fogueira na vida?"

"Não. Mas é bem óbvio, é só acender. Olha, é melhor você se vestir, senão vai acabar congelando."

Kingshaw enrolou a calça jeans e a esfregou pelo corpo, para tirar um pouco da umidade. Ele tremia intensamente e estava meio enjoado. A calça se agarrou às suas pernas na hora de vestir. Ele fechou o zíper, abaixou-se e foi subindo as bainhas até onde dava.

"Olha aqui, faz isso também, aí a gente pode entrar de novo pra pegar as pedras", ele disse a Hooper.

Tinha dado tudo certo na água. Mas agora, de repente, ele sentiu medo de ter feito papel de bobo. Hooper ainda estava achando aquilo tudo uma brincadeira, e volta e meia esquecia o horror que sentira do temporal, esquecia que eles dois estavam perdidos e por que haviam ido até ali, para começo de conversa. Alguém tinha que manter o foco, Kingshaw achava. E para ele era muito mais importante sair logo daquela floresta.

Mas até que estava sendo divertido mandar um pouco em Hooper. Um dia antes, e até no comecinho daquela manhã, ele não tinha ideia de como fazer isso, e nem sabia se queria. Mas agora eu sei como o Hooper é de verdade. Ele é um bebezão. E burro. E abusado. Kingshaw se sentia bem mais velho, e também diferente, mais responsável.

Hooper estava atrás dele, erguendo uma pedra chata. "Anda logo", disse Kingshaw. Fez-se um silêncio. Na mesma hora ele percebeu que tinha abusado da sorte. Olhou para trás. Hooper o encarava, segurando o pedregulho encharcado. Tinha no rosto aquele velho jeito astuto.

"Não precisa ficar tentando mandar em mim, Kingshaw."

"Anda logo, a gente tem que acender a fogueira, só isso."

"Eu não sou obrigado a fazer o que você manda."

Em silêncio, Kingshaw largou a pedra que segurava, agachou-se e começou a cavar um buraco no chão. A passos muito lentos e calculados, Hooper veio caminhando desde a beira do riacho.

"Você vive esquecendo as coisas, não é?"

"A gente precisa de muito mais pedras que isso, e das grandes. Acho que umas vinte. Tem que ficar tudo bem direitinho."

"Eu posso fazer muita coisa que você vai odiar. Você *sabe*."

Kingshaw ergueu os olhos, exasperado, e se apoiou nos calcanhares. "Hooper, você quer acender a fogueira ou não?"

"Não finge que não me ouviu."

"Ai, para de bancar o espertinho. Você é cheio de lero-lero, Hooper."

"*Ah, é?*"

Não, pensou Kingshaw, não. Ai, meu Deus, estou com medo dele, estou sim.

"Você tem medo de mim. Por isso que saiu fugido. Você sempre teve medo de mim. Não vem dar uma de valente."

Kingshaw se levantou, sem dizer nada, e voltou ao riacho para pegar outra pedra. Hooper foi atrás.

"Imagino que você saiba o que vai acontecer se a gente passar a noite toda aqui", disse ele.

"O quê? Nada."

"A gente vai ter que manter a fogueira acesa."

"Talvez." Kingshaw ergueu a pedra, ainda sem olhar para Hooper.

"Tá cheio de mariposa aqui", disse Hooper, em tom suave, "na mata sempre tem mariposa. E das grandes, também."

Kingshaw sentiu o estômago revirar. Suas narinas recordaram o odor embolorado do Salão Vermelho. Hooper percebeu sua expressão. Afastou-se em silêncio e retornou para a fogueira.

"Eu não tenho medo de mariposa nenhuma", gritou Kingshaw. "Você não me assusta."

Hooper olhou em volta e abriu um sorriso.

Ele não pode fazer nada, não pode, não tem como ele fazer nada, pensou Kingshaw. São só as coisas que ele fala, ele é um idiota.

Mas ele sabia, e Hooper também sabia, que a questão não era fazer. Bastava uma expressão de Hooper para refrescar a memória de Kingshaw. O terror que ele sofria era por se lembrar, por fantasiar com o próprio medo.

Ele queria enlouquecer de tanta frustração, tudo parecia estar contra ele. Hooper tinha morrido de medo da tempestade, e no entanto o medo tinha sumido, talvez nunca tivesse existido, e Kingshaw sabia que era inútil tentar usá-lo como arma. Tocar nesse assunto poderia acabar irritando Hooper ainda mais, embora até disso ele duvidasse, e de todo modo ele jamais teria certeza, pois Hooper só fazia cara de paisagem. Mas não dava para reavivar todo aquele medo, só um novo temporal poderia fazer isso, ou alguma outra coisa imprevisível, que ele não podia controlar. O medo de Hooper fora uma reação direta a uma situação externa. Já o de Kingshaw era bem diferente, e Hooper sabia muito bem, desde que ele pisara em Warings.

Kingshaw sabia que era o perdedor. Seus arroubos de entusiasmo e a sensação de superioridade sobre Hooper não valiam de nada, pois eram sempre passageiros. Na verdade aquilo não passava de uma disputa para ver quem passaria um tempo caminhando na frente. Kingshaw estava acostumado a não ter a menor confiança em si mesmo, a saber que não fazia nada muito bem. Até então nunca dera muita importância a isso, ia se virando. Agora dava importância, sim, seu orgulho próprio havia crescido, não dava mais para se tratar com mansidão. Era tudo muito injusto.

De galho em galho, eles foram erguendo a fogueira.

"Que horas são?"

Kingshaw tirou o relógio da mochila. Não tinha a menor noção de tempo.

"Eita, já está tarde, são três horas."

Hooper se escarranchou junto das pedras. "E aí, o que é que vai acontecer? O que a gente vai fazer?"

"Essa fogueira."

"Mas e depois?"

"Depois vamos comer umas coisas. Eu vou pescar um peixe, já te falei. A gente crava um graveto nele, tipo um espeto, e põe pra cozinhar."

"Tá, mas e *depois*? Como é que a gente vai sair daqui?"

"É só a gente ir andando reto, até chegar na sebe. Olha, a gente vai achar logo a saída, essa floresta não é *infinita*."

"Não sei, não. São muitos e muitos quilômetros."

"Como assim?"

"Ué, a Barnard's Forest."

"Larga de ser burro! A gente está em Hang Wood."

"Óbvio que não, é impossível! Hang Wood é um bosque pequeno. E a gente já está há várias horas no meio dessa mata."

"Então vai ver que a gente está andando em círculos. De todo modo, não tem como a gente estar na floresta."

"Por que é que não tem como? Não estou entendendo toda essa certeza."

Kingshaw suspirou. "Porque primeiro a pessoa tem que sair de Hang Wood, eu olhei no mapa. Você sai e atravessa um gramado, tipo isso, e *depois* é que chega a floresta."

"Se for pelo outro lado, não."

"Que outro lado?"

"O lado que os dois se juntam. Fica bem no alto. Lá não tem gramado nenhum, a pessoa pega uma reta e chega direto na floresta, e foi isso o que a gente fez."

Silêncio. Kingshaw também se sentou no chão, refletindo. "Tem certeza?", perguntou depois de um tempo.

"Tenho."

"Ah."

"Achei que você sabia disso. Todo mundo sabe disso."

"Não."

"Se a gente estivesse em Hang Wood estaria tudo bem, não seria nada de mais. Só que não, a gente se perdeu quando estava indo atrás do cervo."

"Isso foi culpa sua."

"Você foi junto porque quis."

"Só que agora a gente pode estar indo cada vez mais pra dentro."

Hooper cutucou as folhas da pontinha de um galho. "É. E a gente não sabe pra que lado fica a saída."

"Não."

"E também nem dá pra saber. Não tem como descobrir. A gente pode estar em qualquer ponto."

"É."

O rosto de Hooper estava cinza de tão pálido. "Nunca vão encontrar a gente", disse, elevando a voz, "e mesmo que eles soubessem pra onde a gente veio, mesmo que mandassem cem pessoas, talvez a gente nunca mais fosse encontrado."

Kingshaw não respondeu. De repente, Hooper se atirou no chão e começou a esmurrar a grama convulsivamente, destruindo as folhas e cavoucando a terra com as unhas, emitindo um berro rouco e gutural. Esperneava cada vez mais forte.

Kingshaw ficou olhando, assustado. "Para com isso", disse. "Deixa disso, Hooper, é burrice ficar agindo assim."

Mas Hooper não ouvia, estava muito fora de si, desatou a gritar mais e mais alto, até começar a soluçar. Kingshaw, transtornado, sentia o próprio pânico voltar. Precisava fazer alguma coisa, mais por ele próprio que por Hooper. Já ia se levantando para sair correndo, queria correr para qualquer lugar, se enfiar no meio das árvores, mas se conteve, pois acabaria se perdendo mais ainda, e ainda achava que devia ficar com Hooper. Até que ele se levantou, curvou-se por cima de Hooper e segurou suas pernas.

"Para com isso! Cala a boca, cala a boca, cala a boca!" Ele empurrou as pernas de Hooper e as bateu no chão repetidas vezes. Não fazia diferença, Hooper continuava gritando e se debatendo feito louco. Sua voz ecoava por toda a clareira, muito alta e profunda.

Desesperado, Kingshaw o jogou com força no chão, de costas, e lhe deu vários tapas na cara. "Chega, Hooper, chega. Pelo amor de Deus, para de fazer isso, *para*."

Hooper parou. E ficou ali deitado, os joelhos encolhidos junto à barriga. A floresta estava totalmente quieta. Bem devagar, Kingshaw se afastou. Sentia o coração disparado. Nunca havia tocado Hooper. E não foi nada agradável.

Por um instante ele achou que Hooper fosse recomeçar, ou que se levantaria e puxaria uma briga. Mas ele estava imóvel, e assim ficou por um bom tempo. A mata estava muito quieta e o sol tinha tornado a sair. Então, em uma árvore logo acima, um pássaro começou a cantar de um jeito estranho, como se gritasse.

Hooper rolou o corpo lentamente de barriga para baixo, enfiou o rosto na terra e começou a chorar. E ficou chorando, fungando, resmungando. Kingshaw só olhava, chutando a raiz de uma árvore, sem saber o que dizer. Mas Hooper não parecia lhe dar a mínima, e ele acabou retornando à tarefa da fogueira.

Ele havia cavado um buraco raso e redondo e enfileirado as pedras em semicírculo, feito uma muretinha. Dentro do buraco acomodou uma pilha de folhas secas, depois uns galhos atravessados, uns por cima dos outros, bem espaçados. Encontrou um graveto reto e comprido e foi afiá-lo para fazer um espeto. Sentou-se na terra de pernas cruzadas, com a faca na mão. Estava tudo silencioso outra vez, exceto por Hooper, que ainda choramingava, e pelo barulhinho da água.

Kingshaw tentou não pensar no que Hooper tinha dito. De todo modo ele podia estar errado, talvez eles não estivessem mesmo na floresta. Não aconteceria nada. Não fazia nem um dia inteiro que eles estavam ali, e ainda tinham bastante comida. Até onde ele sabia, os dois podiam estar bem pertinho do limite da floresta. Mas concluiu que, se eles tivessem de passar a noite no meio do mato, seria ali, na clareira. Havia água, e logo haveria uma fogueira. Se chovesse, eles poderiam se abrigar sob os arbustos. De modo geral, parecia um bom lugar. Ele ficou feliz consigo mesmo por conseguir organizar as ideias e por não ter descompensado feito Hooper.

Então, lhe veio à mente o barbante. Na mesma hora ele se indagou por que não havia pensado nisso antes. Apoiou o graveto afiado nas pedras e foi até a mochila. Fez-se um movimento atrás dele, era Hooper se levantando meio cambaleante. A princípio, Kingshaw não olhou. Examinou o barbante. Era um novelo grosso, muito bem enrolado. Devia ter bastante corda ali.

Ao se virar, viu que Hooper estava agachado, vomitando no riacho. Kingshaw ficou olhando com nervosismo. Hooper acabou. Limpou a boca na manga da camisa.

"Tudo bem aí?", disse Kingshaw.

Hooper se levantou e deu de ombros. Mas continuou encarando a água. Kingshaw deu uns passos à frente.

"Olha, Hooper, eu pensei numa coisa. Eu vou tentar descobrir se a gente está perto da borda, ou coisa assim."

Hooper olhou em volta alarmado, os olhos arregalados. Sua pele estava meio cinzenta, da cor de leite azedo.

"Não pode, você vai se perder."

"Não vou, não. Vou amarrar o barbante em uma árvore, daí vou desenrolando até onde der. Teve uma pessoa que fez isso e conseguiu escapar de um touro. Ou algo do tipo. Mas enfim, funciona. O barbante é bem comprido. De repente a gente já está quase na bordinha, daqui não tem como saber. Daí eu vou testando todas as direções, uma de cada vez, e vou olhando em volta pra ver se tem algum ponto mais iluminado. De qualquer modo, vai dar pra saber um pouco melhor onde é que a gente está. É uma boa ideia."

"Eu acho que é burrice. Pensei que você tinha dito que a gente ia acender uma fogueira e cozinhar alguma coisa."

"Quando eu voltar a gente faz isso. Você pode acender a fogueira agora, se quiser."

Hooper olhou a água. "Eu posso tentar pescar um peixe."

"Ok."

"Mas mesmo assim, Kingshaw, é melhor você não ir."

Kingshaw hesitou. Ele não quer ficar sozinho, pensou. "Vai ser rapidinho."

"Pode acontecer qualquer coisa. O barbante pode romper."
"Mesmo assim dá pra voltar..."
"Pode ser que..."
"O quê? Pode ser que o quê?"
"Sei lá. Várias coisas."
"Tipo o quê?"
"A gente está em uma floresta, não é? Pode acontecer qualquer coisa."
"Nada que me *machuque*. Acho que não."

Hooper se ajoelhou e começou a correr a mão pelo riacho, tateando por um peixe. "Ok. Vai lá, então, já que você é tão burro. E não pensa que eu vou me importar se você se perder."

"Vou deixar os fósforos pra fogueira."

Hooper o ignorou.

Ele foi caminhando pelo meio das árvores, partindo do riacho e formando ângulos retos entre os trechos percorridos. Na borda da clareira, prendeu a corda ao galho de uma árvore, com meia dúzia de nós. Depois seguiu em frente, desenrolando o barbante nos dedos.

Havia árvores até onde dava para ver. Mais adiante elas tornavam a se aglomerar, e se misturavam aos arbustos e ao restante da vegetação rasteira. Ele estava na parte mais clara, encarando a escuridão. Então não podia ser a saída. Estava tudo muito quieto. Mas o ar ali parecia menos úmido, e havia mais pássaros cantando e voejando. Ao virar à esquerda ele já não via a clareira, mas via o barbante enroscado no meio das árvores. À sua frente havia mais arbustos densos, e ele achou melhor não tentar se meter no meio deles, para que a corda não agarrasse em nenhum galho. Em nenhuma direção havia indício de saída da floresta. Ele se sentia acossado, sufocado, naquela mata escura e infinita que encobria todo o céu.

Bem na raiz exposta de uma árvore, pertinho de seus pés, havia um coelho. Kingshaw parou. Eu consigo matar um coelho, pensou. A gente podia cozinhar ele. Ele tinha trazido o canivete. Era isso o que faria, se estivesse mesmo falando sério a respeito de caçar. Quando a comida da mochila acabasse, se eles ainda não tivessem conseguido encontrar a saída, teriam que fazer isso.

O coelho não o tinha visto. Ele deu um passo à frente, quase sem respirar. O animal virou a cabeça e o encarou assustado. Dava para ver que ele estava aflito, com as narinas trêmulas. Os olhos eram muito brilhosos e translúcidos. Kingshaw deu um bote súbito, se jogou sobre o coelho e o imprensou no chão. O corpinho macio e molengo se debateu com força sob as mãos dele, então paralisou. Estava muito quente. Ele se lembrou do outro coelho que havia tocado. Soltou as mãos bem aos pouquinhos, até poder segurar firme as laterais do coelho, e o levantou, apertando um pouco. O bicho contorcia loucamente as perninhas, e ele viu seus olhos injetados, arregalados de pavor. Sabia que não o mataria. Seria mais fácil matar Hooper.

Ele se inclinou e largou o coelho. Por uma fração de segundo o bichinho ficou ali, imóvel, com o pelo ainda marcado pelas mãos de Kingshaw. Em seguida, deu um pinote e disparou rumo às moitas, remexendo as folhas secas.

Kingshaw então virou à direita e foi seguindo até onde o barbante permitia. Naquele trecho havia carvalhos de troncos imensos, cinzentos e cheios de pregas, feito as pernas de um elefante. Havia umas arvorezinhas raquíticas entremeadas, mortas por falta de luz e espaço, cobertas de larvas e fungos que mais pareciam camurça.

Eu posso ir embora, simplesmente, pensou Kingshaw. Posso romper o barbante, sair andando e não voltar.

A ideia o encheu de entusiasmo. Ele não teria mais nada, estaria totalmente livre, sozinho, sem Hooper em seu cangote, sem nem a mochila para carregar. Isso não o assustava em nada. Ele aprendera ao longo do dia que o mais assustador não eram tanto as coisas materiais, ou a ameaça de dificuldades físicas. Com isso ele conseguia lidar, tinha recursos. Agora que tinha descoberto um novo mundo, queria ficar sozinho na floresta.

Mas havia Hooper. Kingshaw sentou-se na grama um instante e ficou pensando no vômito no riacho. Hooper não dava conta daquilo sozinho, não dava conta de si mesmo nem do que pudesse lhe acontecer. Ele ficaria louco de tanto pavor, viraria um bebê. Podia até sair vagando pela mata, incapaz de pensar direito, de planejar uma rota de saída. Kingshaw sabia que não devia abandoná-lo. Por algum motivo Hooper quisera ir atrás dele. Não foi nada bom, pois seu intuito era fugir. E ele ainda tinha medo de Hooper, pois desconhecia algumas facetas de sua personalidade. Hooper era desonesto, não dava para contar com ele ou confiar nele.

Ao mesmo tempo, Kingshaw se sentia responsável por ele, sentia uma estranha preocupação, pois agora estava ciente de sua própria força, que era muito importante, agora sabia que somente ele poderia tirar os dois daquela floresta em segurança. Se fosse embora sozinho, algo terrível aconteceria a Hooper, e a culpa seria dele.

Ele se levantou e começou a retornar, enrolando de volta o novelo de barbante. Levou um tempão. Esperava que Hooper já tivesse pescado um peixe e botado para assar na fogueira. Estava morto de fome. O pensamento lhe trouxe uma certa satisfação. De todo modo, Hooper trataria a coisa como brincadeira, e de repente pareceu mesmo uma brincadeira.

Ele reencontrou a clareira, mas logo de início não avistou Hooper. A fogueira estava do mesmo jeito, ainda apagada. Que bosta, ele saiu sozinho, sei lá, vai acabar se perdendo e lá vou eu ter que procurar. Que bosta, que bosta.

Ele pôs as mãos em concha sobre a boca. "Hooper!"

Então viu um pé para cima, bem na beirinha do riacho. Ele ainda deve estar tentando pescar.

"Hooper, você é um inútil, se fosse eu a essa altura já tinha pescado uns dez peixes, *mais* de dez, você é..."

Ele parou com um sobressalto.

"Ai, meu Deus!"

Hooper estava deitado de bruços, com as pernas estiradas sobre a margem. Havia um pouco de sangue na água, como que saindo de sua cabeça.

"Ai, meu Deus, ai, meu Deus..."

Kingshaw se ajoelhou e começou a puxar as pernas de Hooper, desesperado. Ele era muito pesado e estava meio preso, não saía do lugar. Kingshaw desceu escorregando pela borda, entrou na água e pôs as mãos sob a cabeça de Hooper. Na testa havia um galo enorme, consequência de uma pancada na pedra. Era dali que vinha o sangue. Mas também era a pedra que mantinha seu rosto acima da água. Ofegante, Kingshaw foi virando Hooper, desajeitado, e conseguiu arrastá-lo até o meio da margem.

Precisou firmá-lo com uma das mãos, para que ele não saísse rolando, enquanto puxava suas pernas para cima. Quando saiu do riacho, ele próprio choramingou um pouco, por conta do esforço.

Hooper ficou estirado no chão, imóvel. Seu rosto exibia um brilho estranho. Mas o sangramento havia parado. Kingshaw não tinha ideia do que fazer. Pensava que Hooper provavelmente não engolira muita água, mas não tinha certeza, e se tivesse engolido, era preciso dar um jeito de pôr para fora. Não sabia nem se o garoto estava respirando.

Meio sem saber como, puxando daqui e empurrando dali, ele conseguiu virá-lo de lado e começou a esfregar suas costas com força, em movimentos circulares, sem a menor técnica. Foi massageando sem parar. Nada aconteceu. Até que Hooper se contorceu, tombou de cara no chão e soltou um grunhido violento e gutural. Kingshaw tornou a puxar sua cabeça, e viu água e vômito saindo pela boca e pelas narinas. Hooper abriu e fechou os olhos.

Ele já tinha ouvido falar do que se deve fazer nessas horas, respirar dentro da boca da pessoa, ou ficar levantando e abaixando seus braços, mas achava que se Hooper estava vomitando era porque conseguia respirar. Ele continuava revirando os olhos.

Por fim, Kingshaw o levou até a fogueira, meio de pé, meio arrastado. A camiseta de Hooper e a parte de cima do jeans estavam encharcadas, e foi quase impossível removê-las, de tão molengo e pesado que ele estava. Além disso as roupas estavam coladas à pele. No fim das contas, Kingshaw conseguiu. Suas roupas também estavam molhadas, mas ele tinha deixado o suéter e a capa de chuva guardados quando saiu para explorar a mata. Enfiou o suéter pela cabeça de Hooper, depois o cobriu com a capa. Não sabia mais o que fazer. Desejou que houvesse mais alguém ali para assumir o comando, tinha medo de que Hooper morresse.

Se conseguisse acender a fogueira, achava que acabaria se secando, mas estava tremendo tanto que a água pingava de suas roupas ao riscar os fósforos e molhava tudo. Quando enfim conseguiu, deitou-se e ficou soprando os galhos, para que o fogo não apagasse.

Kingshaw tinha certeza de que Hooper ia morrer. Ele podia ter acabado de cair, mas por outro lado também podia estar ali desde o instante em que Kingshaw deu meia-volta e saiu da clareira. Ele soprou o fogo com mais força. Tinha que fazer isso. Não ousou olhar para Hooper outra vez, e além disso precisava se aquecer.

Se Hooper morresse, seria culpa dele. Ele não devia ter saído dali. Bem que Hooper tinha falado que era melhor eles ficarem juntos. "É perigoso." Ai, meu Deus, meu Deus... Kingshaw soluçou abruptamente, tomado de pânico.

Mas agora o fogo estava bem forte, e as chamas verde-alaranjadas começaram a se espalhar pelos galhos. Ele teve que se afastar da fumaça.

Se Hooper morresse, se Hooper morresse, se... ele não sabia o que aconteceria, só que ficaria por conta própria. Por que ele tinha ido até a floresta, para começar? Por que não foi direto para a estrada? A essa altura ele já estaria lá, nada teria acontecido, Hooper não o teria encontrado, ele estaria em segurança. Já passava das cinco. Ele olhou o fogo crepitante e tentou parar de chorar.

Quando ouviu Hooper vomitando outra vez, ele se virou, em pânico. Parecia uma assombração.

Hooper estava sentado, inclinado para a frente. Kingshaw se aproximou e se agachou ao lado dele.

"Está tudo bem, está tudo bem."

Hooper tinha os olhos abertos, mas por um instante pareceu incapaz de manter o foco.

"Olha lá", disse Kingshaw, "a fogueira pegou, vamos lá pra perto. Está tudo bem. Você vai ficar bem, Hooper. Jesus amado, eu achei que você estava morto, você estava que nem um morto."

Hooper encolheu os joelhos, tentando se aconchegar. "Eu acabei não pescando nada, mas quase consegui, Kingshaw, não pensa que eu não tentei, mas não deu pra segurar direito, ele deslizava, eu não consegui..."

"Tudo bem. Olha, não tem problema, não se preocupa com o peixe. Deita um pouco pra dormir, ou coisa assim."

"A minha cabeça está doendo."

"Você deu com ela em uma pedra, oras, claro que está doendo. Mas eu dei uma olhada, acho que está tudo bem."

"A minha garganta está doendo. Quero uma bebida, quero uma bebida." Hooper recomeçou a tremer.

"Eu posso trazer um pouco de água na mão..."

"Tem uma caneca, eu trouxe uma caneca. Está na sacola."

Kingshaw hesitou, desconfiado, então pegou a sacola de lona onde Hooper a deixara quando foi mergulhar.

A caneca era pequena, minúscula. Kingshaw despejou na grama o conteúdo da sacola. Havia a comida que Hooper tinha mencionado, biscoitos, tomates e balinhas, e mais um punhado de sal enrolado em um papel. Um mapa da Inglaterra, uma lanterna, uma lapiseira e um rolo de fita adesiva. Na pressa de sair. Bem no fundo da bolsa, encontrou três comprimidinhos brancos. Estavam meio sujos. Ele os cheirou, depois deu uma lambidinha ligeira. Parecia aspirina.

"Olha, já sei, eu vou te dar uma bebida quente. Se eu botar a caneca perto do fogo, a água vai ferver. Encontrei uma aspirina, você pode tomar."

"Aspirina me deixa enjoado."

"Bom, pior do que você está não dá pra ficar. Vai te fazer bem, a cabeça vai parar de doer. Já sei, vou botar uma balinha de gelatina dentro da água, daquelas que eu trouxe. Vai derreter, daí a água vai ficar docinha."

Empolgado com a própria ideia e já sem tanto medo, vendo que Hooper não tinha morrido, Kingshaw saiu saltitando e encheu a canequinha. Na volta, pegou em sua mochila o par de meias e enrolou uma delas na asinha da caneca. Equilibrou-a com cuidado um pouco acima do fogo.

"Você ficou longe um tempão. Achou a saída?"

"Não tenho certeza." Ele achou melhor mentir. Temia que Hooper tivesse outro ataque de pânico e começasse a se debater.

"Achou, *achou*. Onde é que a gente está, Kingshaw?" Kingshaw se agachou perto do fogo, sem dizer nada.

"É melhor você não inventar de fugir, nem pense em achar essa saída sozinho, estou avisando. Senão eu te mato."

Kingshaw olhou em volta. "Mata nada", respondeu, com a voz doce. "Se você quer saber, eu não achei a saída, nem faço a menor ideia de onde a gente está, então..."

Ele voltou a encarar a canequinha de água.

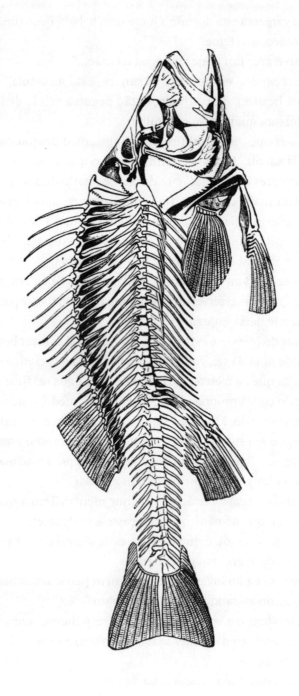

Susan Hill
Eu sou o rei do castelo

Capítulo 8

"Kingshaw, está ficando escuro."

"Eu sei."

"Que horas são?"

"Você devia ter trazido um relógio, já estou de saco cheio de ficar falando as horas."

"O meu pai vai me dar um novo de Natal, ele vai me dar um relógio de ouro, com aquele trequinho que mostra a data, e com algarismos romanos que dá pra ver no escuro. Vai custar um dinheirão. Umas 50 libras, eu acho. Mais de cinquenta."

"Que mentira, nem existe relógio desse preço."

"Existe, existe. Tem uns relógios que custam várias centenas de libras. Você não sabe é de nada."

"Nenhum pai ia comprar pro filho um relógio de 50 libras."

"Mas o meu vai, porque eu sou a coisa mais importante da vida dele", devolveu Hooper. "Então ele compra tudo que eu quero."

Kingshaw ficou em silêncio, impressionado com a autoconfiança de Hooper.

A luz já tinha quase ido embora, tragando consigo as cores das árvores e dos arbustos e deixando todo o cenário meio amarronzado, feito uma fotografia antiga. Não ventava. Ainda estava bem quente.

"Enfim, que horas são?"

"Já passa das oito. Quase oito e vinte."

Kingshaw coçou a cabeça.

"Você está com piolho."

"É mordida de mosquito."

"Se o fogo estiver alto eles vão embora. Mosquito não gosta de fogo."

"Não, é a fumaça que mata eles."

"Não é que *mata*, eles só não gostam, daí vão embora."

"Mata sim, dá até pra ver eles caindo. Eles sufocam."

"As mariposas também vão vir."

"Não enche. A gente já tem muita coisa pra resolver."

"Se uma mariposinha viesse pousar na sua cara, você se mijava todo nas calças."

"Não me enche o saco, já falei."

"Bebezão medroso."

"Cala a boca."

"Você *não* tá?"

"Não tô o quê?"

"Não tá com medinho?"

"De quê?", perguntou Kingshaw, desconfiado.

"De qualquer coisa. De quando ficar escuro."

"Não."

Hooper o encarou, tentando descobrir se Kingshaw estava mentindo. Ele estava sentado bem perto do fogo.

"O seu galo inchou à beça. Está todo preto."

"A culpa é sua."

"Larga de ser burro. Ainda está doendo?"

Hooper ergueu a mão e tocou de leve a cabeça.

"Se apertar, dói."

"Ah."

Kingshaw continuou coçando as picadas de mosquito.

Ele havia conseguido pescar um peixe. A princípio pensou em golpeá-lo com o canivete, mas ao tirá-lo da água não conseguiu. Ele podia nem morrer na mesma hora, e além do mais ia ser sangue para todo lado. Se é que os peixes tinham sangue. Ele não sabia ao certo. Parecia que não.

O peixe era bem grande, com umas listras meio marrons na barriga. Ele só conseguiu largar o bicho ali na grama, debatendo-se, e se afastou.

"Cadê ele?"

"Vai morrer daqui a pouco."

"Você devia ter aberto ele."

"Por que *você mesmo* não abriu, então?"

"Porque você está cuidando de mim. E a minha cabeça está doendo."

"Bebezão."

"Eu podia ter morrido, porque você saiu e me largou aqui, e se eu tivesse morrido você seria um assassino, você não devia ter entrado na floresta sozinho." Hooper só fazia choramingar sobre esse assunto.

"Ai, cala a boca, você não morreu, só se machucou."

"Você é um agressor."

Kingshaw o encarou, furioso com a injustiça do comentário mas incapaz de rebater.

"Não dá pra simplesmente abandonar um peixe, deixar ele lá sufocando, isso também é tipo um assassinato, é repugnante."

"E por quê? Não é diferente de abrir o bicho com um canivete."

"Claro que é, todo mundo sabe disso. É mais cruel. Você é um agressor."

Kingshaw foi pegar mais lenha para a fogueira. Ao se aproximar do peixe, viu que estava morto. Tentou não pensar nele se debatendo fora da água. Pegou-o do chão. Era bem pesado e pegajoso.

"Agora você vai ter que cortar a cabeça."

"Não vou nada, vou enfiar o espeto nele. Tipo um churrasco. É assim que se faz."

"Mas e as tripas? Não dá pra comer as tripas."

Kingshaw hesitou. "A gente tem que catar a carne. Esquece as tripas, a gente nem vai chegar nelas."

"E se o peixe for venenoso?"

"Não existe peixe venenoso."

O gosto estava horrível. A pele tostou na mesma hora, mas por dentro a carne esbranquiçada ainda estava fria e crua. Hooper comeu um bocado e cuspiu o resto na grama. Kingshaw comeu mais um pouco. Por fim, o espetinho pegou fogo.

"Que gororoba podre. Você é um inútil, Kingshaw."

"Até parece que você ia fazer melhor."

"Você devia estar cuidando de mim, eu estou ferido."

"Lá vem o Hooper bebezão!"

"Vai vendo, vai vendo..."

Kingshaw havia aberto sua mochila e a sacola de lona de Hooper, e os dois comeram uns biscoitos e quase todos os tomates.

"Amanhã a gente vai ter que racionar", disse Kingshaw. "Eu vou dividir a comida direitinho. Não vai durar mais muito tempo."

"E aí, o que é que vai acontecer?"

"Até lá a gente já vai ter saído daqui."

"E se a gente não sair?"

"A gente *vai* sair."

"Eu queria que a gente nunca tivesse entrado aqui, pra começo de conversa."

"*Você* não precisava ter vindo, mas quis vir atrás de mim."

"Foi você que fez a gente se perder."

"Não fui eu coisa nenhuma, foi você que saiu correndo que nem um idiota."

De uma hora para outra, escureceu. Em um minuto Kingshaw ergueu os olhos e ainda viu umas nesguinhas de céu amarelado, e no minuto seguinte não viu mais. O fogo estalou.

"Eles devem estar voltando pra casa", disse Hooper, "devem estar no trem."

"É verdade."

"Daqui a pouco vão começar a procurar a gente."

"Não vão nada. Pelo menos não de noite."

"Claro que vão. Por que não?"

"Como é que eles vão saber que a gente já não foi dormir? Eles vão chegar muito tarde, não vão nem olhar nos quartos."

"Mas a sra. Boland está lá, ela vai contar pra eles."

"Não, porque ela sai às quatro. Deve ter achado que a gente foi fazer um piquenique, sei lá, ela também não dá a mínima. Ninguém vai saber."

"A sua mãe sobe no seu quarto à noite, eu sei porque eu escuto. Você tem que ganhar um beijinho de boa-noite, que nem um bebezinho."

"Não enche. Nem sempre ela vai."

"Vai sim, ela vai sim. Beijinho, beijinho, beijinho. Ai, meu amorzinho, meu bebezinho, a mamãe ama o bebezinho, a mamãe faz carinho e dá abracinho toda noite no bebezinho, que fofinho... é isso aí."

"E você, que nem mãe tem?"

Hooper não se abalou. "Eu também nem queria."

"Que idiotice falar isso."

"Pai é melhor que mãe. Quem não tem pai não serve pra nada." Kingshaw se levantou e foi para perto da fogueira. Hooper ficou olhando. Kingshaw tinha na mão direita um graveto grosso e comprido. Por um momento, nenhum dos dois se mexeu. Ele viu Hooper arregalar os olhos.

"Nem pensa em tentar me bater."

Kingshaw o encarou com desdém e jogou o graveto no fogo. A labareda subiu, lançando uma sombra na grama atrás dele.

"É melhor você sair da frente, se não quiser pegar fogo."

Hooper continuou encarando a fogueira. "A sua mãe já caçou muita gente?", perguntou, com indiferença.

"Como assim?"

"Que nem ela caçou o meu pai."

Kingshaw sentiu o sangue subir. Seu corpo todo parecia cada vez mais quente. Que burro que eu fui, eu podia ter acertado ele com o pedaço de pau, podia ter esmagado a cabeça dele.

Hooper agora estava apoiado nos cotovelos, olhando para cima de um jeito cínico, sob a luz bruxuleante da fogueira. Deleitava-se.

"Foi por isso que vocês vieram pra cá. Você não achou que era por outro motivo, não é? Ela quer casar com o meu pai. Ele é rico."

"Mentira, mentira, mentira. O seu pai não é nada, ela nem gosta do seu pai. Ela odeia ele."

Hooper sorriu. "Tem umas coisas que eu vejo e você não."

"O quê? Que coisas?"

"Deixa pra lá. Mas você tem que acreditar em mim."

"O seu pai não é nada."

"Olha, Kingshaw, não tem problema, mulher faz essas coisas mesmo. Mulher que não tem marido precisa arrumar um."

"E por quê?"

"Porque é ele que dá dinheiro, casa, várias coisas, oras, é assim que acontece."

Kingshaw se afastou lentamente da fogueira. Não dava para continuar retrucando, insistindo naquela discussão idiota. Hooper adorava passar horas discutindo. Mas era tudo verdade, estava na cara.

Ele odiava sua mãe mais do que tudo, agora mais até do que Hooper. Um embrulho terrível lhe tomou o estômago. Agora Hooper sabia. "Tem umas coisas que eu vejo e você não."

Não havia nada que ele pudesse fazer. Só fugir. A bem da verdade a culpa era de seu pai, pois a morte dele fora o início de tudo, foi quando eles ficaram sem dinheiro e passaram a ter que morar na casa dos outros. Nem na escola ele podia esquecer isso. As pessoas descobriram que ele era bolsista, ou seja, que não pagava mais mensalidade. Sua mãe só fez piorar as coisas. Apareceu toda arrumada no Dia das Palestras e na gincana esportiva, com uns brincos horríveis, vestido horrível, cintilante, e começou a passar batom bem na frente de todo mundo. "A mãe do Kingshaw é uma puta velha", dissera Brace.

Ele queria que ela estivesse morta, no lugar de seu pai.

A escuridão densa envolvia tudo feito uma mortalha, e ele não ousava olhar para as árvores. Agora, por conta dos pensamentos a respeito de sua mãe, alguma coisa aconteceria. Quando se desejava a morte de alguém, a pessoa ouvia, de algum jeito, e daí algo acontecia. Ele não sabia o quê. Mais tarde, porém, baixou os olhos e viu a verruga na mão esquerda, à luz da fogueira. Era a prova cabal.

Hooper dormia. Estava deitado de pernas para cima e dedo na boca. Depois da pancada na cabeça, Kingshaw tinha lhe emprestado a capa de chuva, para servir de travesseiro.

Desde que encontrara Hooper caído no riacho, estava mais paciente e cuidadoso com ele. Ele tinha ganhado mais importância, de certo modo, por ter estado tão perto da morte. Podia facilmente ter morrido se caísse dentro d'água ou batido a cabeça com mais força. Talvez ainda morresse. As pessoas que caíam na água pegavam até pneumonia. Ou a pancada podia ter feito algum estrago em sua cabeça. Não havia como saber.

Kingshaw pensou que as palavras de Hooper sobre sua mãe não tinham muita importância. Hooper era uma peste, estava sempre discutindo, sempre fazendo bobagem, igual a um bebezinho, ou tentando dizer e fazer coisas para assustá-lo. Nada disso importava agora, porque os dois estavam perdidos. Ele estava preso ali com Hooper. Não havia mais ninguém.

Hooper se remexeu, encolhendo e espichando as pernas. Ainda estava com o dedo na boca. Kingshaw ficou olhando. Todas as outras coisas, a vida deles em Warings, o Salão Vermelho, sua mãe e o sr. Hooper, seu ódio, tudo isso parecia ter acontecido tantos anos antes, que ele mal recordava. Nada do que ele vivera fora da floresta parecia real.

O fogo estava morrendo, o borralho vermelho-sangue ardia por debaixo. Então, começaram os ruídos. Muito longe dali, uma raposa começou a uivar. Kingshaw achou que parecia um lobo. Bom, as raposas eram mesmo parecidas com os lobos, só que menos perigosas. Os uivos foram respondidos por uns latidos bem próximos.

Os olhos, pensou ele, dá pra ver os olhos. Olhou em volta, cheio de medo. Estava um breu. Não se via nada. Mas as criaturas se movimentavam, e de súbito ele ouviu uns barulhos estranhos, de gotas caindo, folhas farfalhando, água respingando. Galhos estalando. Somente Hooper dormia, com umas remexidas e uns choramingos de vez em quando.

Kingshaw desejou ter um cobertor onde enfiar a cabeça. Podia se deitar e fechar os olhos com força, mas não era a mesma coisa, pois sua pele ficava exposta, e bastava abrir um tiquinho os olhos para ver a escuridão. Um cobertor taparia tudo, daria uma sensação de segurança. Ele não precisava saber de nada do que acontecesse por ali.

A floresta se remexia agitada. Kingshaw percebeu que prendia a respiração. Vez ou outra olhava em volta. O fogo lançava sombras e centelhas estranhas no escuro da mata. Às vezes as chamas oscilavam, e os gravetos desmoronavam sobre o montinho de cinzas.

Ele tornou a se deitar e despiu as mangas do suéter. Assim dava para puxá-lo para cima e cobrir o rosto. Mas não ficou bom, ele não conseguia respirar. Ficou assim uns momentos, sentindo o próprio cheiro quente e abafado, mas sem ouvir nada. Então teve que puxar a cabeça e sorver o ar suave da noite. Em seguida cruzou os braços e enfiou a cabeça no meio, tapando bem as orelhas. A raposa uivou outra vez. Ainda dava para ouvir tudo. Uma coruja se aproximou, batendo as asas com um zunido ligeiro e assustador, e pousou em alguma coisa na grama. Mais cedo, eles tinham visto um gavião atacando um passarinho em pleno ar, espichando as garras para pegá-lo e esmagando-o até a morte enquanto voava. Seus olhos pequeninos tinham um brilho amarelado. Depois disso, a floresta paralisou.

De repente, Kingshaw se sentiu frio e morto por dentro. Queria chorar. Não havia ninguém a quem recorrer, ninguém com quem falar. Hooper precisava de cuidados. Não parecia haver a menor chance de os dois saírem dali sozinhos, nem de serem encontrados. Eles iam morrer. Ele deu um pulo, ansioso, temendo que o fogo apagasse. Não havia muitos fósforos.

E ainda tinha outra coisa, em relação à mãe dele e ao sr. Hooper. Talvez eles não queiram a gente de volta. Podem simplesmente nos abandonar. O pai de Hooper lhe dissera que ele era a coisa mais importante de sua vida. Mas não dava para ter certeza. As pessoas mudavam. Kingshaw achou que não havia esperança para eles dois.

A coruja recomeçou a chirriar. Depois de um tempão, ele pegou no sono.

Quando acordou, ainda estava escuro. Ele se sentou antes mesmo de abrir os olhos, o coração disparado. Soube de imediato onde estava. Por que havia acordado? Estava muito quente e muito quieto ali na clareira. A fogueira tinha morrido, e só restavam umas brasas avermelhadas. Com o corpo rígido, Kingshaw se levantou e começou a balançar os braços, para cessar a cãibra. Então ouviu Hooper.

Ele estava deitado de lado, mas se virou de costas com força e começou a resmungar uns balbucios incoerentes, balançando a cabeça.

"Não, não, não, não, não, não é justo, não é, ai... não, não. Eu preciso, não é justo, já peguei a jaqueta. Ai, não, não... mamãe! Mamãe! Mamãe...!" Ele soltou um grito repentino, então se sentou e bateu as pernas, ainda dormindo. Tinha os olhos bem fechados. "Mamãe! Mamãe! Mamãe...!"

Kingshaw chegou mais perto e se ajoelhou. "Acorda", disse, meio hesitante, depois elevou bem a voz. "Está tudo bem. Acorda, Hooper, é melhor você acordar. Está tudo bem. Olha, sou eu, a gente está na floresta, só isso. *Acorda*, Hooper."

Hooper continuou gritando. Seu rosto e pescoço estavam vermelhos. Kingshaw ficou apavorado ao ouvir a voz dele ecoando por entre as árvores, penetrando a floresta.

"Não, não, não, não, não..."

Desesperado, ele estendeu o braço e deu dois tapas fortes e estalados na cara de Hooper. "Cala a boca!" Fez um barulhão. Toda hora eu bato nele, pensou Kingshaw. Na mesma hora ele se levantou e recuou um pouco, assustado com sua atitude.

Hooper parou. Abriu os olhos e olhou tudo em volta, meio descompensado, depois começou a chorar. Kingshaw tornou a se aproximar.

"Escuta, está tudo bem, eu estou acordado também."

Hooper o encarou com insegurança, como se confuso. Então se deitou outra vez e cobriu os olhos com a mão.

"Eu estou com calor. A minha cabeça está doendo. Eu estou quente que nem o inferno." As lágrimas escapavam por entre seus dedos. Ele tentou despir o agasalho.

"É melhor não tirar."

"Eu estou morrendo de calor, estou todo suado."

"Sim, mas está de noite, você pode acabar pegando um resfriado."

Hooper choramingou.

"Ainda tem uma aspirina", disse Kingshaw, "vou pegar um pouco de água pra você. Vai melhorar a dor. Daí você consegue dormir."

Hooper não respondeu. Kingshaw encontrou a canequinha e foi cruzando o breu até o riacho. Ajoelhou-se. Estava bem fresco ali, e a grama tinha um cheiro úmido e adocicado. O barulho da água era reconfortante. Ele se estirou no chão, colou o rosto na grama e fechou os olhos. Estava geladinho. A coruja chirriava nas árvores, mas ele já não sentia medo. Tudo se aquietou.

"Kingshaw!" A voz de Hooper era um resmungo assustado.

"Ok."

Ele encheu a canequinha, bebeu um pouco de água e jogou o restante no rosto e no cabelo. Queria ficar deitado no riacho, só boiando, com a água correndo por seu corpo.

Kingshaw levou a caneca de volta, pegou a última aspirina na sacola de lona e entregou a Hooper. Depois reacendeu a fogueira. A lenha que ele tinha recolhido à tarde estava quase acabando.

"Eu estou com calor", repetiu Hooper.

"Você deve estar com febre, é isso."

"Ano passado eu tive amidalite. Era inverno, eu estava na escola. Naquela época eu tive muita febre." Ele enfiava os dedos na caneca e ia passando no rosto.

"Você vai melhorar", disse Kingshaw. Mas não tinha certeza.

A fogueira tinha ficado preta, os galhinhos novos ainda não estavam ardendo por debaixo. Kingshaw se sentou, ouvindo a voz de Hooper mas sem conseguir vê-lo. "Se amanhã você ainda estiver ruim", disse, "a gente vai ter que ficar aqui."

"Nada disso."

"Mas não adianta de nada a gente ficar dando voltas pra tentar achar uma saída, isso é burrice."

Hooper deu uma fungada.

"Mas enfim, eu acho que eles vão vir atrás da gente. É melhor a gente não sair daqui, pra que eles consigam nos encontrar."

"Eles nunca vão achar a gente. Essa floresta é imensa, tem milhares de quilômetros. Eles iam passar a vida toda procurando."

"Eles vão trazer uns cachorros."

"Como assim, cachorros?"

"Tipo cães policiais."

"Eles vão chamar a *polícia*?"

"Talvez."

Intimamente, Kingshaw recordou sua conclusão da véspera. Lembrou que talvez sua mãe e o sr. Hooper nem quisessem achar eles dois. Ainda acreditava nisso.

"Quando eles chegarem você vai se dar mal", disse Hooper, "porque a culpa disso tudo é sua."

Kingshaw suspirou. Uma brisa sussurrante balançou as árvores, mas não refrescou nada. Quando ela se foi, levou junto o ar e os sons.

"O que é que você vai fazer?", perguntou Hooper.

"Quando?"

"Quando eles chegarem pra buscar a gente. Você vai fugir de novo?"

"Não sei. Ainda não pensei nisso."

"Eles bem podem te botar em uma prisão juvenil."

"Por quê? Eu não fiz nada."

"Você fugiu."

"Qualquer pessoa pode fugir, ué, não tem nada que impeça."

"Não pode nada, eles obrigam a voltar. E você fez a gente se perder."

"Mas não foi de propósito."

"Você me obrigou a vir junto."

Kingshaw se levantou, furioso. "Eu não fiz nada disso, você é um mentiroso. Não inventa de falar isso, Hooper."

"Eu vou falar, sim."

"Eles não vão acreditar. Foi você que me seguiu, eu não queria estar com você, eu nunca quis ter nada a ver com você." Ele quase chorou de frustração ao ver que Hooper podia dizer qualquer coisa, que tinha crédito para isso. Era ridículo que ele fosse acusado de tê-lo forçado a fugir, era um absurdo, mas totalmente possível.

"Eu fugi sozinho", disse Kingshaw, "e você é um macaco de imitação, você veio atrás de mim só pra ficar por dentro, só pra ver o que eu ia fazer."

"Não foi nada disso. E também eu nem gostei daqui, eu quero ir pra casa. Não quero ficar perdido."

"Ah, para com isso, seu bebê chorão. Você se acha muito esperto, quer mandar em todo mundo. Mas também não passa de um bebezão."

"Eu quero ir pra casa."

Kingshaw se aproximou e plantou-se diante dele, quase explodindo de tanta raiva. "Escuta", disse, tentando ser delicado, "é besteira a gente ficar aqui discutindo sem parar. E chorar também não adianta de nada. Não importa como é que a gente chegou aqui, o fato é que estamos perdidos, então é melhor a gente ficar por aqui até alguém chegar. Você só está com medo porque está machucado. É isso o que acontece quando a gente tem febre."

"Eu posso morrer."

"Você não vai morrer."

"Mas eu posso. E se eu morrer? Como é que fica, Kingshaw?"

Kingshaw já tinha pensado nisso. No caso de os dois morrerem. Mas ouvir Hooper falando em voz alta fez a ideia parecer uma loucura.

"Olha, deixa de bobagem. Você só bateu a cabeça e se molhou, isso não vai te matar."

"Eu não me sinto muito bem. Estou tendo calafrios. Estou gelado."

"Toma, pode ficar com o meu suéter." Ele tirou depressa o agasalho e o jogou no chão."

"Está fedendo", disse Hooper, "está com o seu cheiro fedido."

"Bota logo. Depois bota a capa de chuva por cima. Eu não estou com frio. Posso ficar pertinho da fogueira."

Dava para ver Hooper tiritando. Estava branco feito um defunto, e o encarava com os olhos fundos e atentos. "Kingshaw..."

"Fala."

"Não vai embora."

"Já te falei que a gente vai ficar por aqui."

"Mas vai que você muda de ideia. Você não vai mudar, não é? Não vai tentar achar a saída de novo, vai?"

"Não. Pelo menos não agora."

"Não, nunca mais. Eu não quero ficar sozinho."

"De manhã talvez eu vá. Eu posso tentar esticar o barbante pra outras direções."

"Não, eu não quero que você faça isso. Olha, você não pode me deixar sozinho."

"Mas você ia ficar bem."

"Não, não, não! Você tem que ficar aqui, tem que ficar. Senão eu conto pra eles que você foi embora e me largou sozinho."

"Tudo bem então."

"O quê?"

"Eu não vou."

"Então jura."

"Está bem."

"Não estou gostando disso, eu queria não ter vindo atrás de você."

"Pois é, mas veio."

"Você não pode me largar aqui sozinho."

"Eu já falei que não vou."

"Se você for, eu vou ouvir."

"Eu não vou. Você é um bebê."

"Eu vou ficar acordado te vigiando, não vou pregar o olho, não vai ter como você sair escondido de mim."

"Já falei que eu não vou, não vou, não vou. Agora para de resmungar."

"Você tem que falar 'eu juro'. Anda, fala."

Kingshaw sentia a paciência se esgotando. Ele já tinha prometido.

"Você *tem que* falar, senão não vale. Anda, fala logo."

Kingshaw o encarou com súbito interesse. Sabia que Hooper estava passando mal. Estava assustado. Meio fora de si. Ele nunca tinha se comportado desse jeito em casa. Apesar de tudo.

"Você é sempre assim, medrosinho? Na escola, você é assim?"

"Eu não sou, não, não tenho medo de nada. Eu só estou mandando em você, só isso."

"Você está com medo. Está morrendo de medo."

"Então você também está."

"Só que eu não fico choramingando que nem você. Hooper, o medrosinho."

"Não sou nada. Eu te odeio."

Kingshaw empurrou um graveto comprido para o fogo. Não sabia por que razão sentira esse ímpeto de provocar Hooper, para ver até onde podia ir, o que podia fazer com ele. Já estava em posição de vantagem, pelo menos por ora. Mas queria provar a si mesmo. E sentia vergonha em ver como Hooper de repente passou a choramingar e implorar coisas a ele.

"Se você for embora", disse Hooper, bem baixinho, "e eles me acharem aqui, e depois acharem você, eu vou te matar, eu vou..."

"Vai o quê, hein?"

"Não te interessa. Espera só."

"Você não me mete medo."

"Meto, sim. Sempre meti. Foi por isso que você fugiu."

"Bosta nenhuma."

"Foi sim, foi sim. E também você chorou quando viu um corvo, uma porcaria de um passarinho velho! Bebê chorão."

"Não enche."

"Se você for embora..."

"Ai, Jesus, eu já falei, não falei? Eu *não vou* embora."

"Mas então tem que *jurar*."

Kingshaw deu um salto, alucinado com a voz de Hooper, que não parava de falar. Foi bem para perto dele. "Cala a boca, Hooper, cala a boca!", gritou. "Eu vou te encher de chutes, vou esmagar essa sua cabeça se você não calar a boca, e não pense que eu estou mentindo."

Hooper se encolheu na mesma hora, pego de surpresa. Tentou se ajoelhar para se afastar. Kingshaw o prendeu com as pernas.

"Vai calar a boca?"

"Vou... eu..."

"Se você der mais um pio, eu vou te chutar. E posso te machucar, porque você está fraco, eu te derrubo rapidinho. Agora cala essa boca."

"Você não vai, não pode..." Hooper recomeçou a chorar de medo.

Kingshaw ficou olhando um instante, com vontade de espancá-lo. Então, em um impulso, virou-se e saiu andando. Estava assustado com o que havia feito, com a voz que saíra de sua boca. Estava a ponto de chutar e socar Hooper, tudo para que ele parasse de resmungar, choramingar, criticar. Ele se espantou com a própria violência.

Kingshaw se afastou um pouco da clareira e foi chutando as raízes das árvores, remexendo as folhas. Perto dali, algum animal soltou um rosnado, depois um uivo de alerta.

Um tempinho depois ele voltou, bem devagar. Deitou-se outra vez junto à fogueira e ficou olhando fixamente para o centro vermelho, até o olho arder. Sentia uma estranha dormência, mas estava tranquilo, lúcido. Não encostaria em Hooper agora. O fogo ardia incandescente. Ele se sentia seguro perto do fogo. E também da água. Mas não era confortável, pois ele tinha entregado suas roupas extras a Hooper, e os galhos e as folhas secas lhe pinicavam a pele sob a camiseta e o jeans.

"Hooper?", perguntou ele.

Silêncio.

"Tudo bem aí?"

"Cala a boca."

Kingshaw hesitou. Estava envergonhado. Lembrou como Hooper havia gritado "mamãe, mamãe". Isso foi o mais impressionante de tudo.

"Eu não ia te bater de verdade."

Ele sabia que perderia qualquer vantagem conquistada se cedesse o controle de volta a Hooper. No entanto, a despeito do que acontecesse, pensava ter algo que Hooper não tinha, uma força interior, uma determinação. Era isso que o ajudaria a enfrentar as coisas. Ele sentiu que não precisava mais fugir, pelo menos não de Hooper. Os papéis não tinham se invertido, mas algo havia mudado. Kingshaw estava mais consciente de si e de seus próprios recursos.

"Olha, Hooper", disse ele com clareza, "não precisa se preocupar, nós dois vamos ficar aqui até eles chegarem pra nos buscar."

Hooper continuou imóvel na escuridão. Mas Kingshaw podia sentir e escutar sua presença.

Tentou não pensar no que aconteceria se ninguém fosse atrás deles.

Susan Hill
Eu sou o rei do castelo

Capítulo 9

Eles vieram. Quase no fim da manhã seguinte.

Os dois já estavam acordados havia horas, desde o nascer do sol. A floresta foi clareando, e os pássaros começaram a cantar no alto das árvores e pousar nos arbustos próximos. Tinham passado a noite inteira ali, em silêncio.

Já se foi um dia inteiro, pensou Kingshaw. Mas poderia ter se passado um ano, cinco anos. Tudo para além da floresta poderia ter se dissipado, até que ele não acreditasse mais em nada.

Ele olhou para Hooper. Ele estava acordado, deitado de costas, com os olhos abertos.

"É melhor eu pegar mais uns gravetos. O fogo vai apagar."

"Deixa apagar."

"Não, só tem meia caixa de fósforos. E a gente não sabe mais quanto tempo vamos passar aqui. Não dá pra desperdiçar nada."

Hooper se sentou, depois se levantou, meio vacilante. "Estou me sentindo bem agora. Não estou mais tão esquisito."

"Mas o galo na testa está meio esverdeado."

Hooper ergueu a mão e tateou o local.

"Não está inchado."

"Não. Vou lá pegar os gravetos."

Não havia nenhum nevoeiro. A pálida luz da manhã penetrava a floresta, dando aos troncos das árvores um aspecto de seda molhada. No começo era meio cinza, depois amarelada, depois bem dourada, e o chão do bosque, repleto de folhas mortas, tinha cor de ferrugem.

Kingshaw foi caminhando, apanhando gravetos, ouvindo o gorjeio dos pássaros. Durante a noite a mata escondera segredos, criaturas próximas à espreita, olhos vigilantes, um ar de temor e opressão.

Agora, tudo fora desvelado pelo sol, os pássaros e insetos circulavam, o cenário estava cheio de vida. Kingshaw respirou com facilidade, tomado de alívio.

"Eu vou nadar", disse ele, mais tarde. Os dois tinham comido tomates e biscoitos de café da manhã. Hooper estava deitado na grama, sob um quadradinho de sol. Tinha as roupas amassadas. Logo à frente, debaixo de uma moita, um tordo tentava quebrar a concha de um caracol, golpeando-o contra uma pedra. Hooper o observava atentamente.

"Mas é melhor você não entrar na água. Você pode ter pegado um resfriado ontem."

"Eu estou bem."

"Tá..."

"Mas também não estou com vontade de nadar. Daqui a pouco vou pegar um biscoito e ver se esse passarinho vem pegar as migalhas."

"Ele não vai vir."

"Por que não?"

"Porque ele é selvagem. Não é passarinho de quintal."

"Deixa de ser burro. Todos os pássaros são selvagens, são todos iguais."

"Ele não vai chegar perto se você estiver junto."

"Vamos ver."

"E isso é desperdício de comida. A gente tem que economizar."

"Eu só vou dar as migalhas. Ai, Kingshaw, vai cuidar da tua vida."

Mas Hooper falava mansinho, com a atenção toda no pássaro.

Kingshaw tirou a roupa e foi se estirar na parte mais rasa do riacho. Sentiu as pedras frias nas nádegas e nos ombros, mas não muito. A água corria por cima dele, dividindo-se e tornando a se unir. Ele abria bem as pernas, depois fechava, feito uma tesoura. A luz do sol banhava a vegetação acima, formando um tom amarelo-limão. As folhas não paravam de se remexer bem de leve. Um pássaro branco e preto levantou voo, afastando a folhagem e disparando rumo ao céu aberto.

Kingshaw fechou os olhos. Não queria nadar, não queria mover uma palha. Está tudo bem, está tudo bem. Hooper ainda olhava o tordo. Àquela altura ele já tinha conseguido quebrar a concha do caracol.

Ao redor deles, os pombos arrulhavam alto.

Foi quando ele ouviu o primeiro grito. Um cachorro latiu. Estava bem longe a princípio, mas foi se aproximando depressa. Parecia tudo muito rápido. Barulho, barulho, barulho, eram eles, cruzando a mata. Alguém gritou outra vez. Estavam quase na clareira, mas Kingshaw não conseguia entender nada do que diziam. O cachorro latiu de novo.

Ele abriu os olhos e viu Hooper, sentado, encarando-o.

"Tem alguém vindo."

Kingshaw não respondeu, nem se mexeu, só tornou a fechar os olhos e se deitou, deixando a água correr por seu corpo nu. Eu não quero que eles venham, pensou, não quero que encontrem a gente. Não agora. Está tudo bem. Eu quero ficar aqui.

A essa altura ele não estava ligando nem para Hooper. Não ali na floresta. Ali era outro mundo. Se eles não conseguissem encontrar a saída, ou morreriam, ou sobreviveriam. Mas era isso o que ele queria. Fugir, mudar as coisas. Agora alguém estava chegando, e eles seriam levados de volta para casa.

Por um segundo, ele se apavorou. Então recordou tudo o que acontecera com Hooper, desde a manhã da véspera. As coisas tinham *mudado*. Talvez tudo se ajeitasse.

Outro grito ecoou. Quando ele tornou a abrir os olhos, a visão do sol e das copas das árvores estava bloqueada pela cabeça de um homem.

Capítulo 10

"Foi o Kingshaw, foi o Kingshaw, foi ele que me empurrou na água."

Kingshaw deu um giro, espantado com a traição fria de Hooper.

"Seu mentiroso, eu não te empurrei nada, não fui eu, eu nem estava lá, nem encostei em você. Você caiu sozinho."

"Ele me socou nas costas."

"Mentira, mentira, mentira!"

"Charles, que linguajar é esse, que maus *modos* são esses?"

"Eu nem *encostei* nele."

"Então por que é que o Edmund está falando que foi você? Tenho certeza de que ele não tem motivo para mentir."

"Ai, claro que tem, ele é um mentiroso e é um pilantra, ele fala qualquer coisa. Eu não encostei um dedo nele."

"Mas que jeito é esse de falar?! Estou tão envergonhada de você."

Eles estavam na copa. Do lado de fora, o jardim ensolarado recebia o calor do comecinho da tarde, repleto de abelhas e flores coloridas. Kingshaw queria ir até lá, sozinho.

"Eu podia ter morrido, não podia? Batendo a cabeça numa pedra daquele jeito. Eu podia ter morrido."

"Não, querido, não se preocupe, acho que isso não teria acontecido. Mas foi um susto grande para você."

"E também ele subiu em cima de mim e me bateu, depois disso. Ficou me batendo sem parar."

Kingshaw observou sua mãe inclinada ao lado de Hooper, examinando o hematoma. Eu odeio vocês, pensou, odeio vocês dois. Hooper não o olhava.

"Ele estava tentando pegar um peixe, daí escorregou, caiu e bateu a cabeça, só isso. Eu nem estava lá..."

A voz dele foi morrendo. Era inútil. Ninguém dizia nada. Sua mãe e o sr. Hooper se levantaram e se plantaram junto à mesa, olhando para ele sem expressão. Kingshaw virou as costas. Não interessava o que eles escolhessem acreditar. A culpa era dele, disseram, a culpa era toda dele, foi ele quem resolveu fugir, foi ele quem quis se embrenhar na floresta. Hooper simplesmente foi atrás, não teve culpa de nada. Eles nem se deram ao trabalho de perguntar por quê. Uma aventura, disseram, uma peripécia, uma bobagem. Ele não teve chance de explicar que queria sair dali de uma vez, para sempre.

Ele foi andando em direção à porta.

"Charles, fique aqui, você está proibido de sair de casa."

Ele hesitou.

"Pegue um livro e vá para o seu quarto."

"Por quê? Não tem nada de errado comigo."

"Será que não é porque você *fez* uma coisa errada?"

"Eu não fiz, eu não fiz nada, isso não é justo. Eu não *encostei* nele."

"Ora, não estamos mais falando disso. Eu considero que foi muito maldoso da sua parte sair de casa desse jeito, e meter o Edmund em confusão."

"Não era pra ele ter vindo, eu não queria ele junto comigo."

"E além disso você ainda levou um susto."

"Levei nada."

"E não tem necessidade de me dar resposta, de bancar o bobo, mesmo pensando que está sendo corajoso. Eu acho que sei o que é melhor para você."

"Eu estou ok."

"Não diga ok, Charles, quantas vezes eu vou ter que te pedir isso? Pois bem, eu te mandei ir para o quarto, querido. Não estou gostando desse seu jeito, todo brigão e respondão. Afinal de contas, você só tem 11 anos. E ainda mais na frente do sr. Hooper."

"Não entendi por que é que eu não posso sair."

"Porque não dá para confiar em você, dá? Eu não tenho como saber o que vai acontecer. Estou muito chateada, você não faz ideia de como a gente se sentiu hoje, com essa experiência tão horrível de chegar em casa e não encontrar vocês dois. Então você vai ter que ficar por aqui e relaxar um pouco."

O sr. Hooper tossiu. "Quem sabe um jogo...", disse, meio hesitante, "uma partida de damas... eles podem ir para a sala de estar e escolher um joguinho sossegado, algo assim."

"Ah, que babaquice!"

"Charles!"

"Eu não vou jogar damas porcaria nenhuma. Não vou jogar é nada com ele."

"Charles, eu não admito que você fale dessa maneira. Agora peça desculpas ao sr. Hooper, por gentileza. E ao Edmund. Que bobagem é essa? Ele é seu grande amigo."

Kingshaw queria gritar na cara dos dois, gritar sem parar, para que eles entendessem. "Quer saber o que eu queria? Eu queria que ele tivesse quebrado a cabeça naquela pedra maldita, e queria não ter encontrado ele a tempo, porque aí ele teria morrido. Eu queria que ele tivesse morrido."

A sra. Helena Kingshaw se sentou abruptamente na cadeira e soltou um leve gemido.

Kingshaw se horripilou com o que tinha dito.

"Eu falei, eu falei, foi ele que me empurrou, ele queria que eu me machucasse."

"Hooper, eu não pus a mão em você e você sabe disso, então vai se danar."

"E ele também ficou me socando o tempo todo, ele me socou e me chutou."

"Mentiroso, mentiroso, seu mentiroso de bosta!" Kingshaw partiu para cima dele.

"*Olha...*"

O sr. Hooper o conteve. Cravou a mão muito magra no antebraço de Kingshaw, com seus dedos longos e ossudos.

"Esse comportamento está péssimo, péssimo", disse ele, "e eu gostaria muito de saber se vocês dois não estão com vergonha."

"É ele que me ameaça, oras." Hooper fez uma cara de bebê.

Kingshaw se desvencilhou da mão do sr. Hooper. Estava quase aos prantos, sentia-se defronte a uma muralha que precisava ser derrubada. Não conseguia dizer: eu cuidei dele, tirei ele do riacho e fiz ele vomitar a água toda que tinha engolido, preparei uma bebida pra ele, emprestei o meu suéter e tudo, fiquei com medo que ele morresse, eu falei que estava tudo bem, Hooper, não precisa se assustar. Quando ele caiu eu nem estava lá, não botei a mão nele, nem na hora que eu subi em cima dele e quis encher ele de socos pra ele calar a boca. Eu não encostei nele. Não foi nada desse jeito.

Mas ele não disse nada. Não estava entendendo seu comportamento diante de Hooper, que continuava sentado na cadeira da copa. Ele tinha aguentado Hooper até o próprio limite. Agora, queria matá-lo.

Ele viu que não o conheciam de verdade, nenhum deles, que eram totalmente alheios a tudo o que ele sentia e pensava, e muito dispostos a acreditar nas mentiras e queixas de Hooper. Para Kingshaw, aquelas mentiras eram tão absurdas, tão toscas, tão improváveis, que qualquer um deveria ser capaz de perceber. Mas eles não percebiam, eles sabiam tão pouco a seu respeito que acreditavam em qualquer coisa. Mais do que nunca, Kingshaw se sentia afastado deles, confinado em si mesmo. Parecia que os outros o conheciam, que enxergam todos os motivos, mas nem sua mãe o conhecia. Quando olhava para ele, via outra pessoa. Não sabia o que se passava em sua cabeça, nunca soube absolutamente nenhuma verdade a respeito dele.

Hooper era mau. Ele agora sabia disso. No fim das contas, os dois não chegariam a nenhuma trégua. Kingshaw foi tomado de um súbito cansaço.

"É melhor esses dois subirem."

A sra. Helena Kingshaw assoou o nariz.

"Sim, acho que é o melhor a fazer. Eles estão esgotados e histéricos. Mas claro, se não concordar..."

"Não, não. Ah, me desculpe, eu não estou pensando com clareza, estou com dor de cabeça. Eu não tenho palavras para me desculpar pelo Charles, não consigo entender..."

"Sim, sim. Está tudo certo agora."

"Ah, como você é bom conosco! O Charles não compreende quanta sorte nós dois temos... bom, afinal ele é só um menino, não tem como... mas eu compreendo, eu..."

Cala a boca, pensou Kingshaw, cala a boca, cala a boca. Queria dar um sacolejo na mãe, para que ela parasse de chorar e de falar daquele jeitinho com o sr. Hooper. Estava morto de vergonha dela.

"Agora subam, por favor, cada um para o seu quarto. Já chega por hoje, já chega. Edmund..."

"Eu quero uma aspirina. A minha cabeça voltou a doer."

"Eu te dou uma, querido." A sra. Helena Kingshaw logo se levantou. Não vou demonstrar favoritismo pelo meu filho, pensou ela, ainda mais quando a culpa de toda a situação é dele.

"Já sei, eu vou dissolver a sua aspirina em uma bebida bem gostosa, assim você não sente o gosto ruim."

"Bebezão", soltou Kingshaw, furioso. "Não tem nada de errado com ele. Vocês tinham que ver quando o temporal desabou. Ele chorou de soluçar, estava morrendo de medo... ele *mijou* na calça de tanto medo."

"Charles, querido..." A mãe dele se virou, com um sorrisinho. "Charles, eu estou muito espantada com você, e devo dizer que um pouco envergonhada. Você está sendo muito grosseiro e muito cruel. Imaginei que você já tivesse idade para entender que às vezes as pessoas sentem medo das coisas, e que não é culpa delas. Nem sempre quem não tem medo nenhum é a pessoa mais corajosa, sabia? Uma tempestade pode ser uma situação muito inquietante."

"Eu passo mal quando tem tempestade", disse Hooper, com a cara franzida. "Sempre passei mal. Na escola eu tenho até permissão para sair da sala de aula e ir me deitar, se estiver trovejando."

"Bebezão idiota."

"Charles..."

"Chora que nem um bebê por conta de um trovãozinho."

"Daqui a pouco eu vou me aborrecer de verdade. Já chega desse linguajar abominável. É melhor você ir para o seu quarto, como o sr. Hooper mandou."

Kingshaw se afastou, tomado de repulsa. Ao passar por Hooper, levou um chute forte no tornozelo. Apesar da dor que lhe subiu pela perna, Kingshaw manteve a firmeza. Hooper o observava, com o rabo do olho.

O sr. Hooper estava afastado, alisando o cabelo, muito alto, magro e grisalho, feito um pássaro horroroso. Kingshaw queria cuspir um catarrão enorme na cara dele. Foi juntando saliva na boca, pensativo.

Ao fechar a porta, ouviu a voz da mãe, começando a se desculpar.

Ele nunca na vida tinha sido mandado para o quarto. Aquele comportamento era totalmente novo. Ele se sentia estranho, meio fora de si. Mas era necessário, ele sentia que de alguma forma precisava se defender de todo mundo. Já havia percebido, desde o instante em que os dois foram trazidos de volta para casa, que nada mudaria em relação a Hooper. Ele esperaria uma nova chance.

Kingshaw se sentiu preso. Hooper tinha vencido e continuaria vencendo, não havia escapatória. Ele havia fugido, mas Hooper foi atrás, agarrou-se nele e o forçou a voltar.

Ele subiu lentamente a escada, sentindo outra vez o cheiro daquela casa. Quanto mais se aproximava do quarto, mais medo sentia. Tudo o que acontecera na mata começava a parecer irreal, a perder a veracidade. A casa tornara a assumir o comando, a ditar suas ações e seus sentimentos. Ele recordou o dia de sua chegada, o bilhete que Hooper jogara para ele, o jeito com que sua mãe olhou o sr. Hooper na hora de cumprimentá-lo. Desde aquele momento, ele soube.

Suas pernas doíam. Ele não tinha dormido o melhor dos sonos na floresta. Tirou os sapatos e se espichou na cama. Do lado de fora, pela janela aberta, ouviu a voz do sr. Hooper, depois a de sua mãe, e o tilintar de uma colherinha em uma xícara. Os sons eram agudos naquela tarde quente de verão. Os dois pareciam mais próximos desde a véspera, em parte por conta da ida a Londres, mas também por sua fuga, Kingshaw concluiu. Eles o tinham encarado com a mesmíssima expressão.

"Eu trouxe uma bebida para você. Deita na cama direito, por favor."

Estava muito quente, muito abafado. Ele tinha aberto bem a janela e jogado as cobertas de lado. A sra. Helena Kingshaw fechou as cortinas, sacolejando as pulseiras barulhentas que deslizavam por seu antebraço, do cotovelo até o punho. Ela vai casar com o sr. Hooper, pensou ele.

"Eu vim conversar um pouquinho com você, meu amor. Acho que já está na hora, não acha?"

Kingshaw baixou a cabeça e enfiou o rosto na caneca de Ovomaltine. O vapor subiu por seu nariz e por sua boca, em formato de anel.

"Puxa as cobertas da cama, Charles."

"Eu estou com muito calor."

"Bom, você não pode dormir assim, seria uma grande bobagem."

"E por quê?"

"Porque você pegaria um resfriado, não é, meu amor? Esfria muito de madrugada, quando a gente está dormindo."

"Ontem eu dormi ao ar livre, sem lençol, sem cobertor, sem nada, não estava nem de suéter. E fiquei muito bem."

"Acho que é bom nós ficarmos de olho em relação a isso. Estou muito preocupada, quero ver se aquela sua tosse horrível vai voltar."

Ela estava sentada na cama, ao lado dele. Se esticasse o pé, dava para sentir o peso dela, o contorno de suas coxas. Ele se afastou um pouco.

"Foi muito apavorante, querido?"

"Não, não foi nada apavorante. Foi ótimo."

"Ah, tenho certeza de que você sentiu um pouquinho de medo, sozinho no meio da mata!"

"O Hooper sentiu. Ele não parava de miar."

"Essa palavra não é *bonita*."

Ele desviou dos olhos dela e encarou a janela.

"Acho que deve ter muita coisa que você não me contou."

Silêncio.

"Você não acha que devia estar um tiquinho arrependido?"

"Por quê?"

"Eu fiquei tão *preocupada* com você, meu amor."

"Ah."

"Pois é, tudo bem você me dar essa respostinha, mas você não faz ideia de como foi! Você não costuma ser assim tão insensível, Charles. E o sr. Hooper também ficou preocupado."

"Ah."

"Pois é, ele ficou muito aflito mesmo, e não foi só por causa do Edmund. Eu acho que ele vem se afeiçoando bastante a você."

Kingshaw sentiu um embrulho no estômago.

"Ele tem sido tão bom com a gente, meu amor. Você precisa fazer um esforço para não ser ingrato nem indelicado com ele. É só pensar um pouquinho antes de falar."

Lá fora, junto às árvores, uma coruja chirriou.

"Acho que você não tem noção de onde é que nós estaríamos agora, se não fosse a bondade do sr. Hooper."

"A gente estaria em outro lugar, na casa de outra pessoa."

"Ora, não é tão simples assim, de jeito nenhum. Mas você é muito novo para entender."

Kingshaw pensou outra vez na floresta. Queria estar lá, sem roupa, estirado no riacho.

"Ai, o que foi que te deu, para fazer uma bobagem dessas? Fugir para tão longe, depois se embrenhar naquela mata, sem falar com ninguém?"

Ele deu de ombros.

"Eu não estou te entendendo, Charles. Você sempre foi um menino tão nervoso, morria de medo do escuro quando era pequeno, eu tinha até que deixar um abajur aceso perto da sua cama."

"Mas isso foi há séculos, quando eu era bebezinho."

"Ah, já nem era tão bebezinho assim…"

"Foi antes de eu entrar na escola. Agora eu não tenho medo de nada."

Ele se perguntou se sua mãe acreditava nisso. Não sabia o que ela estava pensando.

"Obrigado pela bebida."

Ele queria que ela fosse embora.

"Charles, querido, eu espero *muito* que nós sejamos felizes. Eu *me sinto* feliz agora."

Kingshaw a encarou. Ela usava um pó verde nas dobras das pálpebras. Ele odiava aquilo.

"Tem alguma coisa errada? Você está bem aqui?"

"Estou bem, obrigado."

"Você contaria pra mamãe, não contaria? Você deve estar aborrecido com alguma coisinha de nada, e seja o que for, nós podemos resolver de uma vez, e tudo volta ao normal. Eu espero que você não esteja se achando tão crescido assim que não possa me contar as coisas."

"Eu estou *bem*."

"Eu sei que o Edmund talvez não seja exatamente igual aos seus outros amigos, mas ele é..."

"Eu odeio ele, já te falei", retrucou Kingshaw, exaltado. "Eu odeio o Hooper."

"Ah, mas isso é uma coisa muito, muito feia de se dizer, o que é que está passando na sua cabeça? O que o pobre Edmund pode ter feito com você?"

Ele não sabia como começar a contar. E nem queria. Esfregou e retorceu a borda do lençol, doido para que ela fosse embora. "Enfim", disse a mãe, "tem uma coisa que eu acho que vou te contar." Mas ela não continuou.

"O quê? O que é que vai acontecer?"

"Não, não, não vou contar, amanhã eu conto. Já está muito tarde, e você teve um dia bem exaustivo."

"A senhora tem que me contar, *tem que*. Eu quero saber agora." Kingshaw se sentou na cama, pressentindo algum segredo terrível.

"Eu e o sr. Hooper andamos conversando bastante sobre vocês dois, estamos com umas ideias muito bacanas... O sr. Hooper tem sido muito, muito bom com a gente, Charles. Mas... bom, está decidido, eu não vou falar mais nada sobre isso agora, você já está cansado demais."

"Não, eu não estou cansado, não."

"Não me retruque desse jeito, querido. Quando estiver tudo certo você vai saber, e vai ser uma bela surpresa."

A sra. Helena Kingshaw se levantou, ajeitou o lençol e se inclinou por cima do filho. O colar frio de contas verdes roçou seu rosto.

Depois que ela saiu, ele se levantou e foi até a janela. O luar conferia formas estranhas às árvores lá fora.

Eles vão casar, pensou ele. Foi disso que o Hooper falou. A gente vai ter que morar aqui pro resto da vida, e o Hooper vai ser meu irmão. É esse o segredo deles.

Kingshaw ficou imóvel um bom tempo, ali no escuro. Estava muito quente. Ele se lembrou da mata, do cheiro abafado de terra úmida, do jeito como tudo lá se remexia e sussurrava. Ninguém serve pra nada, pensou, ninguém nunca pode me ajudar. Só existem coisas e lugares. Existe a floresta. Apavorante e segura.

Ele voltou para a cama.

Susan Hill
Eu sou o rei do castelo

Capítulo 11

O sr. Joseph Hooper limpou com um guardanapo a boca pequenina, suja de geleia.

Kingshaw olhava todos sentados à mesa. Eles vão falar agora, agora é que eu vou saber. Sua mãe remexia no açucareiro, com o semblante alegre. Ele a viu dando uma olhada para o sr. Hooper. O sr. Hooper retribuiu o olhar. Ele vai ter que ser o meu pai, pensou Kingshaw.

"Muito que bem", disse o sr. Hooper, "eis uma ótima notícia nesta manhã de verão. Charles, eu tenho uma grande surpresa para você. Neste novo semestre de aulas, você não vai voltar para o St. Vincent's. Vai para o mesmo internato que o Edmund!"

Ele só sabia que precisava correr, fugir de Hooper. Dentro de casa não dava. Correu de cima a baixo, cruzou todos os corredores, mas não ousava escolher nenhum quarto onde se esconder, pois Hooper o encontraria. Ficou parado no patamar próximo ao sótão, no escuro, com o peito doendo de tanto esforço para respirar. Mais do que tudo, ele agora queria voltar para a floresta, se embrenhar ainda mais, queria se esconder no meio daquele matagal cerrado. Queria encontrar o riacho.

Mas ele nunca chegaria até lá. Hooper iria atrás, cruzaria os gramados e destroçaria a vegetação à caça dele.

Passos na escada. Kingshaw começou a correr.

Ele já tinha visto o galpão várias vezes, por uma frestinha na sebe alta que contornava o jardim de Warings. Havia um loteamento abandonado, cheio de urtigas que batiam na cintura. Bem no fundo, em um cantinho, ficava o galpão.

Kingshaw foi correndo pela passagem entre os rododendros e virou à esquerda. Um pouco mais adiante, parou e esperou. Estava muito quente. Ele ouviu o barulho de um trator para os lados de Dover's Hill. E só. Dali a mais um pouco começou a refazer seus passos, ladeando as moitas, até chegar à cerca de arame farpado aberta, na entrada do terreno.

Não havia sol, só uma massa espessa de nuvens cinzentas se avultando sobre o gramado, e o ar estava imóvel, abafado e trovejante.

A porta do galpão estava trancada com cadeado. Assim que Kingshaw tocou na tranca, porém, seus dedos saíram cheios de pó de ferrugem, e o cadeado se abriu.

Ele quis chorar de tanto alívio por ter escapado de Hooper. Tinha encontrado um lugar, estava sozinho. Jamais tivera coragem de ir até ali sozinho.

Ele pensou na cara dos três, sentados à mesa do café da manhã, Hooper remexendo a colherzinha na xícara de chá, com cara de paisagem, já ciente de tudo.

"Você vai estudar com o Edmund."

Kingshaw adentrou o galpão com muita cautela, farejando tudo feito um animal.

Estava muito escuro e abafado. Quando a porta se abriu, uma faixa de luz inundou o piso de concreto, revelando lama e montes de palha pisoteada. Kingshaw deu mais um passo, olhando ansioso ao redor. Nada. Ninguém. Uma pilha de sacas velhas jogadas em um canto. Ele foi andando bem devagar até lá e se sentou. Tremia um pouco.

Segundos depois, a porta se fechou com um estrondo. Kingshaw deu um pulo e disparou até a porta, mas ao estender a mão ouviu o clique do cadeado. Depois, silêncio.

Ele esperou uns instantes, então falou: "Hooper?".

Silêncio.

"Olha, eu sei que é você."

Silêncio.

Ele ergueu a voz. "Eu consigo sair daqui, não pense que você me atormenta trancando a porta. Eu sei um jeito de sair a hora que eu quiser."

Silêncio.

Se Hooper o tinha trancado, era porque estava observando por alguma janela da casa e foi atrás dele. Ele era astuto, podia fazer qualquer coisa. Mas Kingshaw não tinha visto nem ouvido nada, e ficara o tempo todo olhando para trás.

De repente não é o Hooper, pensou.

O loteamento dava em uma sebe densa, e do outro lado havia os gramados. Era bem distante da vila, e parecia estar sempre meio abandonado. Mas agora talvez houvesse alguém por perto. No ano anterior alguém tinha sido morto por estrangulamento a uns trinta quilômetros dali. Hooper havia lhe contado. Trinta quilômetros não era muita coisa.

Ele pensou em vagabundos e assassinos, e no rancheiro da fazenda Barr, que tinha os dentes meio podres e as mãos vermelhas que nem carne crua. Alguém podia estar rondando ali por trás do galpão e o trancou lá dentro. Poderiam voltar mais tarde.

Às vezes, na escola, eles eram proibidos de ler os jornais, por conta de umas notícias sobre julgamentos de assassinatos, mas na verdade todas as publicações ficavam disponíveis na Biblioteca Sênior, e os garotos mais novos eram mandados para lá para fazer umas tarefas. Se alguém começasse a ler uma dessas notícias, não conseguia mais desgrudar os olhos, tinha que saber todos os detalhes mais horrendos, depois ficava pensando no assunto e tinha pesadelos à noite, não dava para voltar no tempo e apagar a história da mente.

Kingshaw lembrou que não voltaria para sua escola. Aquilo tudo estava acabado. Ele percorreu o prédio mentalmente, pensando no cheiro de todas as salas. Talvez não ligasse tanto para as pessoas, só para Devereux e Lynch. E o sr. Gardner. As pessoas não importavam. Mas agora era impossível separar uma parte da outra, pois toda sua existência naquele internato se misturava em sua mente, o tempo, o lugar, as pessoas, e seus sentimentos em relação a tudo e todos.

Ele ainda estava parado junto à porta do galpão. Aquele lugar um dia já abrigara animais. Cheirava de leve a esterco de porco e bolotinhas de cocô seco de galinha. As paredes e o teto eram feitos de placas de metal corrugado, aparafusadas umas às outras. Não havia janelas, e a luz só entrava por uma frestinha fina debaixo da porta. Kingshaw estendeu as mãos e começou a tatear lentamente, até retornar ao cantinho das sacas. E se sentou.

Talvez não esperassem até a noite para voltar. Qualquer pessoa podia cruzar o terreno e entrar no galpão sem ser visto. Podiam fazer qualquer coisa com ele ali dentro, ele podia ser estrangulado, golpeado com um machado, enforcado, esfaqueado, podia ter os dois pés amputados com um serrote e ficar ali sangrando. Kingshaw enfiou a mão na boca, estarrecido. Alguém já tinha feito isso, ele havia lido em um dos livros sanguinários de Ickden, no semestre anterior. Ickden cobrava 2 centavos para emprestar os livros por quatro dias. Kingshaw lia no banheiro, querendo conseguir parar e morrendo de medo nas noites seguintes.

É o Hooper, é o Hooper, ele agora dizia a si mesmo, não pode ser mais ninguém. Hooper devia estar voltando para casa na surdina. E ficaria lá esperando. Horas e horas, talvez um dia inteiro, até decidir que era hora de soltá-lo.

"Eu não tenho medo de ficar sozinho na porcaria do escuro", disse ele, bem alto. Sua voz ecoou.

Mas não era o escuro, eram os pensamentos que lhe passavam pela cabeça, as imagens que corriam diante de seus olhos. Ele recordou a razão por que fora até ali, recordou o rosto sorridente do sr. Hooper mais cedo, à mesa do café da manhã. "Você vai estudar com o Edmund." Ele não sabia nada sobre o colégio, só o nome. Chamava-se Drummond's. Eram eles que sabiam de tudo.

As sacas do fundo da pilha estavam úmidas, e a umidade já vinha subindo. Kingshaw se levantou. Seu jeans estava molhado nos fundilhos. Ele voltou até a porta e se deitou de lado, tentando enxergar do lado de fora. Mas a frestinha era muito mais estreita do que ele imaginara, e só dava para enxergar um borrão cinza-claro. Ele ficou ali, com a orelha colada no piso frio de concreto, tentando ouvir algum movimento, algum passo. Não havia nada.

Dali a poucos minutos, veio o ruído fraco de um caminhão, passando por perto. Kingshaw deu um pulo e começou a esmurrar a porta, depois as paredes corrugadas, fazendo um estrondo que ecoou no fundo de seus ouvidos, gritando e pedindo que alguém o tirasse dali, pensando Ai, Deus, Deus, Deus, por favor, faz alguém chegar até aqui, por favor faz alguém entrar no terreno, ai, Deus, Deus, Deus, Deus...

Ele desistiu. As palmas de suas mãos latejavam de tão quentes, e a junta de um dos dedos estava com a pele solta. Ele chupou a pontinha de pele, sentindo o gosto do sangue. Silêncio.

Hooper podia ter decidido deixá-lo para sempre ali no galpão. Não havia nada nem ninguém que pudesse impedi-lo, nada que ele não fosse capaz de fazer.

Em dado momento, Kingshaw engatinhou pelo chão de concreto e palha imunda até retornar às sacas. Removeu as de baixo, que eram as mais úmidas, e saiu espalhando as outras pelo chão. Queria se deitar. Não conseguia enxergar nada, só ia tateando meio sem jeito. Então, alguma coisa nas sacas deslizou por suas mãos. Ele começou a gritar e socar a calça jeans, desesperado, apavorado com o que poderia ser. No fim, teve certeza de que a coisa tinha ido embora. Ao abrir novamente as mãos, sentiu os dedos grudentos e pegajosos.

Ele regurgitou, depois começou a vomitar nas sacas todas, quase engasgando com o vômito que também saía pelo nariz. O gosto era amargo. Ele se encolheu todo, segurando a barriga. Quando terminou, limpou a boca na manga da camisa. Estava tremendo outra vez.

As sacas não prestavam mais, agora só havia um montinho de palha embolada junto à porta. Kingshaw foi tateando até lá. E se deitou, os joelhos colados na barriga. Queria chorar e não conseguia. Tapou os olhos com as mãos. Sob as pálpebras cerradas dançavam linhas verdes e vermelhas, pontilhadas por estrelinhas brilhantes.

Por fim, ele dormiu.

Era uma apresentação de marionetes, os famosos Punch e Judy. A voz estridente dos fantoches ecoava bem alto em seus ouvidos, gritando alguma coisa, mas ele não entendia uma palavra.

A praia era pequenina, com uma curva de penhascos altíssimos na frente e o mar atrás. A maré vinha subindo, arrepiante, cada vez mais perto deles, que estavam sentados defronte aos fantoches.

A cabine de Punch e Judy era de lona, listrada de vermelho e branco, com uma cortina franjada circundando o palquinho quadrado. Estava escuro lá dentro, parecia uma boca aberta.

Kingshaw estava no meio de todo mundo, espremido por braços, pernas e costas alheios, sentindo o cheiro dos garotos, de cabelo e de casacos de lã cinza. Havia uma multidão, milhares de garotos até onde a vista alcançava, e outros ainda chegavam, iam se sentando e se espremendo no meio dos outros. Ele não conseguia mover um músculo, somente os olhos e os dedos.

A areia da praia era muito branca, fria e granulosa, feito sagu, feito poeira de lua, e também era noite, uma noite fria, escura e parada. Só os bonecos estavam iluminados, de modo que era inevitável olhar para eles.

Devereux estava ao seu lado, abraçando com força os joelhos. Kingshaw lhe dava cotoveladas e empurrões, tentando forçá-lo a olhar ou a falar alguma coisa, mas ele encarava o palco à frente, hipnotizado pelos fantoches. Ele viu que a cabeça dos bonecos era de verdade, cabeças humanas presas aos corpinhos de pano, e quando a parte da pancadaria começou, o crânio de Punch rachou e jorrou sangue, e Judy começou a berrar sem parar, com o corpo sacolejando, até que o berro se transformou no crocito de um corvo, e o palco dos bonecos se encheu de corvos encapuzados, que começaram a levantar voo, um por um, e rodear os meninos aglomerados na areia fria.

"Kingshaw... Kingshaw... Kingshaw... Kingshaw... Kingshaw..."

A voz vinha de muito longe. Kingshaw se balançava, sentado no chão e com os braços sobre a cabeça, para não ouvir o crocito horrendo dos corvos nem ver os rostos dos fantoches.

"Kingshaw... Kingshaw... Kingshaw..." Um sussurro longo, muito distante, cruzando um túnel.

"Kingshaw..."

Ele acordou, sentou-se rígido e abriu os olhos na escuridão total. Jesus amado... ele recordou onde estava.

"Kingshaw..."

A voz vinha dos fundos do galpão, distante e abafada pelas paredes de metal. Lá de cima, do telhado, um barulho fraco de atrito.

"Kingshaw..."

Era Hooper. Kingshaw se levantou devagar. Mas não se aproximou da voz.

"Tá fazendo o quê aí?"

Ele esperou, em silêncio, quase sem respirar.

"Kingshaw?"

"Desgraçado..."

Pausa. Mais barulho de atrito. Hooper estava em algum canto nos fundos do galpão. Ele deu uma risada.

"Você não tem medinho de ficar sozinho no escuro, escuro, escuro...?"

"Não."

"Mentiroso."

"Eu posso sair se eu quiser."

"Como?"

"Você vai ver."

"Eu não sou burro, só tem um jeito de sair daqui e é pela porta, que está trancada, e a chave está comigo."

Kingshaw sentiu a cabeça rodopiar. Estava em pânico outra vez, e começou a gritar feito um animal acuado.

"Desgraçado, desgraçado, desgraçado..." Ele elevou a voz.

Hooper esperou até que ele parasse. As paredes ecoavam e estalejavam.

"Eu te falei que você não conseguia sair."

"E pra que você me trancou aqui, hein? Eu não te fiz nada."

"Fez, sim."

"O quê?"

"Várias coisas."

"Eu não fiz, eu não fiz nada, eu nunca encostei em você." Ele ainda estava atordoado com a gigantesca injustiça de tudo aquilo, vendo a trégua aparentemente acordada entre eles explodir com tamanha violência bem na sua cara. O tempo que os dois passaram na mata podia nunca ter acontecido.

"Acho que te tranquei aí dentro só porque eu quis. Eu fiquei com vontade. Já era hora de alguém te dar uma lição, Kingshaw. Talvez eu queira te forçar a ir embora."

"Olha, Hooper, eu também não gosto de morar aqui, não fica achando que eu quero morar na sua casa xexelenta e estudar na sua escola podre."

"É melhor você não repetir isso."

Kingshaw foi tateando na escuridão até o ponto de onde vinha a voz. "É você que faz as coisas", disse, desesperado, "é você que mente..."

"Eu tenho a chave."

"Não estou nem aí. Vão vir me procurar."

"Eles não vão nem saber por onde começar, ninguém conhece esse lugar."

"Mas vão acabar me achando mesmo assim."

"Eu vou falar pra eles que você voltou pra floresta."

Kingshaw começou a perder as esperanças. Ajoelhou-se e tateou o chão com cuidado. Mas era só concreto, frio e úmido. Ele se sentou e encolheu os joelhos. Fosse lá o que acontecesse, por mais tempo que aquilo demorasse, ele não pediria que Hooper o deixasse sair, não faria nada agora, só ficaria ali sentado. O mais importante de tudo era que ele não podia se render.

"Você vai estudar *comigooo*", disse Hooper, em tom de cantoria.

Kingshaw não respondeu.

"Vai ficar no meu dormitório."

"Talvez não."

"Vai ficar, sim, você vai ser novo na escola. Vão te botar lá porque você vai chegar comigo e você mora comigo, daí vão achar que você quer ficar junto."

"Não me importo."

"Semestre que vem eu vou ser Líder de Dormitório."

Kingshaw gelou. Sabia que aquilo certamente era verdade, e que seria o pior de tudo o que ainda estava por vir. Hooper detinha o poder ali, naquele momento. E lá, no colégio, também deteria.

"Eu vou poder fazer o que eu quiser, e todo muito vai ter que me obedecer. Eu posso mandar qualquer pessoa fazer qualquer coisa com você."

Kingshaw tapou os ouvidos, o coração acelerado, para não escutar mais nada. Mas ainda ouvia Hooper bem fraquinho, feito as vozes de Punch e Judy. E sentiu-se mergulhando de volta naquele sonho pavoroso.

"Eu tenho um monte de amigos. Você vai ver, pode esperar..."

"Cala a boca, cala a boca, cala a boca..." Mas ele só sussurrava baixinho, desesperado para que Hooper não ouvisse e cantasse vitória.

"Eles mandam os calouros bebezinhos pro porão."

Kingshaw ergueu a cabeça. "Eu sou mais velho que os outros calouros. Não vai ser a mesma coisa."

"Vai ser, sim. Eu falei calouros *bebezinhos*, e você é um bebezinho. O bebezinho da mamãe. Pode apostar que todo mundo vai saber *disso*."

"E eu conto pra eles da tempestade", devolveu Kingshaw, baixinho.

"Não importa, você pode falar qualquer coisa que ninguém vai acreditar."

"Por quê? Por que é que ninguém vai acreditar? Claro que vão acreditar, porque é verdade."

Hooper deu outra risada. "Você vai ser calouro. Ninguém está nem aí pro que os calouros falam, você não sabe disso? Calouro só pode falar se alguém falar com ele antes."

Kingshaw não respondeu. Em sua escola, os calouros eram especiais. Ele tinha sete anos quando foi para lá, e todo mundo tinha que ser muito legal com os calouros, eles ganhavam biscoitinhos de chocolate na hora do lanche, ouviam histórias para dormir, todo mundo cuidava deles.

Fez-se um barulho súbito de algo escorregando no telhado do galpão, e logo em seguida um baque. Quando Hooper voltou a falar, sua voz veio de perto do chão.

"Eu vi você correndo pra cá. Eu vejo tudo."

"Enxerido."

"Não tem nada que você possa fazer, Kingshaw, porque eu vou sempre te ver."

"E você acha que eu ligo?"

Uma pausa. "Na aula de ciências, os alunos têm que abrir mariposas mortas."

A garganta de Kingshaw travou. Ele engoliu em seco. "Mentiroso."

"Então tá, espera só pra ver. Você vai chorar e todo mundo vai dar risada."

Ele queria impedir Hooper de continuar falando, sua cabeça estava a mil com tudo o que estava ouvindo ali naquela escuridão. Mas não havia como brecá-lo, então ele contraiu bem os músculos, esforçando-se para não gritar de medo, raiva e aflição, para não dizer não, não, por favor, por favor, ai, meu Deus, eu não quero ir pra lugar nenhum com ele, estou com medo, estou com medo, quero sair dessa bosta de galpão.

"Estou indo", disse Hooper.

Kingshaw cravou com força as unhas nas palmas das mãos. Me deixa sair, meu Deus, me deixa sair, me deixa sair...

"Kingshaw?"

"Você que sabe."

"Pode ter um rato aí dentro."

"Não tem."

"Mas pode ter. Como é que você sabe? Você não está enxergando nada."

"Rato faz barulho, fica circulando. Não tem nada aqui."

"Mas mariposa não faz. Pode ter várias mariposas. Ou de repente um morcego, pendurado de cabeça para baixo, e daqui a pouco eu vou socar o teto até ele cair bem na sua cabeça. Você vai ficar nervosão."

Kingshaw sentiu o choro de pavor subindo à garganta, apertando o músculo até doer. Forçou-se a engolir o choro, a engolir em seco. "Eu vou te matar, Hooper", começou a dizer a si mesmo, em um sussurro cantado, "eu vou te matar, eu vou te matar, eu vou te matar, eu vou te matar." De repente a frase saiu como um berro, e o barulho de seu próprio grito o assustou mais do que tudo.

Durante um bom tempo não houve mais nenhum som, nem dentro nem fora do galpão. Kingshaw ficou chorando em silêncio, sem se dar ao trabalho de enxugar as lágrimas. Dali a pouco Hooper começaria tudo de novo, bebê chorão, bebê chorão, bebê chorão, chora, chora, chora, chama a mamãe, seu molenga, medrosinho, bebê chorão, bebê chorão, bebê chorão... mas agora ele não queria nem saber. Continuou chorando, por muito tempo.

Mas Hooper devia mesmo ter ido embora. Kingshaw acabou chamando por ele, mas não houve resposta, nenhum movimento.

Ele não ousou se levantar nem engatinhar outra vez até a frestinha de luz debaixo da porta, poderia mesmo haver ratos, mariposas, morcegos no teto. Estava tudo parado. Dali a pouco ele recomeçou a chorar, pois não havia mais nada a fazer, nenhum conforto.

O que ele ouviu primeiro foram os passos, correndo em sua direção pelo gramado lá fora, depois um solavanco e o clique do cadeado. A porta do galpão se abriu.

"Está na hora do almoço", gritou Hooper para ele, já correndo de volta, "e você está atrasado, então anda logo, seu idiota, a gente tem que sair com o meu pai." Seus pés ligeiros foram esmagando as urtigas e línguas-de-vaca durante a corrida.

Kingshaw se levantou. Tinha as pernas rígidas e dormentes por causa do piso de concreto. Enxugou o rosto na manga da camisa.

Em casa, Hooper lavou as mãos na pia da cozinha. "A gente estava brincando de polícia e ladrão", disse, em resposta à pergunta animada da sra. Helena Kingshaw.

Do lado de fora, pingos pesados de chuva começaram a cair, um por um, feito suor do céu, enquanto Kingshaw retornava, bem devagar, cruzando o terreno.

Susan Hill
Eu sou o rei do castelo

Capítulo 12

A sra. Helena Kingshaw correu as mãos com delicadeza pelos vestidos macios de seu guarda-roupa. Vamos sair juntos, todos no mesmo carro, igualzinho a uma família. Pois ele tinha dito que hoje seria dia de folga, tinha asseverado que ela devia descansar, relaxar, e ela se rendeu, depois de um leve protesto formal. Gostava de ser tratada assim pelo sr. Hooper.

A chuva não tinha ido para a frente.

A estrada era uma subida estreita e sinuosa, ladeada por margens altas e verdejantes, com árvores arqueadas cobrindo o céu. Kingshaw esperou, prendendo a respiração até que o extenso túnel de árvores terminasse, e ele pudesse ver o céu e sorver o ar. Queria correr, estender os braços. Eles estavam indo ao Castelo de Leydell.

Assim que chegaram ao topo da subida, no entanto, eles recomeçaram a descer, uma descida interminável, sem nenhuma brechinha no teto de árvores. Kingshaw e Hooper estavam no banco de trás do Rover, afastados e em silêncio. Kingshaw encarava a verruga na mão esquerda. Nunca mais na vida eu vou ver o Broughton-Smith, pensava ele.

A estrada então se bifurcou, e o túnel de árvores se abriu. Eles pegaram a esquerda.

Primeiro surgiram as ruínas do castelo, e bem ao lado havia um lago. Perto do lago havia uma trilha de pedras, e em torno da trilha havia apenas grama bem baixinha, formando um imenso arco. Dos lados e atrás se erguiam encostas apinhadas de coníferas. As nuvens ainda estavam baixas e cinzentas, avultando-se sobre eles.

O sr. Hooper desligou o carro, e de repente fez-se um silêncio total.

"Pois bem, eu trouxe uns mapas e uns guias", disse ele, meio de lado no banco, virado para a sra. Helena Kingshaw. "Não sou homem de fazer nada pela metade." Ele agora estava mais confiante no trato com ela, tinha se acostumado a ter outra vez uma mulher por perto.

A sra. Kingshaw sorriu, abriu a porta e olhou em volta, já ansiosa por demonstrar interesse e admiração. "Jamais tema que o Charles seja desfavorecido aqui nessa casa", lhe dissera ele na noite da véspera. "Eu não vou fazer qualquer distinção entre os meninos."

Kingshaw deu uns passos à frente e afastou-se dos outros. Não esperava que o lugar fosse daquele jeito, achava que seria bem aberto e silvestre. Sentiu medo. Parecia o cenário do sonho. Ele olhou o lago. A água estava imóvel.

"O que é que você vai fazer?"

Kingshaw o encarou com frieza.

"Subir", respondeu.

Eles estavam no interior das ruínas. Os muros de fora eram altíssimos, e dentro havia uns degraus de pedra, feito escadas destroçadas, incompletas, de modo que a pessoa podia acabar pisando em falso no ar, ou em balaustradas, ou em detritos de pilastras que mais pareciam degraus. As pedras tinham cor de areia úmida e uma textura áspera, meio granulosa, menos nas rachaduras onde haviam crescido musgos e líquen.

"Aposto que você não tem coragem de ir muito longe."

Kingshaw sorriu para si mesmo. Foi subindo de pedra em pedra, sem parar, pela aresta de uma parede. Queria chegar o mais alto possível, bem pertinho da torre.

Hooper o observava lá de baixo.

"Vai cair."

Kingshaw o ignorou. Subia com calma e firmeza, sem medo da altura. Ao olhar para baixo, viu Hooper na base. E deu um tchauzinho.

"Por que você não sobe também?"

Sua voz ecoou pelos muros do castelo. Hooper tinha pegado o canivete e estava gravando suas iniciais em uma pedra.

"Você vai é levar uma *bronca* se alguém te vir fazendo isso. É proibido. Dá até cadeia fazer isso."

Hooper continuou entalhando a pedra.

As paredes agora estavam mais estreitas. Kingshaw se agachou, conferiu com as mãos se a superfície estava firme e foi engatinhando bem lentamente. Mas os vãos estavam preenchidos com argamassa novinha, de modo que não havia nenhuma pedra solta.

O patamar seguinte ficava a cerca de trinta centímetros. Ele galgou com cuidado o degrau, ergueu o corpo e olhou em volta. Dava para ver o lago e a grama baixa na parte externa do castelo, e sua mãe e o sr. Hooper na outra ponta, sentados em um banco. Ele se sentiu maior que todo mundo, muito alto e forte, além de seguro, inalcançável. Agora sim está tudo bem, pensou. Eu não ligo para ninguém aqui, ninguém pode me fazer nada, eu não estou nem aí, não estou nem aí. O êxtase da liberdade era estonteante. Se ele espichasse o braço, podia tocar o céu.

Mesmo ali em cima, porém, era quente e abafado.

"Eu sou um arqueiro", gritou ele para Hooper, "eu sou o guerreiro-chefe desse castelo. Se eu disparar uma flecha, posso te matar."

Hooper olhou para cima.

"Eu sou o rei do castelo!" Kingshaw começou a abanar os braços e a saltitar, no alto da muralha. Se andasse mais uns metros, chegaria a um vão. Se conseguisse saltá-lo, chegaria ao parapeito da torre.

Lá de baixo, as figuras diminutas de sua mãe e do sr. Hooper começaram a gesticular para ele. Vão se foder, pensou Kingshaw, e de repente gritou a frase o mais alto que pôde, certo de que só Hooper conseguiria ouvi-lo.

"É melhor você descer, seu exibido, se você cair, vai quebrar a cabeça", disse Hooper.

"Vai se foder. Não vou cair coisa nenhuma."

Na escola, certa noite, ele subiu no telhado do prédio de música e escalou uma trepadeira que crescia entre dois andares do dormitório, até chegar no poleiro de caça que ficava no topo do olmeiro virado para o Portão Sul. Ninguém nunca tinha feito aquilo. Foi o único destaque que ele conseguira lograr na vida.

O Hooper está lá embaixo porque está com medo, pensou Kingshaw, equilibrado em uma pedra para avaliar a distância do salto. Espiou lá embaixo. Hooper perambulava por entre as colunas da entrada. Ele olhou para cima, chamando a atenção de Kingshaw, e mais que depressa desviou o olhar.

"Eu *sei*...", sussurrou Kingshaw para si mesmo. "Eu sei..." Ele esperou.

"Eu posso subir se eu quiser", gritou Hooper.

"Então vem, ué."

"Aquela descida ali dá nas masmorras. Duvido você descer lá."

"Não muda de assunto, Hooper. Você não tem coragem de subir aqui, e isso é o melhor de tudo."

Sem aviso, Kingshaw pulou o vão entre os muros e escalou o parapeito. Era da largura exata de seus pés. Ele viu Hooper prender a respiração, observando lá de baixo com a cabeça inclinada para trás, os olhos, as narinas e a boca escancarados parecendo bolotas pretas em seu rosto pálido. "Aposto que você não conseguia subir nem a primeira parte."

Lá na base, Hooper deu meia-volta e cruzou o espaço aberto. Passou por baixo do arco destroçado e caminhou até os degraus de pedra. Depois disso, Kingshaw o perdeu de vista.

Ele encarou a torre, cheio de ambição. Queria chegar lá, se sentar bem no topo e olhar o lado de fora. Se tivesse um telescópio, enxergaria tudo, mesmo a quilômetros de distância. Ele imaginou cavaleiros inimigos avançando estrondeantes pelo campo em direção ao castelo, centenas de homens, bem coladinhos nas fileiras da frente e mais espaçados nas de trás, formando um leque. Por todas as muralhas do castelo, postados nas seteiras altas e sobre as torretas, estariam os arqueiros, à espera.

Mas não havia nada. E nem ele conseguia ver um jeito de subir até a torre. Olhou em volta, para os abetos escuros nas colinas que rodeavam o lago, para sua mãe e o sr. Hooper, que agora só tinham olhos um para o outro. Eu sou maior que vocês, eu sou maior que todas as pessoas do mundo. Não, isso não era verdade.

De repente, ele se sentiu triste, desolado, traído pela fagulha de empolgação que o invadira na subida e que agora tinha se esvaído. Começou a dar meia-volta com cautela, preparado para descer. Então viu Hooper mais abaixo, a certa distância, equilibrado em uma bordinha de pedra.

"O que que é *isso*?"

"Você achou que eu não conseguia subir."

"Você falou que ia descer pras masmorras."

"Não dá, instalaram um portão com tranca. Daí eu resolvi escalar."

Para descer até Hooper, Kingshaw teria que deslizar por uma pedra saliente, depois se esgueirar pela bordinha. Ele pulou o vão de volta, atravessou a muralha engatinhando e se deitou de barriga para baixo. Era sempre melhor descer assim, com os pés indo primeiro e os braços segurando a bordinha da pedra até conseguir se firmar bem, com a barriga bem colada na parede. Daí um, dois, três, para baixo. Ele estava muito acostumado com isso, sabia o que estava fazendo. Era só não se afobar.

Por fim, alcançou Hooper.

"Agora eu vou voltar. O piquenique já deve até estar montado."

Hooper não respondeu.

"Anda, vai. Você faz o que quiser, mas eu já cansei desse lugar. Não tem mais nada pra ver aqui, está um porre."

Hooper não se mexeu. Kingshaw o observou com atenção. Ele estava pálido, meio esverdeado.

"Ai, caramba... você está passando mal, coisa assim?"

Nenhuma resposta.

"Olha, você vai ter que descer na frente, porque eu não consigo te ultrapassar, é muito estreito."

"Não dá."

"Qual o problema? Você não se machucou na subida, né? Anda *logo*."

"Não."

"Mas por quê?"

"Eu quero descer atrás de você."

Kingshaw suspirou. "Eu já te falei, seu imbecil. Eu só consigo sair daqui se você sair primeiro, e não tem outro caminho pra descer. Não dá pra você ir atrás de mim."

Ele imaginou que os dois estivessem bem no alto. Ainda não tinha pensado muito nisso, pois não estava se importando. Ele nunca se importava, por mais alto que subisse nunca estava de bom tamanho.

"Larga de bobeira, Hooper, anda logo."

"Não dá, não dá. Eu vou cair."

"Mas que inferno. Se você não gosta de altura não devia ter subido aqui, não é mesmo?"

Hooper o encarou, espantado. Geralmente era ele que falava palavrão.

"*Por que* você subiu?"

Hooper olhou para ele, sem saber o que fazer. Seus dedos pareciam garras, as juntas brancas de tanto esforço em segurar a pedra.

"Você estava é querendo bancar o *esperto*, não é?"

"A culpa é sua, você que duvidou."

"Nada disso."

"Eu vou cair, eu vou cair, Kingshaw, a minha mão está escorregando." Ele tinha a voz aguda e trêmula de medo.

Kingshaw parou um segundo para pensar. "Escuta, você tem que fazer o que eu falar, porque eu sei descer daqui e você não sabe, e eu não estou com medo e você está. Você tem que fazer tudo que eu falar, combinado?"

"Tá."

"Ok. Então primeiro tira a mão da parede."

"Não, não dá."

"Mas tem que tirar."

"Kingshaw, eu vou cair se fizer isso, eu vou cair."

"Cala a boca e faz o que eu tô mandando."

"*Eu não consigo*. Ai, meu Deus, não me obriga a soltar a pedra. Por que é que você não tenta passar por mim, e daí eu me apoio em você?"

"Porque não tem *espaço*... quantas vezes vou ter que falar isso?"

"Se eu cair daqui de cima, eu vou morrer."

"TIRA A MÃO DA PAREDE, HOOPER."

Silêncio. Nenhum dos dois se mexeu.

"HOOPER..." A voz de Kingshaw ecoou pelas paredes de pedra. Bem devagar, Hooper começou a soltar os dedos, um de cada vez.

"Promete que eu não vou cair, você tem que prometer."

"Se você me ouvir e fizer o que eu mandar, você não vai cair."

"*Promete.*"

"Ai, pelo amor de Deus, Hooper, você é um imbecil. Ok, eu prometo. Agora abre o olho."

"Não."

"*Abre o olho.*"

"Eu não gosto, eu não gosto. Não quero ver lá embaixo."

"Não precisa olhar pra baixo, você tem que olhar pros seus pés e ter noção do que está fazendo."

Hooper abriu os olhos, e na mesma hora seu olhar foi atraído para baixo. "Ai, meu Deus...", sussurrou ele, e fechou os olhos outra vez, com tanta força que até fez uma careta. Não tinha movido um milímetro sequer.

Kingshaw percebeu a mancha escura e úmida no jeans de Hooper, bem na virilha. No instante seguinte, o xixi escorreu por sua perna, molhando a pedra no topo da muralha.

Eu podia matar ele, pensou Kingshaw de súbito, podia fazer ele cair só com um olhar, ou um leve toque, ou então mandando ele dar um passo em falso. Eu sou o Rei, eu sou o Rei, não tem nada que eu não possa pedir a ele, nada que ele não me prometa, nada que eu não possa fazer com ele. Aqui em cima, *eu sou o Rei*.

Mas ele aprendera muita coisa nas últimas semanas, e sabia que qualquer poder que tivesse nas mãos seria apenas temporário. Feito o temporal na floresta, a pancada na cabeça de Hooper no riacho, e também os pesadelos. Assim que o cenário mudasse, tudo voltaria ao que Kingshaw passara a considerar normal.

Ele era um pouco mais alto que Hooper, e estava um degrau acima dele na muralha do castelo. Os dois cruzaram olhares. Hooper sabia. "Não me obriga, não me obriga", murmurou.

Kingshaw não disse nada. Podia ver sua mãe e o sr. Hooper lá embaixo, sentados frente a frente no banco verde, conversando sem parar. Eu posso fazer o que eu quiser com ele, qualquer coisa. Posso matar ele.

Ele pensou no galpão escuro, no corpo viscoso do inseto esmagado entre seus dedos, na voz debochada de Hooper do outro lado da parede metálica, no cheiro de porco velho, no pesadelo horrendo com os fantoches. Agora eu sou o Rei do Castelo. Posso fazer *qualquer coisa*.

Ele sabia que não faria.

A questão era que ele precisaria segurar Hooper e conduzi-lo da melhor forma possível, permitindo que ele ficasse de olhos fechados, se quisesse, e dando uma instrução atrás da outra, guiando-o passo a passo até a base. Teria que ser extremamente cuidadoso para não dizer nem fazer nada que o assustasse.

Kingshaw estendeu a mão. Apavorado, Hooper estremeceu, deu um passo atrás, bamboleou e caiu.

Susan Hill
Eu sou o rei do castelo

Capítulo 13

Depois disso, o que Kingshaw se lembrou com mais clareza foi de ter sido ignorado.

Quando tudo aconteceu, pareceu um filme em câmera lenta, que depois parou por completo. Hooper ficou um tempão no ar, desabando de um jeito estranhamente delicado, com um braço estendido. Os dois deviam estar na mesma altura dos telhados de Warings, mas a queda de Hooper pareceu interminável.

Por um segundo, tudo parou. Kingshaw viu a grama, o lago imóvel, sua mãe e o sr. Hooper no banco, o corpo de Hooper estirado lá embaixo, junto à parede. Nada se mexia. Ele olhou para baixo e se sentiu feito um pássaro, ou um deus, acima de todo mundo.

Depois disso, tudo aconteceu muito depressa, como um filme acelerado, à medida que as silhuetas dos adultos começaram a correr pelo gramado, com movimentos bruscos e estranhos, vistos de tão longe. De algum lugar surgiu um homem de uniforme. Usava um quepe com uma insígnia dourada na frente. Ao se aproximarem de Hooper, todos tagarelavam ao mesmo tempo, feito passarinhos.

Kingshaw ficou ali parado, só observando, com uma calma assustadora. Por detrás das encostas, um trovão estrondeou em meio às nuvens baixas e escuras.

Por fim, ele achou que seria totalmente esquecido ali. As pessoas corriam pelo gramado, alguém trouxe um cobertor, o sr. Hooper saiu em um carro a toda a velocidade e voltou com outro homem, uma ambulância branca chegou. O tempo todo, Kingshaw permaneceu imóvel sobre a bordinha de pedra. Ninguém olhou para cima, nem chamou por ele.

Estavam ajeitando Hooper na maca. Estava de olhos fechados, e Kingshaw não via nenhum sangue. Foram todos até a ambulância, um pequeno cortejo caminhando no mesmo ritmo. O trovão ribombou outra vez, bem ao longe.

Ele tinha certeza de que Hooper estava morto. Parecia morto, todo molengo e pesado, feito o coelho de Hang Wood. Ele também estava certo de que era o culpado, que o havia matado. Estendera a mão, e Hooper achou que ele fosse empurrá-lo. Além do mais, ele tinha pensado nisso, tinha *desejado*, era o que ele queria fazer. Quando alguém desejava uma coisa, ela assumia o controle, e era impossível refrear os acontecimentos. Igual às verrugas. O fato de ele ter decidido não fazer nada, de ter estendido a mão para ajudar Hooper a descer, não contava. Hooper tinha caído. À distância, poderia parecer um empurrão. Ele ficou pensando o que fariam com ele.

Então viu sua mãe, acenando e gritando alguma coisa inaudível.

Lentamente, Kingshaw começou a descer.

Retornou a Warings com a mãe, no carro do sr. Hooper. Os dois foram bem devagarinho. Kingshaw ia olhando pela janela e contando as árvores do extenso túnel verde. Algumas tinham as raízes expostas, enormes, retorcidas e vistosas.

Ele imaginou o que Hooper teria sentido na hora da queda, se tinha sido tão vagarosa quanto parecera, se o baque na grama tinha doído muito. Talvez não, talvez ele tivesse morrido em um segundo, sem sentir nenhuma dor.

De repente ele se lembrou do auditório, e de Lesage lendo em voz alta: "Ao que então a alma deixou o corpo".

Ele recordava cada detalhe. Nevava lá fora, e ele estava sentado perto de um aquecedor cor de creme. Entre as grades de metal do aparelho havia leves marcas pretas, feitas por algum tênis com solado de borracha.

Ele encarava a neve que caía, pois não queria olhar para Lesage. Lesage o importunava. Vivia passando tarefas a Kingshaw, tarefinhas bobas e desnecessárias que o forçavam a cruzar a escola de uma ponta a outra. Quando ele voltava, Lesage lhe dava uns quadradinhos de chocolate com nozes, que tirava um a um de uma lata azul. Lesage era o vice-monitor sênior.

Certa vez, ele mandou que Kingshaw se deitasse no chão da sala de aula. Os dois estavam sozinhos. Kingshaw achou que fosse levar chutes e socos e começou a buscar desesperadamente um motivo, tentando recordar algum erro terrível que pudesse ter cometido.

"Fecha os olhos", disse Lesage. Ele obedeceu. Tinha 8 anos, estava no comecinho do segundo ano, ávido por agradar e ser benquisto.

Lesage não fez absolutamente nada. O relógio da parede ficou emitindo um zunido, e Kingshaw só ali, deitado. Quando abriu os olhos, com medo, Lesage estava de pé acima dele, olhando para baixo, sem mover um músculo.

"É melhor você dar o fora", disse ele.

Por um instante, Kingshaw continuou estirado no chão, perplexo.

"Anda, levanta, a sua aula começa daqui a três minutos."

"Ah... ah, tá. Tá."

Ele se levantou com dificuldade e foi embora, antes que Lesage dissesse outra coisa. Esse incidente o havia perturbado. Ele queria esquecer aquilo tudo. Mas não conseguia, não totalmente. Sempre que via Lesage, ficava olhando para ele. E lhe vinha à mente a sua voz. Era bem grave, já naquela época, e tinha um tom meio hipnótico, que subia e baixava com certa cadência. Lesage sempre fazia leituras na missa de Natal, no Dia dos Fundadores e pelo menos uma vez por semestre nas reuniões de alunos.

"Ao que então a alma deixou o corpo."

Uma clara imagem dessa cena se formou na mente de Kingshaw, enquanto ele permanecia sentado de pernas cruzadas no chão de madeira, no meio dos outros, olhando a neve que caía. Era impossível não ouvir a voz de Lesage, e ao ouvir ele se lembrava.

Lesage tinha ganhado uma bolsa para estudar em Eton, era o único garoto da escola a ter alcançado esse feito e tinha o nome gravado em folha de ouro no Quadro de Honrarias. Lesage. Kingshaw jamais esqueceu.

"Ao que então a alma deixou o corpo."

Aquela tarde ele estava ali, no alto do muro do castelo, e isso aconteceu com Hooper, sua alma deixou o corpo. Mas não aconteceu mais nada, somente a queda longa e lenta, depois o mais completo silêncio, o corpo pesado, com os braços e as pernas desconjuntados.

Eles ainda dirigiam bem devagar, mas já tinham saído do túnel de árvores e seguiam pela estrada em direção à vila. Uma segadeira cruzava um gramado, feito um dinossauro engolindo o milho com sua bocarra escarlate.

Sua mãe estava totalmente calada. Ele ficava olhando para ela com o rabo do olho. Ela mordia o cantinho do lábio, a cara franzida, e segurava o volante com os braços meio esticados, como se tivesse medo do carro.

Por fim, ele não conseguiu mais esperar que as acusações começassem. "Eu *não* empurrei ele", disse. "Não encostei um dedo nele." Sua voz soou esquisita.

"Foi muita, muita bobagem ter subido lá, Charles. Mas nós não vamos falar disso agora."

Ele se perguntou por quê, desesperado para que ela entendesse.

"Eu não *empurrei* ele, eu fui ajudar ele a descer e ele estava com medo, não teve coragem de ir na minha frente."

Ao dobrar uma curva, ela se inclinou de leve na direção dele. "A culpa foi só *dele*", gritou Kingshaw.

"Tudo bem, querido, está tudo bem. Você ficou muito impressionado."

"O Hooper é um idiota, é isso, e também é um exibido, não tinha nada que querer subir lá no alto."

"Charles, querido, eu realmente não acho que este seja o momento certo para falar coisas maldosas a respeito do Edmund, não é? Me alegra muito que você compreenda que os dois cometeram uma grande tolice em escalar aquelas pedras. Eu e o sr. Hooper gritamos tanto para vocês descerem, e vocês não estavam nem ouvindo, nos ignoraram de propósito. Isso foi muito, muito feio. Bom, agora é tarde, e o Edmund acabou se acidentando. E me envergonha um pouco que você não tenha tido, desde o início, a sensatez de perceber o que podia acontecer ali."

"Olha, não fui eu, eu estava ótimo, eu estou te falando que foi ele. Escuta, mãe, eu consigo escalar qualquer coisa, eu subo muito alto mesmo, subo *qualquer* altura. Lá no colégio eu já subi mais alto que todo mundo."

"Isso não é motivo para se gabar, você tem é muita sorte de nunca ter despencado no chão."

"Eu tô falando que eu estava ok lá em cima, porque eu não tenho medo, mas o Hooper tem medo, ele não sabe escalar nada, acho que não sobe nem numa cadeira, fica logo passando mal, é um bebezão mesmo."

"Charles, você lembra que eu te falei que nem sempre a pessoa mais corajosa é a que não tem medo nenhum?"

Kingshaw quase chorou. Parecia inútil tentar falar com ela, não havia jeito de fazê-la entender a verdade das coisas, nem o que se passava em sua cabeça. Não adiantava de nada repetir mil vezes que ele não tinha empurrado Hooper, que o culpado fora ele próprio, que escalar não é nada de mais desde que a pessoa não sinta medo, pois é o medo que faz a gente cair. Ninguém o escutaria, ninguém acreditaria. Era melhor deixar para lá, como ele sempre acabava fazendo.

Os dois chegaram em casa. Ele quis perguntar o que fariam com ele, o que estava acontecendo com Hooper, se ele já ia direto para o caixão, onde ficaria até a hora do velório, queria saber tudo, será que vão me obrigar a chegar perto pra olhar o corpo?

Mas não disse nada.

"Agora você vai tomar um leite e ficar quietinho, Charles. A sra. Boland está aqui."

Ele a encarou, meio abobado, no sombrio hall apainelado em madeira.

"Eu vou voltar para o hospital, meu amor."

Ele quis saber por quê, mas não perguntou.

"Eu quero que você seja um rapazinho e ajude a mamãe, quero que obedeça à sra. Boland, sem discutir nem fazer cena. Você sabe ser um bom menino, e está muito bem agora, não está?"

Ela foi ajeitando o cabelo e procurando a chave do carro. Kingshaw ficou parado, observando seu nervosismo. Ela estava pensando no hospital, e no sr. Hooper. Fosse lá o que os dois resolvessem em relação a ele, só aconteceria depois que retornassem.

Ela foi saindo e abriu a porta da frente, mas deu meia-volta depressa, abaixou-se e o abraçou, encostando o rosto dele em seu peito.

"Ah, meu amor, me promete que nunca, *nunca mais* vai fazer uma bobagem dessas. Podia facilmente ter sido você, agora vou ficar o tempo todo aflita, não vou mais confiar que você faça as coisas sozinho, se você não me prometer."

Ele se assustou com o abraço, pela sensação de urgência, e com o tom de pânico em sua voz. Não era um gesto de afeto nem de conforto. "Charles?"

"Ok", ele disse.

"A sra. Boland vai fazer uma bebida quentinha para você."

"Ok."

"Não diga 'ok', meu amor."

"Está bem."

Ela ficou ali parada, murmurando, então saiu correndo em direção ao carro.

Quando já não se ouvia o som do motor, Kingshaw começou a tremer violentamente. Sentou-se em uma cadeira, ali mesmo no hall escuro. "O Hooper morreu, o Hooper morreu", sussurrou ele, repetidas vezes.

Já era noite, e eles ainda não tinham voltado do hospital. Kingshaw havia pegado um livro e ido até a sala de estar. Mas não leu nada, ficou só olhando pela janela e encarando o gramado vazio.

Ele vestiu o pijama. A chuva tinha estiado, e o ar estava quente, úmido e imóvel.

Na sala de estar dos fundos, a sra. Alice Boland olhava a televisão. "Posso beber outra coisa?"

Na tela da TV havia uma longa fila de pessoas dançando, cantando e pulando, com as mãos nos ombros umas das outras. As moças usavam vestidos cintilantes e esticavam a perna lá no alto. Kingshaw ficou olhando, fascinado. Era raro que o deixassem ver televisão. Ele se sentou em uma cadeira bem no fundo da sala, sem querer subir sozinho para dormir, na esperança de que a sra. Boland se esquecesse dele. Queria a companhia dela e a movimentação ruidosa do programa de TV.

Então, um filme começou. O brilho fluorescente tremulava sobre o rosto magro e atento da sra. Boland e projetava enormes sombras nas paredes. Kingshaw tentou beber seu suco de laranja em silêncio, os olhos bem arregalados, cravados na tela. Um homem caminhava por uma rua. Era na cidade, mas à noite, estava tudo vazio e silencioso. Só apareciam os pés do homem e a calçada de pedras claras iluminada pelos postes. Ele ia ladeando um muro. Ainda não havia música, só o som dos passos do homem, que caminhava com firmeza, e o toc-toc-toc de sua bengala. Era uma bengala branca. O homem era cego. Era só isso que se ouvia: passo-passo, toc-toc, passo-passo, toc-toc. Dali a pouco, a música começou. Passo-passo, toc-toc. A melodia era suave. O corpo do homem não aparecia, só as pernas, os pés e a bengala branca. O som da música aumentou, e ficou claro que algo aconteceria. O homem cego continuou andando, mas a câmera ficou um tempão parada, sem acompanhá-lo, registrando a calçada vazia, como que à espera. Até que surgiram as pernas e os pés de alguém que o seguia. Esse homem era bem silencioso. Usava sapatos de solado macio. A música aumentou ainda mais.

Kingshaw desviou os olhos da tela e encarou o copo. Os cubos de gelo já estavam pequenos e arredondados, boiando no suco de laranja. Ele fechou os olhos. Mas a música continuou tocando, cada vez mais alto, e quando ele tornou a olhar para a TV, por um segundo, viu os pés ligeiros do segundo homem, já bem próximo do cego, e o toc-toc-toc incessante da bengala.

Ele se levantou depressa e disparou até a cozinha. Estava claro e fresco. Pôs o copo no escorredor de louças e ficou ali parado, encarando a pia branca. Mas ainda ouvia a música pela porta aberta. Precisava fazer alguma coisa. Foi até o armário, abriu um saco de biscoitos e começou a transferi-los, um por um, para a lata vermelha quadrada. Na tampa da lata havia a imagem de um bosque no outono. Havia um riacho e muitas folhas amareladas. Em breve Hang Wood estaria assim. Mas até lá ele já teria partido para a escola. Só que sem Hooper, pois Hooper tinha morrido.

Da televisão saíram terríveis gritos humanos, e uma música estrondosa e pungente. Kingshaw ouviu a sra. Boland chamando seu nome. Bem devagar, devolveu a lata de biscoitos ao armário.

"É melhor você ir se deitar, querido, já está tarde."

Ele quis perguntar se poderia ficar com ela até que eles chegassem. Mas disse apenas "Sim. Ok. Boa noite".

Esse menino está pálido, pensou a sra. Alice Boland, deve ser o choque. Mas desde a chegada de Kingshaw ela nunca conseguira compreendê-lo, ele era fechado demais. Naturalmente que não ter pai, para um menino, fazia diferença. Talvez morar com o sr. Hooper estivesse sendo bom para ele. Isso.

A sra. Boland retornou a atenção ao aparelho de TV.

Ele sabia que não podia parar nem nos degraus da escada, nem no patamar. Baixou a cabeça e saiu correndo, sem acender nenhuma luz, respirando fundo uma única vez até chegar no quarto e meter o corpo todo debaixo dos lençóis. Não queria dormir, por conta dos sonhos, nem pensar em nada do que havia acontecido naquele dia, só conseguia forçar a mente a uma reflexão fria e deliberada a respeito do futuro.

O mais importante era que não haveria Hooper. Ele nem conseguia imaginar uma coisa dessas, parecia que o verão tinha durado uma eternidade, ele não lembrava nem como era a vida antes de conhecê-lo. Agora estaria sozinho naquela casa. O Rei do Castelo. Todo o esforço inútil de tentar fazer amizade com Hooper, de antecipar suas tramoias, todo o medo das armadilhas que ele poderia plantar, tudo isso iria embora. Sobretudo, talvez ele não precisasse mudar de colégio. Não haveria mais razão para trocá-lo de escola, claro, e ele poderia voltar para o St. Vincent's, que era o seu lugar. Uma saudade súbita e surpreendente o invadiu. Ele quis ouvir os sons familiares dos sinos, dos tampos das escrivaninhas, do vozerio no refeitório, sentir todos os cheiros, olhar todos os rostos.

"Vai ficar tudo bem", disse, ansioso, "vai ficar tudo bem." Rei, Rei, Rei do Castelo. Ele foi tomando gosto pela ideia. Teria sua mãe e o sr. Hooper, se os quisesse. Rei, Rei, Rei... Quando ele adormeceu, os sonhos começaram.

"Eu não sei como daria conta disso tudo sem você", disse o sr. Joseph Hooper, por volta da meia-noite, conduzindo o sedã bege de volta para casa. "Nem imagino o que eu teria feito..."

A sra. Helena Kingshaw sentiu o carinho na voz dele e enrubesceu de satisfação, relaxando o corpo no estofado denso e macio do carro. "Ai, se eu estivesse de olho nos dois", disse, porém, como já tinha dito várias vezes, "se não fosse essa atitude do Charles..."

"Não", disse o sr. Hooper, estendendo a mão. "Eu não vou permitir isso."

"Mas..."

"Não! Ninguém teve culpa, isso é inquestionável."

Ele não afastou a mão. A palma era muito seca e rígida. Como me fez falta um homem, pensou a sra. Kingshaw, como me fez falta a segurança, a sensação de força que vem do contato físico. Eu não sou uma mulher que sabe se virar bem sozinha.

"Mas que *delicadeza* da sra. Boland!", disse ela, em voz alta.

No fim, ele lutou para se livrar das mãos que o agarravam e tentavam puxá-lo para trás, e saiu em disparada por um extenso túnel. Dava para ver uma luz adiante, mas atrás dele vinham as vozes, ecoando pelas paredes, ribombando em seus ouvidos, e então as imensas asas começaram a se agitar, todos se aproximavam dele, os corvos e os fantoches ensanguentados e os homens da ambulância. Estava tão perto, tão perto, era só chegar ao fim do túnel, pois quando ele estivesse a céu aberto ninguém poderia tocá-lo, ele sabia disso, então forçou as pernas doloridas a correrem ainda mais rápido, parecia que sua cabeça ia explodir, e de repente lá estava ele, sob a luz do dia, mas agora não conseguia controlar as pernas, que continuaram a correr pelo gramado, atravessando os tufos de grama úmida e grossa, subiram até o topo do penhasco e foram adiante, até que ele começou a cair, cair, cair, acelerando ao encontro do mar denso e esverdeado, então acordou, com os braços esticados, tentando se salvar.

Ele suava. O quarto estava muito escuro.

Onde eu estou, onde eu estou, dizia ele, sem entender por que ouvia a própria voz. Não tinha forças para acordar totalmente e começou a se debater para sair dos lençóis embolados em suas pernas. Ele soluçava e tentava parar, sem conseguir respirar direito. Foi tateando a porta, mas encontrar a maçaneta não adiantou nada, pois o patamar da escada e o corredor continuavam mergulhados no escuro, e ele não teve coragem de acender a luz por medo do que poderia ver.

Ele nunca chamara pela mãe, só quando era bebezinho, sempre prendia o ar e cravava as unhas com força na palma da mão, e no fim das contas dava tudo certo, ele enfrentava.

Mas agora não queria nem saber, nem sequer tentou, e foi cruzando o corredor escuro choramingando feito um bebê. Pensou em Hooper na floresta, sentado com a cabeça entre os joelhos durante todo o temporal, e agora Hooper estava morto, tinha caído de verdade e não tinha acordado, não podia mais acordar, isso não fora sonho, ele...

"Mamãe... mamãe... mamãe... mamãe..." Ele cruzou meio cambaleante a porta do quarto dela.

"Mamãe... mamãe..."

A cortina estava aberta. Dava para distinguir os contornos dos móveis e o brilho pálido da colcha de seda sobre a cama, que estava vazia. Ninguém, ninguém...

Já está tarde, pensou Kingshaw, está de madrugada, eles não voltaram pra casa e nem vão voltar, e a sra. Boland já foi. Não tem ninguém. Ao se virar, viu o próprio reflexo no espelho, pálido como se estivesse dentro d'água.

"Mamãe... mamãe... mamãe..." Ele sabia que era inútil, que não havia ninguém ali, sua cabeça sabia disso, mas ele não conseguia parar de chorar copiosamente.

No final do corredor, defronte à escada, lhe veio à mente a bengala branca do cego, fazendo toc-toc-toc na rua, e o homem que o seguia com seus sapatos de solado macio, e ele não ousou seguir em frente. Sentou-se no primeiro degrau e chorou alto, balançando o corpo.

Quando a porta se abriu no andar de baixo e ele viu a luz, não fazia ideia de quem estava chegando ou do que aconteceria com ele, havia chegado ao limite do medo.

O sr. Hooper veio subindo a escada, galgando os degraus de dois em dois, e Kingshaw observou suas pernas magras e compridas, que mais pareciam uma tesoura, e seus braços magros e compridos, estendidos para ele.

"Pronto...", disse o sr. Hooper, "pronto, pronto..."

Ele o pegou no colo e desceu as escadas. As lâmpadas estavam acesas, formando pocinhas de luz no carpete e na cortina de veludo pregueado. Quando Kingshaw pegou a caneca de Ovomaltine, no entanto, tinha as mãos estranhas, trêmulas, e derramou o líquido quente e viscoso no pijama e na própria pele. E recomeçou a chorar, sem a menor cerimônia.

"Pronto, pronto… está tudo bem… pronto, pronto…"

Sua mãe trouxe uma esponja e um pijama limpo, e o sr. Hooper segurou a caneca para que ele bebesse. Ai, meu Deus, eu tenho que perguntar pra eles, eles têm que me falar, ai, meu Deus… O toque da esponja era frio em seu rosto e no pescoço. "É o Hooper…", ele começou a dizer. "Ai, escutem, vocês precisam me escutar…" Mas os dois levaram um tempão para conseguir entendê-lo. A sala de estar estava quente e silenciosa. Ele viu a mãe remexendo em um dos braceletes em seu punho e ficou pensando em todas as intimidades que ela compartilhava com o sr. Hooper. Sua boca não conseguia pronunciar as palavras e ele suava outra vez, no esforço de se fazer entender. "Está tudo bem, está tudo bem", diziam os dois, e por fim Kingshaw precisou gritar para transpor a suave barreira formada pelas vozes deles, tentando acalmá-lo e abafando suas palavras.

"É por causa do Hooper, do Edmund, escutem, é porque ele morreu, ele caiu e daí ele morreu e…"

Então eles começaram a dizer, repetidas vezes, que Hooper não tinha morrido. "Mas que bobagem", disse sua mãe. "Que menino mais bobo! É claro que ele não morreu, que ideia foi essa, é claro que ele não morreu, seu *bobo*." No fim das contas, ele teve que acreditar.

O sr. Hooper o levou de volta para a cama, subindo a escada e cruzando os corredores bem devagar. Kingshaw sentiu um conforto inexplicável naqueles braços magros e compridos que o envolviam, e no ritmo sacolejado de seu caminhar. Deixa eu ficar assim, pensou, não me põe pra dormir ainda. Ele recomeçou a chorar, bem baixinho, de vergonha, gratidão e alívio.

Depois que os dois saíram do quarto, ele ficou acordado, sentindo mais vergonha do que nunca, pelo que havia sentido, e porque tinha sido o sr. Hooper, o sr. Hooper…

Mas quando acordou, ainda de madrugada, foi de outra coisa que ele se lembrou. "O Hooper não morreu", disse, em voz alta. "O Hooper não morreu." Ele ficou um bom tempo deitado, sem conseguir dormir.

Susan Hill
Eu sou o rei do castelo

Capítulo 14

"Querido, daqui a pouquinho eu vou voltar para o hospital. Mas você vai ficar ótimo aqui com a sra. Boland."

"Tá."

Kingshaw largou uma pecinha de céu e procurou outra. Pareciam todas iguais.

"O sr. Hooper foi para Londres."

"Tá."

"E ele só volta amanhã, então você vai se comportar bem aqui sozinho, não vai?"

"Vou."

Ele remexeu a caixa do quebra-cabeças, revirando as peças, doido para que ela saísse.

"E eu preciso ir ver o Edmund, claro, pobrezinho."

"Está bem."

"Quem sabe amanhã você não vai comigo ao hospital? Isso, que ótima ideia! Vou me lembrar de perguntar à Irmã."

"Não", respondeu ele, mais que depressa. "Eu não quero. Obrigado."

"Ora, por quê?"

"Porque não.

"Ele ia ficar mais animadinho se recebesse a visita de um amigo."

"Olha, eu não *quero* ir, só isso."

Ele tentou encaixar uma peça errada no quebra-cabeças e amassou a pontinha do papelão.

"Bom... vamos ver..."

"Eu não vou."

"Não vamos ter essa discussão agora, Charles, por favor. E o dia está tão lindo, eu não consigo entender por que você quer ficar enfiado em casa montando quebra-cabeça. Isso é coisa para dia de chuva, não é?"

Ele deu de ombros.

"Eu achava muito melhor você sair, aproveitar o ar fresco e esse sol lindo enquanto dá. Num piscar de olhos o frio volta outra vez."

Kingshaw largou o céu e voltou a atenção à parte do rio, mais para baixo. Mas parecia igualmente difícil. Era o único quebra-cabeças da casa.

"Tem alguma coisa que você quer que eu diga ao Edmund, querido?"

"Não."

"Mas acho que seria muito bom se você pensasse num recadinho, sabe?"

"Espero que ele esteja melhor", devolveu ele, em tom rígido.

"Sim, claro, eu vou falar isso. Ah, e ele está melhor, sabe? Ontem achei ele com um aspecto ótimo, na verdade até comentei com o sr. Hooper, falei que o Edmund estava com uma corzinha bem melhor. Ele concordou comigo, com toda certeza. Pois é. Apesar de que ainda está muito ansioso, pobre homem."

Por favor, pensou ele, faz ela ir embora, por favor faz ela sair daqui agora. Ele odiava a voz que ela usava para falar do sr. Hooper.

Desde a noite do acidente sua mãe o vinha cercando, enchendo-o de perguntas, e quando ela o olhava, tudo lhe vinha à mente e ele sentia vergonha. Havia uma imagem que não saía de sua cabeça, o corredor escuro do segundo andar, ele tateando, chorando e chamando por ela, o sr. Hooper o levando no colo de volta para o quarto. Ele ficava pensando em Fenwick e no que ele diria.

Fenwick tinha entrado na escola na mesma época que ele. Os dois ficavam se encarando, na defensiva, sem dizer nada. Eu ia gostar se ele fosse meu amigo, pensava Kingshaw. Passou uma semana tentando se aproximar de Fenwick, conversar com ele. Fenwick não correspondia. Até que ele sofreu a queda.

O pátio ficava em um declive, e vários garotos vinham descendo acelerados, todos juntos, brincando de avião. Kingshaw abriu caminho por entre eles e foi subindo, para ficar perto de Fenwick. No meio da corrida, Fenwick tropeçou, caiu de cara no chão de pedra e deslizou por vários metros. Quando Kingshaw o levantou ele estava todo ensanguentado e cheio de arranhões nos joelhos, nos cotovelos e no rosto. Os outros meninos já estavam lá embaixo, correndo e imitando o barulho de hélices, ninguém tinha percebido.

"Eu vou chamar alguém, vou chamar a enfermeira, está tudo bem, alguém vai vir e te levar pra enfermaria. Você vai ficar bem..."

"Cala a boca", disse Fenwick. Fora o sangue, ele estava muito pálido. Começou a subir a ladeira de volta, bem devagar. Kingshaw insistiu para chamar alguém. "Cala a boca", repetiu. "Larga de ser burro." Sem ser chamado, Kingshaw foi atrás dele até o bloco dos alojamentos.

O sangue ia descendo pela perna de Fenwick e pingando nas pedras do chão. Kingshaw não sabia o que dizer, nem o que fazer. Estava abismado com Fenwick. Se fosse com ele, sabia que estaria chorando, não conseguiria evitar. Fenwick não dava um pio sequer. Só tinha o rosto muito rígido e pálido. Kingshaw sentia medo dele.

Na enfermaria, Fenwick se sentou na cadeira dura, e a enfermeira não expulsou Kingshaw, talvez tivesse pensado que ele era amigo de Fenwick, então ele acabou ficando, porque quis, porque queria ser amigo de Fenwick, e também porque ainda não sabia ao certo como se comportar ali sem receber uma ordem específica.

Pouco a pouco, toda a sujeira dos cortes e arranhões foi removida, com um chumaço de algodão molhado em uma cumbuca de água quente e sabão antisséptico. Kingshaw ficou parado junto à porta, quase chorando, sentindo um frio na barriga toda vez que ouvia o barulhinho da água. Fenwick estava imóvel, sem chorar e sem olhar para ele, só apertando com força as laterais da cadeira, e vez e outra sorvia o ar entre os dentes e prendia a respiração.

"Querido, você pode ficar aqui deitado até a hora do jantar."

"Eu estou ótimo, obrigado", respondeu Fenwick, então se levantou e caminhou a passos rígidos até a porta. Kingshaw foi com ele até a sala de aula, mas Fenwick o ignorou, caminhando o mais rápido possível e com o olhar fixo à frente. Seus joelhos e cotovelos tinham vários curativos cor-de-rosa.

Aquela noite, ele foi ao banheiro que ficava perto de Kingshaw.

"Fenwick?"

"Quê?"

"Tá... você tá bem agora? Tá doendo?"

Fenwick espremeu os olhos. "Cala a boca, idiota", respondeu. E nada mais.

É assim que você tem que ser, pensou Kingshaw, deitado na cama, é bem assim. Mas depois disso ele passou a evitar Fenwick, pois sabia que jamais conseguiria ser desse jeito, já tinha tentado e não tinha conseguido. O verão todo estava sendo um fracasso, ele já era caso perdido. E não o consolava o fato de que Hooper também tinha fracassado, porque Hooper não ligava para nada, vivia segundo as próprias regras, Hooper agia feito um covarde, depois mentia e ficava botando banca, e não era possível fazer nada, nem provar nada, Hooper sempre vencia.

"Charles, querido, acho que seria muito bacana se você comprasse um presentinho para o Edmund, com o seu próprio dinheiro."

"Pra quê?"

"Ora, que pergunta mais boba! Se você tivesse sofrido um acidente horrível desses e estivesse sozinho no hospital, tenho certeza de que ia gostar de ganhar um presente do seu melhor amigo."

"O Hooper não é o meu melhor amigo."

"Bom, então está bem, se você acha que ainda não o conhece há tempo suficiente... eu sei que vocês, meninos, são bem esquisitos com essas coisas! Mas..."

Kingshaw se levantou, e de tão agitado que estava acabou derrubando o quebra-cabeças no chão.

"Olha, o Hooper não é meu amigo *de jeito nenhum*, eu odeio o Hooper, eu não paro de repetir isso pra vocês. Ele é um bebezão, ele me atormenta e eu odeio ele, queria nunca ter visto ele na vida, queria que ele *tivesse* morrido."

Depois disso, ele soube que sua mãe iria embora. Abaixou-se e começou a recolher as peças do quebra-cabeças com cuidado, uma por uma. A luz do sol entrava pela janela, iluminando uma faixa de chão. Dali a pouco, ele largou o quebra-cabeças e se estirou de costas sob o sol. Fechou os olhos e sentiu o quentinho nas pálpebras. Está tudo bem, está *tudo bem*.

Ele passou quase a semana toda sozinho. Tinha chovido, e ele fez a maquete de uma torre contornada por um tobogã em espiral, toda em papelão prateado. Parecia a torre de um forte. Daí ele largava uma bolinha de gude lá no topo e ela ia rolando pelo tobogã, até chegar na base e entrar por uma calha. Saía por uma portinhola, batia em uma ponte levadiça, e a ponte se erguia. Bem no topo da torre havia um mastro com uma bandeira. Kingshaw estava muito orgulhoso, o mecanismo todo estava impecável. Ele estava muito contente por ter feito tudo sozinho. A sra. Boland fazia comidas e bebidas e às vezes lhe dava balinhas de caramelo. Estava tudo bem.

É só bobagem, pensou a sra. Helena Kingshaw, e também o choque e uma certa histeria por conta do acidente, por isso que ele falou aquilo sobre o Edmund. Eu não vou me angustiar com isso. Ele só tem 11 anos, e já passou algumas perturbações na vida, eu não posso me esquecer disso. Mas não vou me preocupar.

"Nem sempre as crianças compreendem tudo o que falam", dissera o sr. Joseph Hooper, e ela se sentiu grata pela firmeza dele, pelo jeito como ele parecia saber das coisas. Talvez eu não seja um fracasso total, no fim das contas, pensou o sr. Hooper, por sua vez, ao ouvir as próprias palavras, talvez eu saiba, sim, das coisas, talvez eu tenha muito mais certezas do que imaginava. Eu estava perdendo a confiança em mim, e ela me fez enxergar isso, eu tenho muito a lhe agradecer.

"Você também tem que viver a sua vida, jamais se esqueça disso. Precisa ter um tempo para você mesma e os seus interesses, os seus prazeres, não só os do seu filho."

Sim, sim, ela concordava, e se permitiu relaxar ainda mais, sentir um pouquinho mais de esperança.

"Os nossos filhos vão ficar bem, vão ficar ótimos, as crianças sempre acabam se entendendo."

Agora, pensou ela, eu vou ser feito uma mãe pro Edmund, na medida do possível, e vou tentar não fazer distinção entre os dois, nós vamos ser uma família. Estacionou o carro no mercadinho da vila e comprou lápis de cor, papel sulfite e uma caixa de doces caseiros.

Kingshaw passou um tempão deitado no chão da sala de estar, sem pensar em nada, tirando uns cochilos. A casa estava muito sossegada. No início ele se incomodava em ficar com a sra. Boland. Agora já não ligava, tinha voltado a se acostumar consigo mesmo. E gostava. Ninguém podia encostar nele.

O sol foi se deslocando, e ele sentia a luz e o calor banhando seu rosto. Até que se levantou e começou a desmontar o quebra-cabeças completo, devolvendo as peças à caixa com o maior cuidado. O jogo era de Hooper. Kingshaw havia entrado em seu quarto e o encontrado, mas agora preferia não ter feito isso, não via a hora de devolver tudo. Porque Hooper ia saber, por mais que ele colocasse a caixa exatamente no mesmo lugar, Hooper com certeza ia saber. Parecia a coisa mais idiota que ele já tinha feito, entrar naquele quarto e encostar em qualquer coisa que fosse. Ele levou a caixa de volta.

Quando tornou a descer, parou um instante no corredor, de ouvidos atentos. Escutou a sra. Boland ralando legumes na cozinha. Saiu de casa sorrateiro, desceu a entrada, virou à esquerda e subiu a rua. Sentia muito calor. Pegou um galho de freixo e foi golpeando as pontinhas das plantas compridas. Está tudo bem, está tudo bem, que tudo continue assim. Sentia-se em paz. Não pensava em nada terrível que pudesse estar por vir. Mais acima no céu, andorinhas pretas e brancas circulavam em voos rasantes.

No Hospital Memorial, Hooper estava deitado, com a perna quebrada para cima, jogando Cobras e Escadas com a sra. Helena Kingshaw. Ela vem me ver todo dia, ela sente que tem que vir, prefere ficar comigo que com ele. E ficava contente, mesmo não gostando muito dela.

Kingshaw ficou parado um bom tempo no portão, encarando o campo arado à sua frente. Mas não havia nada acontecendo, nada para ver. Além do mais estava muito quente. Ele resolveu entrar na igreja, em parte por conta do calor e também porque nunca tinha visto lá dentro, era algo a fazer.

A grama ao redor das lápides estava bem curtinha, e a sebe era reta. Na torre havia gárgulas, com as bocarras de pedra escancaradas para ele. Kingshaw pôs a língua para fora e inclinou a cabeça para trás. À luz do dia ele não tinha medo delas.

Pelo cheiro da igreja, parecia que nunca uma pessoa viva havia pisado ali dentro, o ar era úmido, embolorado, morto. Kingshaw foi andando devagar por entre os bancos. Os hinários estavam organizados em duas pilhas sobre uma cadeira, e alguns tinham as lombadas e capas meio soltas. Seus passos ecoavam no piso de pedra, e foram abafados quando ele chegou ao tapete vermelho junto à grade do púlpito.

Essa é a igreja, pensou ele, esse é Deus, e Jesus e o Espírito Santo. Logo depois, atreveu-se a subir à capela-mor, com seus azulejos irregulares. Dos dois lados a madeira cheirava a coisa velha e lustrada. Ele recordou o que havia pensado e dito a respeito de Hooper, como desejara que ele tivesse morrido. Agora, por conta disso, temia o que poderia acontecer. Todas as coisas tinham volta. Ninguém estava a salvo. As verrugas ainda estavam lá, em sua mão esquerda.

Ele se ajoelhou ali mesmo onde estava. Ah, meu Deus, eu não quis falar aquilo... eu quis, sim, eu quis falar, só que agora eu não quero mais, agora eu quero voltar atrás, quero nunca ter pensado nem falado nada, e já que eu estou arrependido, não deixe que nada aconteça comigo, esqueça todo esse assunto. Eu estou tentando me arrepender.

Mas ele achava pouco provável que fosse digno de crédito, nada mudaria, pois ele tinha, sim, desejado tudo o que pensara e falara a respeito de Hooper, e na verdade ainda desejava. Foi o medo da igreja vazia e do guerreiro de mármore branco estendido em sua lápide, na capela lateral, que o fez se ajoelhar ali e dizer aquelas mentiras. Não havia jeito. Ele queria que Hooper tivesse morrido, pois assim as coisas melhorariam. Seu castigo era que Hooper não tinha morrido coisa nenhuma, continuava tudo igual, e pensar nisso era pior do que qualquer coisa. Ele reconhecia que Hooper o apavorava mais do que tudo no mundo.

Por favor, não deixe nada acontecer, por favor, faça tudo ficar bem e eu nunca mais peço nada, nunca mais, ah, meu Deus...

Seus joelhos doíam sobre os azulejos duros. Ele quis sair e ver a luz do sol.

"Qual o seu problema?"

Kingshaw se virou, assustado, e na mesma hora se esforçou para ficar de pé.

"Você não pode ultrapassar essa grade."

"Eu não mexi em nada."

"Mesmo assim. Aí é onde o padre fica, e você não é o padre."

"Não."

"Se quiser rezar, se ajoelha lá nos bancos."

Kingshaw começou a recuar. Não queria nem imaginar as consequências de ter invadido uma área proibida da igreja. Seria...

"Eu sei quem você é."

Ele foi cruzando bem depressa o corredor em direção à entrada, mas os passos e a voz vinham atrás. Sentia-se espionado e envergonhado por seus pensamentos, como se os tivesse dito em voz alta, na escuridão da igreja.

Quando ele abriu a porta pesada e saiu para o céu aberto, duas gralhas levantaram voo, batendo as asas bem acima de sua cabeça. Ele sentiu o coração disparar.

"Você não fala nada?"

Kingshaw soltou um grunhido e chutou uma pedrinha do chão. O outro garoto tinha o rosto pequeno, a pele cor de noz e um aspecto estranhamente velho. Seus cílios pareciam perninhas de aranha.

"Você mora com os Hooper."

"E daí? E se for?"

"Então você estuda com o Edmund Hooper?"
"Não. Não... não."
"Estuda onde?"
"Em um internato."
"Ele também, ué."
"Mas o meu é outro."
"Por quê?"
"O meu colégio é melhor que o dele. Fica no País de Gales."
"Você gosta de lá?"
"Ah, normal. Gosto."
"Eu não ia gostar. Escola diurna é bem melhor."
"Ah."
"O meu pai me leva, a gente sai de casa às oito da manhã, são uns vinte quilômetros de distância, eu acho. Mas mesmo assim é melhor."

Os dois começaram a descer a rua. Kingshaw encontrou outro galho.

"Eu sei tudo sobre você."
"Sabe nada, você não sabe é de nada. Eu nunca nem te vi."
"Mas eu já te vi várias vezes, eu te vi passando em um carro verde."
"É o carro da minha mãe."
"Eu já vi ela também. Ela usa brinco de argola. Dá para ver tudo que passa na estrada."

De onde, pensou Kingshaw, de onde? Ele se sentiu exposto, julgado, cercado por olhos. Não disse nada.

"Os nossos perus chegaram hoje de manhã. Quer ir lá comigo pra ver?"

Kingshaw olhou o garoto de esguelha, meio assustado. Onde, que perus? E apenas deu de ombros.

"Eles só têm dez dias de idade. São bem legais."

Uma caminhonete buzinou atrás deles. O garoto meneou a cabeça e o homem da caminhonete acenou. Ele conhece todo mundo, pensou Kingshaw, as pessoas conhecem ele. Ele mora aqui, e agora eu também moro aqui, mas não conheço nada nem ninguém, só a sra. Boland e a moça da venda. O Hooper também não conhece ninguém, daria no mesmo se a gente morasse na lua. Ele pensou em Warings, sombria e inacessível, cercada pela sebe alta. E esse outro garoto vinha observando o tempo todo, de olho nele.

O menino pegou umas línguas-de-ovelha, juntou um punhado e começou a arrancar as pontinhas marrons. Kingshaw tentou, mas as pontinhas não saíam sem quebrar o talo.

"Você não sabe fazer isso não? Olha só aqui..."

Os dois estavam parados junto à sebe. Kingshaw observou os dedos finos do outro garoto, retorcendo as plantas. Ele tinha as unhas imundas.

"Agora faz você."

Kingshaw fez.

"É bem fácil, viu? Ok, eu sou o comandante desse navio, e você é uma fragata inimiga e começou a atirar pra cima de mim, e agora eu tô revidando..." As pontinhas marrons das línguas-de-ovelha saíram voando, duras feito ervilhas. Uma acertou o rosto de Kingshaw.

"Foi um golpe certeiro, pegou em cheio, e agora tem um buraco no seu casco e tá entrando água, você tá afundando..."

"Mas eu vou naufragar lutando, e também os botes salva-vidas foram soltos, não vai ficar por isso mesmo."

Eles foram atravessando a ponte sobre o riacho. Kingshaw parou e desabotoou a camisa.

"Eu tenho bastante munição, vou te atacar por trás."

"Qual é o seu nome?", perguntou Kingshaw.

O garoto ficou atônito. Eu devia saber, pensou Kingshaw, não devia ter que perguntar.

"Fielding, claro."

Kingshaw não respondeu. Fielding. Ele já devia saber. Mas o nome não lhe dizia nada.

"Anda, você tem que correr se quiser sair da minha linha de fogo."

Kingshaw disparou. Eles largaram as línguas-de-ovelha, era muito ruim arrancar as cabecinhas e não dava para jogar muito longe. Atrás dele, Fielding ergueu o braço.

"Rá-tá-tá-tá-tá, ra-tá-tá-tá-tá."

Kingshaw não sabia aonde os dois estavam indo. A travessa cruzava a vila e seguia adiante rumo à estrada Mildon. Ele foi correndo, sem pensar, aproveitando o momento. Passou por uma entrada de garagem.

"Ei, cara, tá indo aonde?"

Kingshaw parou. Fielding estava no meio da garagem. No fundo, uma fazenda.

"Vem, a gente vai pra minha casa."

Kingshaw foi atrás dele, já sem correr, de súbito muito atento àquele novo lugar, às diferentes formas, cores e disposições. Seus pés iam esmagando o cascalho do chão.

Fielding parou. "Tem uma vaca parindo um bezerro. Quer ir lá ver?"

Kingshaw hesitou. Hooper teria olhado para ele, percebido e começado a dizer bebezão, medrosão, não quer ver, não tem coragem de olhar, bebezão, medrosão. Pois ele não sabia ao certo se queria ver um bezerro nascendo, tudo ali era estranho e potencialmente arriscado. Ele não sabia.

"Não deve ter acabado ainda, acho que não. Vamos lá ver, depois a gente vê os perus. Vem."

Kingshaw resolveu confiar nele, deixá-lo tomar as decisões. Os dois cruzaram um portão e atravessaram um pátio de concreto, e o ar tinha um cheiro forte de esterco de vaca, palha e forragem. Um gato magrelo disparou para longe.

"É aqui", disse Fielding. Eu não quero ir, pensou Kingshaw, não quero ver, ai, Jesus, eu... Fielding pareceu ouvir seus pensamentos. "Tudo bem", disse. "Não precisa entrar, se não quiser."

Kingshaw se empertigou. "Eu estou bem."

A porta de madeira se abriu. Lá dentro estava escuro, quente e úmido.

Depois de tudo, ele não sabia o que tinha sentido, não sabia dizer se tinha gostado de olhar ou não, se tinha ficado com medo ou não. Estava estarrecido com tudo aquilo, com os cheiros e os sons, não conseguia parar de olhar mesmo quando não queria olhar. Ao se deparar com a vaca ele prendeu o fôlego, então viu as perninhas ossudas do bezerro para fora, meio desengonçadas, e o resto do corpo ainda enfiado na barriga da mãe. Havia um homem de galochas, falando o tempo todo com uma voz estranha e grave, e também um garoto ruivo. Os dois estavam agachados e puxavam o bezerrinho pelas pernas, feito uma rolha presa na garrafa. Em meio aos arquejos ofegantes da vaca, à respiração dos homens e ao cheiro doce de suor, fez-se um barulho rápido de sucção quando o bezerro enfim deslizou para fora, todo desajeitado, e se deitou na palha, coberto de sangue, pele e uma gosma incolor.

Kingshaw se viu ajoelhado ao lado de Fielding, com o peito doendo de tanto prender a respiração, de tanto ofegar com a vaca e os homens. Eles estavam bem perto do estábulo. A vaca se remexeu, densa feito um camelo, virou a cabeça e começou a lamber o bezerro, cobrindo sua carinha com a língua e limpando todo o muco e o sangue. O bezerro fungava e resfolegava, tentando abrir os olhos.

Está tudo bem, pensou Kingshaw, que coisa horrorosa, eu vou vomitar, não posso vomitar, não estou com medo, está tudo *bem*. Ele olhou para Fielding. O garoto estava agachado nos calcanhares.

"Uma novilha", disse ele, com naturalidade. "Grande e bonitona."

Kingshaw se encheu de inveja ao ver a calma de Fielding diante do exame físico, o jeito como ele sabia das coisas, como falava com naturalidade. Jamais imaginara aquele nascimento, não fazia ideia de como seria. "Tem que puxar com a maior força", comentou.

Fielding se levantou. "Ah, pois é. Às vezes precisa até de corda pra puxar. Mas a Gerda está bem, ela já pariu duas vezes."

"Ah", disse Kingshaw. "Ah."

A vaca ia passando a linguona dentro da orelha do filhote, limpando a gosma pegajosa.

"Agora vamos lá ver os perus. Vem."

Ele vê essas coisas todo dia, pensou Kingshaw, quase todo dia, pra ele não é nada, ele esquece rapidinho. Eu quero esquecer logo.

Os perus eram pequeninos, feiosos e cheios de penas, todos aglomerados em bandejas de metal empilhadas.

"Que montão."

"Sempre é assim, um monte mesmo."

"Ah."

"Você tem que ver quando a gente prepara eles pro Natal. Tem uma guilhotina, e eu fico segurando a lixeira pra pegar as cabeças degoladas."

Kingshaw arregalou os olhos, pensando em cada ave ao ver as outras enfileiradas, prestes a morrer. Quis abrir as gaiolas e retirar uma por uma, tomá-las nos braços e libertá-las. Fielding viu a cara dele. Parou junto a uma pilha de lenha. "Olha, os bichinhos nem percebem, é tudo muito rápido. Não tem *crueldade*."

"Não."

"Quer ver o meu hamster?"

Kingshaw fez que sim, meio entorpecido por aquela sequência de experiências, desnorteado com tantas cenas, tantos cheiros, tantas verdades terríveis, mas ainda disposto a acompanhar Fielding e ser apresentado a tudo de uma vez. Mais tarde, quando estivesse sozinho, poderia refletir.

Eles cruzaram uma lavanderia e chegaram a uma cozinha.

"Esse é o Kingshaw. Ele mora lá em Warings, você sabe. Ele pode ficar pra jantar?"

"Se ele quiser."

Fielding foi até o peitoril da janela e ergueu uma gaiola azul.

"Eita, olha só, ele bagunçou toda a cama nova outra vez."

A mulher era bem alta e usava calça. "Ele vai usar a caminha do jeito que ele quiser, não do jeito que você quer."

"Eu sei. Mas me irrita. Vem ver, Kingshaw."

Kingshaw ainda olhava a mãe de Fielding. Tinha o cabelo muito liso. Sorriu para ele e retornou a atenção às batatas que estava descascando. É assim que tem que ser, pensou ele.

"Você não quer ver?"

Ele ainda estava parado junto à porta, meio inseguro. Foi entrando bem devagar. Fielding havia colocado a gaiola sobre a mesa e removido a frente de arame. "Pode segurar ele."

Kingshaw sentiu os ossinhos do hamster sob a pelagem macia e clara, as garrinhas finas lhe pressionando a mão. Não sabia dizer se gostava disso ou não.

"Você *vai* ficar pro jantar?"

"Eu não sei. Tenho que perguntar pra sra. Boland."

"Ah, eu conheço ela. E a sua mãe, cadê?"

"Tá no hospital com o Hooper. Ele caiu de um muro e se machucou."

Fielding não demonstrou interesse. "Vai então lá perguntar pra ela, pode ir com a minha bicicleta que é mais rápido."

Kingshaw correu o dedo pelo dorso felpudo do hamster. Os olhos pareciam umas bolinhas de gude. Esse lugar aqui é meu, meu, nunca vai ter nada a ver com o Hooper. O Fielding é meu amigo, *meu*. Está tudo bem.

Da janela se via um extenso jardim, com árvores frutíferas ao fundo. Sob o sol, tudo tinha cores e formas muito nítidas, intensas e vistosas.

"A minha bicicleta está lá no galpão, eu vou te mostrar."

Fielding pegou o hamster e o devolveu à gaiola azul.

"Vem."

Kingshaw foi, correndo e saltitando.

Em Warings, ele encontrou a mãe. Ela veio da sala de estar, com as mãos unidas. "Ah, Charles, está tudo dando certo. Amanhã o Edmund volta para casa!"

"E por que é que você não foge, então?", perguntou Fielding.

"Eu fugi."

Os dois estavam estirados em um campo com a grama alta. Um pássaro dourado se balançava em um galho da sebe. Fielding se virou e encarou Kingshaw, ressabiado.

"Eu fui até o bosque."

"Foi até *Hang Wood*?"

"Isso. E fui ainda mais longe também. Pra florestona."

"Eu não teria ido."

"Foi tudo bem."

Kingshaw não conseguia esquecer aquilo, vivia pensando no frio e na escuridão.

"Eu que não entrava em Hang Wood sozinho por nada no mundo. Nem o meu irmão, e ele já tem 13 anos."

"Não aconteceu nada."

"Mas podia acontecer. Tem várias coisas lá em Hang Wood."

"Que tipo de coisas?"

"Sei lá. Só sei que tem coisas. Pode perguntar, todo mundo por aqui sabe disso."

"Não tem nada lá. Só bicho."

"Ah, eu não tô falando de *bicho*, não."

"A gente encontrou um riacho."

"A gente quem?"

Kingshaw soltou um suspiro, puxando uma folhinha de grama entre os dentes.

"O Hooper foi atrás de mim. Ele faz essas coisas. E daí a gente se perdeu."

O pássaro dourado levantou voo, e o galho continuou balançando. Kingshaw semicerrou os olhos e todo o cenário se embaralhou, a vegetação, as miragens, o galho em movimento.

"Você tem medo do Edmund Hooper?"

Kingshaw hesitou. "Tenho", respondeu, pois não tinha vergonha de admitir isso a Fielding.

"Mas não tem como ele fazer *nada* com você."

"Tem, sim."

"Tipo o quê?"

"Ele... ele me trancou num galpão. E numa sala horrível, cheia de estojos com várias mariposas mortas."

"Mas elas não podem te machucar. Mariposa morta não faz nada com ninguém."

"Ele fala umas coisas... eu sinto medo do que ele fala."

"Bom, quanto mais você deixar ele perceber o seu medo, pior vai ser."

"Eu sei."

"Mas não tem como ele te *machucar* de verdade."

Kingshaw se remexeu, incapaz de explicar. Tudo o que Hooper já havia feito com ele, todas as coisas que a presença dele evocava, o corvo, as mariposas, o coelho morto, o galpão, a queda do castelo, tudo se embolava em sua mente, mas era impossível expressar o terror de tudo aquilo, explicar que a questão não era o que Hooper fazia de fato, nem o que poderia fazer, mas as sensações que ele despertava.

"Você não precisa sentir medo do que outra pessoa *fala*, não é verdade?"

Kingshaw não respondeu. Fielding estava certo e errado ao mesmo tempo. Ele era prático e realista, mas por outro lado também conhecia a sensação de medo, pois disse que nunca entraria em Hang Wood.

Apesar disso, porém, Kingshaw percebeu que jamais conseguiria fazê-lo entender, que entre eles dois havia uma distância intransponível. Passou a tarde inteira naquele assunto, tentando explicar a Fielding como as coisas eram, definir o terror do presente e do futuro. Mas era inútil.

"Amanhã ele volta pra casa." Pensar nisso era como despencar em um poço escuro e infinito. Ele sentiu o estômago revirar.

"E daí?", retrucou Fielding, despedaçando um dente-de-leão. E daí. Kingshaw quase chorou de inveja por tanta segurança. Nada vai acontecer a Fielding, pensou ele, nunca, porque ele não liga a mínima.

"Você não precisa ficar com o Hooper, se não quiser. Pode vir pra cá."

"Não dá."

"Por que não?"

"Porque eles vão me obrigar a ficar lá. Eles acham que a gente é melhor amigo."

"Então fala pra eles que vocês não são."

"Eles não escutam."

"Olha, Kingshaw, você não pode deixar as pessoas te dominarem assim desse jeito, ninguém pode te obrigar a nada se você não quiser, ninguém pode fazer isso."

"Você não sabe."

"É só por causa da sua mãe, não é?"

"Eu tenho que fazer o que o sr. Hooper manda."

"Por quê?"

Kingshaw deu de ombros. "Porque a gente mora lá. E minha mãe me obriga. Ela gosta dele."

"Ah."

Fielding partiu o caule do dente-de-leão, e a seiva verde escorreu por seu polegar.

"Eu não vou mais voltar pro meu colégio", disse Kingshaw, "eu vou ter que estudar com o Hooper."

Ele ainda não tinha contado isso a Fielding, pois sentia que o que era dito em voz alta, de alguma forma, se concretizava, e se ele não falasse talvez algo desse errado, talvez houvesse uma esperança. Verbalizar o fato acabava por torná-lo verdade.

"Mas lá não é super legal?"

"Sei lá. Mas não faz diferença se é legal, com o Hooper lá vai ser tudo horroroso."

"Deixa de ser besta, tem outros alunos lá, não tem? Você não precisa ficar com ele se não quiser."

"Ele vai me obrigar."

"Então você tem que largar de ser frouxo", devolveu Fielding, furioso, e começou a se levantar. "Vem, vamos lá no canal procurar uma cobra-de-vidro."

Kingshaw foi. Talvez o Fielding esteja certo, pensou ele, talvez as coisas se ajeitem. Eu posso falar cala a boca, Hooper, cala essa boca e vai te catar, não me enche o saco, você não me mete medo. E além disso eu posso contar pra todo mundo sobre o temporal, posso contar que você mijou nas calças lá no alto do Castelo de Leydell, e daí todo mundo vai saber, e eu vou poder ficar com eles e você não vai poder me amedrontar. Talvez eu possa ser igual ao Fielding, ou ao Fenwick. Talvez.

Fielding desceu a encosta gramada à frente. "Eu já encontrei uma", disse ele. "Uma vez."

Kingshaw não sabia como era uma cobra-de-vidro. Foi atrás de Fielding, escarafunchando a lama. O riacho ali era seco.

"E assim, se o Hooper quebrou a perna e tal, ele vai ficar deitadão na cama, e você nem vai ter que ficar com ele o tempo *todo*."

"Não. De repente eu não preciso."

"Daí você pode vir pra cá"

"Ok."

"E de repente ele nem volta pro colégio logo de cara, não é? Ele pode ainda não estar totalmente bom."

Kingshaw ficou ali parado, o coração aos pulos. Ah, meu Deus, ah, meu Deus, isso, isso, assim ficaria tudo bem, eu ficaria bem, eu teria uma chance, eu chegaria lá primeiro e veria como são as coisas, e quando ele chegasse eu já teria outras pessoas.

A ponta de sua sandália encostou em alguma coisa dura. Ele se abaixou. Fielding estava vários metros à frente, cutucando os juncos com um graveto. "Eu achei uma tartaruga", disse Kingshaw.

Fielding deu uma olhada e se aproximou. "Ei, é o Archie, é a minha tartaruga. Faz meses que ele sumiu. Eu achei que ele tinha se perdido." Ele segurou o bicho, que espichou a cabecinha neolítica, com seu pescocinho flácido e sarapintado, feito um velhinho.

"Uau, Kingshaw, valeu! Você mandou muito bem. Valeu mesmo."

Kingshaw deu de ombros e voltou a ladear a sebe pelo chão enlameado, estonteado de orgulho e alegria. O Fielding é meu, isso aqui é tudo meu, meu, vai dar tudo certo, repetiu ele, várias vezes, para si mesmo.

Hooper não voltou para casa no dia seguinte.

"Que tristeza, que decepção enorme", disse a sra. Helena Kingshaw, parada junto à porta da cozinha. "Mas enfim, se os médicos não estão seguros, talvez seja melhor mesmo que ele não percorra o trajeto até aqui. A Irmã me falou que ele estava meio febril. Ai, pobrezinho do Edmund, e hoje à noite o sr. Hooper volta de Londres, ele vai ficar tão aflito, tão abatido. Ai, ai!"

Kingshaw saiu de casa em disparada, atravessou o gramado e desceu até a rua, exultante, sem medo de nada, correndo debaixo do sol.

"Te falei que ele não ia poder voltar pra escola logo", disse Fielding. "Vem, eu tenho que dar comida pro burro."

Ele estava mascando um talo. Dali a pouco, Kingshaw encontrou um e o meteu no canto da boca, entre os dentes. Tinha que se comportar e falar como Fielding, tinha que ser *como* Fielding.

Os dois foram encontrar o burro.

Susan Hill
Eu sou o rei do castelo

Capítulo 15

"Você entrou no meu quarto", disse Hooper.

Kingshaw olhou de imediato o quebra-cabeças na segunda prateleira da estante. Ainda estava lá, do mesmo jeitinho. Como é que ele sabia, então, *como é que ele sabia*? Os olhos de Hooper acompanharam os dele.

"Foi *isso* que você pegou, não foi? Você pegou e usou, o que dá no mesmo que roubar. Esse brinquedo é meu, e esse quarto é meu. Essa casa não é sua, Kingshaw."

"E nem sua", disse Kingshaw, exaurido. Estava de pé defronte à janela alta, olhando o jardim e o bosque. Lá fora estava muito quente e abafado, e o céu exibia um vívido azul. Kingshaw se sentiu preso.

"Você agora tem que ficar com o Edmund, querido, fazer companhia a ele. Tem muita coisa para fazer aqui, eu sei bem, tem muitos joguinhos para jogar."

"Eu quero sair."

"Isso é um pouco grosseiro, não é? O Edmund não pode sair. Será que você é mesmo tão egoísta assim, a ponto de esquecer isso?"

"Ele não quer que eu fique com ele o tempo todo. Ele não me quer perto de jeito nenhum."

"Charles, meu amor, não discuta, se você tivesse que passar acamado todos esses dias lindos de sol, eu tenho certeza de que você ia gostar de ter companhia, de ver um amigo."

"Ele não é meu amigo."

"Quer levar a bebidinha do Edmund pra ele quando subir, querido?" Pois ela simplesmente resolvera ignorar essa ladainha boba sobre os dois não serem amigos. Os meninos eram assim mesmo, era uma fase. E ela não daria importância a isso, da mesma forma que fez quando ele era pequenino, descobriu os palavrões e os repetia todo exultante. O sr. Hooper concordou. "Não vamos dar atenção."

"Usar as coisas dos outros sem permissão é o mesmo que roubar. Ou seja, você é um ladrão e um larápio. Você é um larápio porque entrou no meu quarto sem eu mandar."

Kingshaw não respondeu. Desde o retorno de Hooper ele havia voltado a pensar na queda, em como tudo acontecera; uma infinidade de perguntas rodopiavam em sua mente. Ele queria saber como era a sensação de despencar no ar, o tamanho da dor na hora do baque, queria perguntar se Hooper tinha pensado que já era, quando chegar no chão eu tô morto, se ele se lembrava de alguma coisa quando acordou, se agora teria medo de escalar um muro alto. Além da concussão, ele tinha quebrado uma perna e duas costelas.

"Eu quase morri", disse a Kingshaw, no dia que chegou em casa. "Foi isso que meu pai falou, e os médicos também. Eles falaram que foi pura sorte eu não ter morrido. Pura sorte."

Você devia ter morrido, devia mesmo, se você tivesse morrido estaria tudo bem agora, pensou Kingshaw, já começando a suar frio com a própria perversidade. Não seria possível perguntar a Hooper nada do que ele tinha em mente. A velha hostilidade pairava outra vez entre deles, no instante em que Kingshaw entrou no quarto Hooper o encarou de cima a baixo, com seu olhar de ódio, astúcia e desprezo. E havia ainda outra coisa, que Kingshaw não conseguia entender. Hooper o observava como que tentando descobrir alguma coisa, querendo ter certeza do que andara acontecendo ali, naquela casa, durante a sua ausência.

Ele agora brincava sem muito interesse com um quebra-cabeças pequenino, de plástico. Havia vários quadrados numerados dispostos em um tabuleiro, e o objetivo era organizá-los na ordem certa. "Isso aqui foi a sua mãe que me deu", dissera ele, mais cedo. "Ela me deu um monte de coisas."

Kingshaw não respondeu. Mas ficou surpreso com a mágoa, a fúria e o ciúme que o invadiram. Ela é minha mãe, *minha*. E na mesma hora se sentiu confuso, pois sabia que na verdade nem ligava tanto para ela.

A sra. Boland tinha espalhado migalhas de pão no quintal dos fundos, e agora havia vários passarinhos se empurrando e brigando, e um corvo voejava logo acima, esperando para atacar. Kingshaw se perguntou por quanto tempo seria forçado a ficar ali. Agora sentia medo o tempo todo, por mais que Hooper não pudesse sair da cama. Temia o que se passava dentro de Hooper, o que ele podia estar planejando, o jeito como ele o olhava. O que ele fizera antes tinha sido só o começo, e Kingshaw sabia disso. Mas lhe trouxera satisfação, pois ele percebera como era fácil atemorizar Kingshaw.

Ele ouviu Hooper se remexer na cama e olhou para ele, mesmo de longe, do outro canto do quarto.

"Tá com dor?"

Hooper o encarou, espremendo os olhos. "A culpa foi sua", respondeu. Kingshaw ficou vermelho. Sabia que ele estava certo, e queria chorar de frustração por Hooper ainda conseguir deixá-lo tão culpado e aflito.

"Larga de ser burro, eu já repeti mil vezes que você não tinha nada que subir lá em cima. Você caiu porque estava com medo. É o medo que faz a pessoa cair."

"Você me empurrou."

"Mentira, mentira, mentira, eu nem encostei em você. Você caiu de medo, e você é um bosta de um mentiroso. Eu ia te ajudar a descer, não ia? Eu ia te segurar porque você estava choramingando, estava cheio de medo."

Hooper ficou em silêncio por um momento. Então disse, calmamente: "Vai acontecer alguma coisa com você. Porque a culpa foi sua e eu falei pra eles, é nisso que eles acreditam. Não pensa que você vai escapar. Alguma coisa vai acontecer".

"Você não me assusta, Hooper, você só está tentando disfarçar o seu próprio medo, só isso."

"Espera só, Kingshaw. Espera."

Hooper retornou a atenção ao quebra-cabeças. Eram ameaças bobas, absurdas, o tipo de coisa que os valentões falavam sem pensar, mas Kingshaw sabia que aquilo era verdade, que algo aconteceria, fosse uma reação direta de Hooper ou uma consequência indireta. Ele agora esperava uma punição, acordava todos os dias apavorado com o que poderia lhe acontecer.

Para não ficar pensando nisso, e também porque Hooper nem o queria ali, a cara enfiada no quebra-cabeças e o ignorando o tempo todo, Kingshaw cruzou o quarto depressa e saiu pela porta. Hooper não disse nada.

No patamar da escada, tentou recordar as palavras de Fielding. São só coisas que ele fala, ele não pode fazer *nada* com você, então não deixa ele perceber que você sente medo. Ele não pode fazer nada. Só que ele pode, sim, ele pode... Kingshaw começou a correr, tentando fugir dos próprios pensamentos rodopiantes.

"Vai acontecer alguma coisa com você. Espera só."

E era verdade, com toda certeza. Hooper ia esperar que os dois chegassem no colégio, e daí tudo ia começar.

Uma vez, uma única vez na vida, Kingshaw levara uma surra. Foi Crawford quem o agrediu, Crawford batia em todo mundo. Foi no antigo pavilhão do pátio esportivo de baixo. Pensando agora, em retrospecto, não fora nada de mais, podia ter sido muito pior. Crawford se assustou ao ouvir passos e vozes do lado de fora. Mas Kingshaw recordava vividamente a sensação do soco em sua barriga, muito intencional, e o jeito como Crawford recolheu os dedinhos depois do golpe, recordava a náusea e o calafrio de pavor do que viria a seguir, se seria muito pior, e o ataranto de não entender por quê. Ele nem conhecia Crawford, eles ficavam em alojamentos diferentes, Crawford era três anos mais velho. Os dois simplesmente se cruzaram e ele o arrastou até o pavilhão. Podia ter sido qualquer outro garoto.

Crawford foi pego. Ele vivia agredindo os outros e sendo pego, e no fim das contas acabou saindo da escola e esse tipo de coisa nunca mais aconteceu. Mas ele se lembrava. A pior sensação fora a de desamparo, antes de ouvir os passos, e a certeza de que ninguém iria ouvi-lo, por mais alto que ele gritasse. O pavor que ele sentia de Crawford era imensurável. Depois do ocorrido, não teve coragem de contar a ninguém.

Hooper não era igual a Crawford, as coisas que ele fazia eram diferentes, suas ameaças eram até piores, de certa forma. Ele dominava pelo terror, e Crawford, pela pura brutalidade. Mas Kingshaw imaginava que cedo ou tarde isso fosse começar a acontecer com Hooper também. Mesmo que o próprio Hooper não batesse em Kingshaw, ele tinha amigos no colégio, havia outros garotos. Bastaria uma palavra.

Ele cruzou o corredor, enredado nos próprios pensamentos. Havia Fielding, só isso, ele podia sair correndo e haveria a fazenda, o sol, os animais, os dois poderiam deitar no gramado alto, dar de comer ao burro, assaltar as macieiras, qualquer coisa. Na casa de Fielding ele estava seguro, ali era o seu lugar. Ele girou a maçaneta da pesada porta da frente.

"Charles!"

Ele se virou. Sua mãe estava parada junto à sala de estar. Kingshaw começou a se esgueirar pela porta, na intenção de sair, sem querer ouvir o que tinha a dizer, só queria sair dali, escapar de todos eles.

"Aonde é que você vai, meu amor?"

Ele paralisou, ainda com a mão na maçaneta.

"Charles? Eu te fiz uma pergunta, não foi?"

Ela falava de um jeito diferente, ele achou, um jeito mais áspero e impaciente, como se tivesse resolvido lidar com ele de outra forma. Era o sr. Hooper, ele sabia disso, ela estava mudando para agradá-lo.

"Aonde é que você vai?"

"Vou na venda. Eu quero uma coisa."

"O que é que você quer?"

"Uma coisa."

"Não fica de segredinhos, querido, você sabe que a mamãe não gosta disso."

Ele se contorceu. Odiava que ela falasse de si mesma assim, como se fosse outra pessoa.

"Eu quero um sorvete. Eu tenho dinheiro."

"Tem um monte de sorvete na geladeira, meu amor, é só pedir à sra. Boland..."

"Não. Eu não quero esse sorvete que tem aqui. Quero de outro tipo."

"Sorvete é tudo quase a mesma coisa, você sabe disso."

"Eu quero ir na *venda*."

"Então vai, mas bem rápido."

"Por quê? Por que é que eu tenho que ir rápido? Eu não tenho mais nada pra fazer."

"E o pobrezinho do Edmund, deitado sozinho lá em cima? Você pensou nisso?"

"Ele... ele tá dormindo." Kingshaw corou diante da própria mentira. Fez-se um breve silêncio. A sra. Helena Kingshaw parecia magoada. "Então vai, Charles, vai lá comprar o seu sorvete especial", disse, baixinho, em tom de decepção.

Ele foi saindo.

"Charles?"

Ele tremia de tanta ansiedade para correr dali.

"Não vá a nenhum outro lugar, você sabe disso. Quero que você volte direto da venda para cá."

Ele quase explodiu de raiva pela injustiça de tudo aquilo, queria gritar, não vou voltar coisa nenhuma, eu vou na fazenda ver o Fielding e você não vai me impedir, pode falar o que for, que eu vou fazer o que eu quiser.

Mas não disse nada.

"Bom, agora eu vou lá em cima ver se o Edmund está confortável."

Kingshaw fechou a porta com cuidado e começou a correr. Eu odeio eles, odeio todos eles, odeio, e vou fazer o que eu quiser.

Ao sair da venda, ele atravessou a rua e ficou parado junto à pequena ponte, lambendo o líquido cremoso que escorria pela casquinha crocante. O ar sobre o riacho seco estava tomado de insetos, por conta do calor.

Na noite da véspera, sua mãe lhe contara sobre Londres. Ele iria até lá com o sr. Hooper, para comprar o uniforme do colégio novo. Só eles dois. Ele ficou refletindo. Quando isso acontecesse, o passado realmente estaria terminado, ele usaria preto e dourado, igual a Hooper, não mais seu azul-celeste e azul-marinho, e não haveria saída.

"O meu pai que vai pagar o seu uniforme. Ele vai pagar tudinho, você não sabia? Você tem que se considerar sortudo por ele ter tanto dinheiro. E agora você vai ter que fazer o que ele manda, certo?"

"Por quê?"

"É muito óbvio, idiota."

"Como é que você sabe disso? Você não sabe. Eu acho que ele não vai pagar é nada."

"E quem é que vai pagar então?"

Silêncio.

"Deixa de ser *burro*, Kingshaw."

Ele quis perguntar à sua mãe, mas não conseguia entoar as palavras, e de todo modo nem precisava, pois sabia que era verdade. Sua mãe sempre dissera como era custoso mantê-lo na escola, mesmo com a ajuda do governo, dizia que eles precisavam viver com parcimônia e que a mesada dele não seria gorda feito a dos outros. "Eu me sacrifiquei muito por você, Charles. Espero que você aproveite ao máximo as suas oportunidades, é só isso que eu te peço, que você não esqueça toda a sorte que teve."

Então ele sabia que não haveria dinheiro para esse outro colégio se não fosse o sr. Hooper. Sua mãe tinha dito que era muito melhor lá. O sr. Hooper já havia organizado tudo. Ele não entendia por quê, não conseguia ver nenhuma razão para que o sr. Hooper resolvesse gastar seu dinheiro com eles, por mais rico que fosse. Sua mãe era governanta, só isso, e eles estavam morando lá fazia dois meses. Nunca lhes acontecera nada parecido. "As pessoas são muito mesquinhas e indiferentes", a sra. Helena Kingshaw sempre dizia. "Ninguém entende como é difícil para gente como nós levar uma vida decente, ninguém está disposto a conceder nada."

Mas o sr. Hooper estava. "O sr. Hooper é muito bom para nós, Charles", dizia, "você precisa entender isso. Você tem que ser muito grato ao sr. Hooper."

"Por quê? Por quê?"

Ele ficara olhando de esguelha para o sr. Hooper à mesa do jantar, e também quando cruzou com ele na escada. Tentava entender. "Nós estamos nos conhecendo melhor, não é mesmo, Charles? Estamos virando bons amigos."

Kingshaw se encolheu, incapaz de responder. Mas não esquecia a noite em que o sr. Hooper o carregara no colo, depois do pesadelo, e sua vontade de ficar pertinho dele. Ainda se envergonhava da própria fraqueza.

Ele mordeu a ponta da casquinha do sorvete e enfiou tudo na boca. Então ouviu a Land Rover. E viu Fielding.

"*Onde é que você estava?*"

Na caçamba da caminhonete havia três bezerros amarrados a uma grade, cambaleantes, com os olhos arregalados de medo.

"O Hooper voltou", disse Kingshaw. "Eu sou obrigado a ficar o tempo todo com ele."

"Ah. Mas agora você tá sozinho."

"Eu saí." Kingshaw chutou a lateral do pneu robusto.

"A gente vai ao mercado. Você pode vir, se quiser. Não quer vir? Não tem problema."

"Eles iam dar um chilique."

"Por quê?"

"Porque eu tenho que pedir permissão."

"Então vai lá, a gente espera, não espera? A gente pode ir até lá com você, pra você pedir."

"Não."

"Você não quer?"

Kingshaw não respondeu.

"A gente vai levar a novilha. Aquela que você viu nascer, sabe?"

"Pro mercado?" Kingshaw olhou a bichinha sacolejando na Land Rover e lembrou como tinha sido. "Mas ela ainda é muito nova."

"Tem dez dias. Com dez dias é que se vende."

"E o que acontece quando alguém compra? Pra onde que ela vai?"

Ele sentiu uma ansiedade súbita de saber sobre o bezerrinho, era uma conexão evidente com Fielding e a fazenda.

O pai de Fielding soltou o freio de mão da Land Rover. "Vira vitela", respondeu, sem muito interesse, "eles todos viram vitela."

Kingshaw ficou na estrada esperando o carro ir embora, ouvindo o som do motor ladeira acima e observando a poeira subir e tornar a baixar. Então não houve mais nada a fazer além de voltar para casa. Ele atravessou bem lentamente o gramado alto junto à sebe, alvoroçando uma ou outra nuvem de borboletas brancas. Não correu nem ao cruzar o terreno aberto que levava ao velho loteamento, mas virou a cabeça para não olhar o galpão.

Ele queria ir ao mercado, mas ao mesmo tempo não queria, sentindo que o lugar lhe traria uma série de novos terrores, sons, medos e cheiros. Não queria ver os bezerrinhos indo embora. Mas queria estar com Fielding e com o pai de Fielding, andar na Land Rover, ir para longe dali. Assim ninguém poderia tocá-lo.

Ele chegou à comprida passagem de pedras, entre as moitas de rododendros. "Eu preparei um chocolatinho gelado, Charles", disse sua mãe, "você pode vir tomar com o Edmund." E foi caminhando na frente dele a passos firmes, levando a bandeja.

Ele parou um momento no corredor, hesitante. Estava frio ali. A porta do Salão Vermelho estava entreaberta, e ele olhou de relance lá para dentro e viu o primeiro estojo de vidro, com seus contornos alongados e sombrios.

"Charles..."

Ele subiu bem devagar, um passinho por vez, pensando.

Hooper estava colando vários selos novos em seu álbum de couro verde. Havia uma cumbuca de água e uma pinça sobre a tábua que fora acomodada na cama dele. "Eu estou sabendo de um garoto chamado Fielding", disse ele, quando a mãe de Kingshaw saiu.

Kingshaw o encarou.

"Eu sei de *tudo*, não pensa que eu não sei. A sua mãe me conta várias coisas sobre você."

O chocolate, doce e cremoso, foi subindo pelo canudo até a boca de Kingshaw. Ele apertou as mãos com força para não chorar, pois Hooper sabia, Hooper tinha descoberto tudo, e agora não lhe sobrara mais nada que fosse seu, mais nada.

Ele se virou para olhar a janela outra vez.

"Depois de amanhã eu vou poder levantar. Vou poder descer e sentar lá embaixo."

Então ele voltaria para o colégio, ou seja, nem essa vantagem ele teria. Kingshaw pôs a caneca vazia no chão.

"Está pensando que vai aonde?"

Ele não respondeu.

Em seu quarto, o sol forte do meio-dia adentrava pelas vidraças. Da maquete do galeão, no peitoril da janela, vinha um cheiro de plástico e tinta quente.

Kingshaw se deitou na cama e enfiou o rosto sob a colcha de seda fria.

No andar de baixo, a sra. Helena Kingshaw, sentada em uma poltrona com estofado de chita, subia uns três centímetros da bainha de um vestido de algodão. Vou rejuvenescer um pouco, pensou ela, vou passar a cuidar melhor da minha aparência, e enrubesceu de leve, empolgada em perceber o quanto isso ganhara importância.

"Não houve problema *nenhum* com o seu colégio antigo, Charles. Eu quero muito que você se lembre disso. Problema nenhum, de verdade."

Kingshaw o encarou, em silêncio. O trem estava muito quente — o sol entrava pelo vidro e batia bem no rosto dele. Era a primeira vez que ele viajava em uma cabine de primeira classe.

"Sua mãe andou passando uns maus bocados, a vida não foi fácil para ela nesses últimos anos. Eu tenho certeza de que você já tem idade para entender isso."

Ele não gostava de ouvir o sr. Hooper falar desse jeito, parecia que ele participava dos segredos dela, e Kingshaw tinha a sensação de que ele sabia de tudo o que acontecera com os dois. O trem adentrou um túnel e na mesma hora ele sentiu os tímpanos fecharem, mas logo o túnel acabou e eles tornaram a ver o sol.

"É só que o colégio novo, o colégio do Edmund, vai ser bem melhor para você. Sim, com certeza vai ser, em todos os sentidos. Vai te abrir *oportunidades*."

Pra quê, pensou Kingshaw, desesperado, pra quê? Por que é que as coisas viviam mudando tanto? Ele sempre soube que aos 13 anos teria que conseguir uma bolsa de estudos em uma boa escola, e sempre soube que não conseguiria, pois só sabia fazer as coisas sozinho, não tinha talento para competir.

"Você vai ter que se esforçar muito, muito mesmo", dissera sua mãe. "Você sabe ser um menino inteligente, é só se concentrar. Sem a bolsa nós não vamos ter dinheiro para te matricular em uma boa escola, Charles, você compreende isso, não é? Você compreende em que pé estamos?"

Ele ficou pensando no que aconteceria agora em relação à bolsa de estudos, se seria diferente por conta do sr. Hooper. Não estava ligando muito, parecia que aquilo não tinha nada a ver com ele. Eles é que iam decidir, como já tinham decidido tudo.

"Estamos passando pelos subúrbios", disse o sr. Hooper, no trem. "Sempre há muito o que ver das janelas de um trem, bastante coisa interessante."

Por educação, Kingshaw virou a cabeça e olhou para fora.

É bem mais fácil lidar com ele que com o meu filho, pensou o sr. Joseph Hooper, isso eu tenho que admitir: ele é quietinho e retraído, de fato, mas não é esquisito como o Edmund sempre foi, e eu não sinto nenhum constrangimento entre nós. Não é um garoto muito falante, mas acho que percebo os pensamentos dele, acho que dá para dizer que o compreendo. A mãe dele me contou o que eu precisava saber. A bem da verdade, desde a chegada da sra. Helena Kingshaw ele vinha se sentindo um novo homem, sua insegurança havia se dissipado. Agora sabia lidar com Edmund; bastava agir com firmeza, ele concluíra, com firmeza e franqueza, e era possível ser feliz; os meninos são animais muito simplórios.

Ele próprio sentia que atravessara uma fase ruim depois da doença e morte de seu pai e da mudança para Warings, as recordações do passado e da infância lhe trouxeram uma certa amargura. Talvez ele tivesse exagerado um pouco as coisas, talvez tivesse levado uma vida feliz. A memória pregava peças quando se chegava à meia-idade, e a companhia da sra. Helena Kingshaw o vinha ajudando a recolocar as coisas em perspectiva.

A sra. Kingshaw. Ele se remexeu no assento, pois não conseguia se decidir, estava um pouco ansioso, inseguro. Sentia que a vida o ensinara a não tomar decisões precipitadas.

No assento à frente, Charles Kingshaw ainda olhava pela janela os quintais das casas de subúrbio.

"Aqui é a avenida Strand", dizia o sr. Hooper, "essa é a Trafalgar Square, aqui é a avenida Mall, aquele ali é o Palácio de Buckingham..."

"Eu sei."

Mas o táxi deslizava pelas ruas e o sr. Hooper não escutava, ia entoando os nomes das ruas e dos edifícios, certo da utilidade e do fascínio daquilo tudo.

"A gente *morava* aqui em Londres", disse Kingshaw.

"Ah, sim! Esse é o Hospital St. George..."

Ele não gostava de estar ali com o sr. Hooper. Era esquisito, parecia que estava com um desconhecido ou com um dos diretores da escola. Não sabia o que dizer, então só respondia as perguntas que lhe eram feitas. Os dois cruzaram em silêncio o carpete cinza da loja de departamentos rumo à seção de uniformes escolares. O ambiente cheirava a perfume e tecido novo. Eu podia fugir, pensou ele. Eu podia entrar no elevador, descer pela outra escada e sair pra rua, daí eu sumia.

Mas ele não faria isso. Seria pior ficar sozinho na cidade, rodeado de gente estranha, do que tinha sido em Hang Wood. Aquela barulheira era atordoante, o povo todo se acotovelando. Ele havia se esquecido de Londres. "Muito que bem...", disse então o sr. Hooper. Surgiu um homem de calça listrada, com uma fita métrica na mão. Kingshaw nunca tinha feito compras com ninguém além de sua mãe. Ele foi todo medido, vestiu e tirou as mangas do blazer e as pernas da calça, e o sr. Hooper e o tal homem falaram sobre ele bem ali na sua frente, parecia que ele não estava ali, que era outra pessoa. Ele ficou calado. Mas quando encarou os próprios olhos no espelho comprido e se viu igual a Hooper, de uniforme preto e dourado, soube que não havia mais esperança, que estava tudo em andamento.

Hooper estava brincando com a maquete da torre, de papelão prateado, largando a bolinha de gude no tobogã repetidas vezes. Kingshaw ficou olhando um momento, espumando de fúria, então saiu correndo pelo corredor, desceu a escada, cruzou o hall e adentrou a sala de estar, apertando as mãos com força.

O sr. Hooper servia dois copos de xerez de uma garrafa. Das janelas abertas se via o gramado silencioso.

"Aquela maquete é *minha*", gritou ele, "o senhor deu a minha maquete pra ele, a maquete que eu fiz, sem nem me pedir. Eu não queria que ele pegasse, o senhor não tem que dar *nada* do que é meu pra ele."

Ele viu o olhar entre sua mãe e o sr. Hooper, sabia o que estavam pensando, e sentiu vontade de atacá-los, estava furioso, sentia que os dois estavam fazendo mal juízo dele. Eles não me querem, não querem nada comigo, querem ficar só com o Hooper, aqui não tem lugar pra mim.

"O senhor tem que mandar ele me devolver. Ele já tem muita coisa, ele tem tudo. Ele tem que devolver a minha maquete."

"Charles..."

"A maquete é minha, minha, *minha*, ele não pode pegar *nada* do que é meu."

Quando o sr. Hooper deu um passo ligeiro à frente e lhe acertou um tapa no rosto, ele ouviu o estalido forte ecoando em sua cabeça, e pela sala, e viu a expressão de sua mãe, tomada de alívio e choque, e a do sr. Hooper, acima dele. Então, silêncio. Ninguém se mexia. Um silêncio sepulcral.

O telefone tocou. O sr. Hooper saiu pela porta e cruzou o corredor.

"Acho melhor você subir em silêncio, Charles. Você sabe o motivo, tenho certeza. E talvez seja bom tentar entender também o quanto você me aborreceu."

Ele não olhou para ela.

A porta de Hooper estava fechada. Kingshaw a escancarou com um chute e ficou ali parado, respirando depressa. Ainda sentia o rosto latejando com o tapa do sr. Hooper. A bolinha de gude rolou pela calha.

"Me devolve."

Hooper ergueu os olhos.

"Isso é meu, fui eu que fiz. É melhor você me dar."

"A sua mãe trouxe pra mim."

"Não interessa! *Me devolve*."

"E além do mais você montou na minha casa, o papelão é *meu*, a tinta é *minha*, então não é seu coisa nenhuma, você não é dono de nada nessa casa."

Kingshaw começou a se aproximar da cama. Não estava nem aí para Hooper, não estava nem aí para o que qualquer um pudesse falar ou fazer com ele, só queria a maquete, porque era sua, ele levara um tempão planejando e montando, tinha sido tudo tão difícil, e agora ela funcionava perfeitamente, e ninguém mais tinha que pôr a mão.

"Devolve."

Hooper ergueu a maquete no alto da cabeça.

"Eu vou te dar um soco, Hooper, eu vou arrancar da sua mão, é melhor você me devolver antes que eu faça isso."

"Você não tem coragem de encostar em mim, eu tô doente, tô de cama, eles iam ouvir. Você não pode fazer nada comigo."

Kingshaw partiu para cima de Hooper. Na mesma hora ele atirou longe a maquete, que foi parar no outro canto do quarto, bateu na parede e caiu, de cabeça para baixo, sobre o linóleo próximo ao tapete. Hooper gargalhou, com a bolinha de gude ainda na mão esquerda.

A parte de cima da maquete estava quebrada, o papelão tinha amassado e a ponte levadiça estava torta. Kingshaw se ajoelhou e pegou a bandeira caída no chão. Enquanto se levantava, bem devagar, sua mãe surgiu diante da porta.

"Eu imagino que você esteja muito, muito envergonhado."

Capítulo 16

"Ah, como é bom ter notícias suas, que surpresa maravilhosa!" A sra. Helena Kingshaw estava meio resfolegante, com um toque de empolgação na voz, pois não tinha muitas amigas, nem esperava que alguma fosse entrar em contato.

Ela não se permitia sentir-se solitária em Warings, pois tudo estava dando tão certo, e o alívio de ir para lá e achar tudo tão satisfatório, tão seguro, deveria ser mais do que suficiente. A bem da verdade, no entanto, ela achava que quando o sr. Hooper estivesse em Londres, já depois da partida dos meninos, talvez não fosse... bom, a casa era um pouquinho isolada, e a sra. Boland não era exatamente uma mulher com quem ela poderia trocar confidências.

Mas não ficaria pensando nisso, pois eles tinham tido muita sorte, o sr. Hooper era muito bondoso. E no coquetel do domingo havia uma ou duas mulheres com quem ela pensou que talvez, dali a um tempo, pudesse engatar uma amizade. Elas pareceram aceitá-la como algo mais que uma governanta.

Agora Enid Tyson tinha descoberto seu endereço e estava ao telefone, e ela lembrou que existia um outro mundo, para além daquela casa e daquela vila, um mundo onde ela vivera e nem sempre fora infeliz, um mundo que nada tinha a ver com o sr. Joseph Hooper. A sra. Enid Tyson não era viúva, e sim divorciada, tinha se separado em circunstâncias infelizes, e portanto havia um diálogo entre as duas, um entendimento. A sra. Kingshaw se acomodou um pouco mais na poltrona do hall.

Do escritório, com a porta entreaberta, o sr. Joseph Hooper escutava. Nenhuma amiga tinha telefonado antes, e ele se deu conta, com certa surpresa, que a sra. Kingshaw estava morando lá havia apenas dois meses, e tinha um passado que ele não conhecia por completo, amigos que não guardavam qualquer relação com ele. Sentiu uma ponta de irritação.

Charles Kingshaw vinha descendo a escada e parou ao ouvir a voz dela.

"Mas é claro que não, não, minha querida, você tem razão, claro. Nunca se sabe, pode ser que... sim, até lá nós podemos estar em *qualquer lugar*, podemos nem estar mais aqui. Ah, sim, nós estamos muito contentes, e o Charles mudou muito desde que chegou aqui, sabe, tem feito tão bem a ele ter uma companhia. Bom, houve uns probleminhas, uns estresses, mas isso já era esperado... isso, um certo ciuminho... Não, Enid, eu não sei, não tem nada resolvido ainda. Eu ainda não me decidi em relação ao futuro."

Ela estava ansiosa para que o sr. Hooper a ouvisse, para que ele soubesse que ela conservava seu orgulho. Se houvesse alguma decisão a ser tomada, *ele* é que teria de... Por mais que ela se permitisse ter expectativas e observasse as pequenas pistas do caminho.

Na surdina, Kingshaw subiu a escada de volta. Foi até o segundo andar, cruzou o corredor e entrou no quarto das bonecas. Depois de Hang Wood não quis mais entrar ali, pois o quarto era a lembrança de seu fracasso, da perda de controle sobre as coisas, depois de um planejamento tão meticuloso. No fim das contas, acabou entrando. Era o único lugar que lhe restava, e ele tinha que fazer o melhor possível diante das circunstâncias.

Ele estava tentando consertar a maquete da torre.

"Eu ainda não me decidi em relação ao futuro..." Kingshaw repetiu a frase várias vezes, bem baixinho. "Eu ainda não me decidi em relação ao futuro."

Ele não sabia *o que* isso significava, ele nunca sabia, com sua mãe podia significar qualquer coisa, podia nem ter nada a ver com ele. Algo em seu tom de voz, uma ênfase exagerada das palavras, o deixara desconfiado. Afinal de contas, ele tinha ido a Londres com o sr. Hooper, o uniforme estava comprado. "Os homens juntos!", dissera ela, faceira, quando eles voltaram. Não haveria mudança nos planos agora.

Mas talvez eles não morassem ali para sempre, talvez tivesse havido alguma briga, talvez ela tivesse começado a odiar aquela casa horrenda tanto quanto ele, talvez...

Ele começou a pensar para onde mais os dois poderiam ir. Eles já haviam passado por tantos lugares. Pior do que a casa dos outros — em certos aspectos, pior até do que Warings — tinha sido mesmo o hotel. Eles passaram quase um ano lá, mas parecera uma eternidade. "O Kingshaw mora em um *hotel*!", dissera Broughton-Smith, no colégio, quando descobriu, e todo mundo ficou olhando para ele, pois aquilo era uma aberração que nenhum deles conhecia.

Foi no hotel que ele conheceu a srta. Mellitt.

Havia um refeitório que vivia gelado, e eles tinham uma mesa fixa, bem no cantinho, perto do espelho. "Essa é a mesa dos Kingshaw", diziam as pessoas, de um jeito estranho e indiferente. Ele não gostava de fazer todas as refeições na frente de tanta gente.

Não havia outras crianças no hotel, os hóspedes iam e vinham, a sra. Kingshaw pedia a desconhecidos que o levassem ao zoológico e ao parque. Alguns estavam sempre por lá, como o sr. Busby e o sr. Taylor, que sempre sentavam juntos. O sr. Busby só tinha uma perna.

Mas tinha a srta. Mellitt, a srta. Mellitt... Ele olhou para cima de repente, tomado de pavor com aquela lembrança. Depois do quarto dele havia um espaço, e logo adiante ficava a última porta, bem no fim do corredor, que era o quarto da srta. Mellitt. Toda noite Kingshaw a ouvia subindo a escada, e prendia a respiração, atemorizado, até que os passos se afastassem de sua porta, certo de que algum dia ela pararia, giraria a maçaneta e entraria no quarto escuro.

Na sala de jantar, ela derramava sopa na frente do vestido, e quando Kingshaw erguia os olhos via que ela sempre o estava encarando. Suas sobrancelhas eram bem grossas e escuras, e o cabelo ralo deixava à mostra umas partes do couro cabeludo. Toda vez que a via ele se sentia forçado a olhar sua pele rosada e brilhosa, e depois virava o rosto bem depressa. Morria de medo da srta. Mellitt, tinha pesadelos com ela, e nem quando estava na escola, fazendo qualquer coisa, a vários quilômetros de distância, ela saía de sua mente. Tinha um cheiro estranho de mofo, feito uma roupa deixada por vários anos dentro da cômoda.

"A srta. Mellitt é velha", dizia sua mãe, "ela é velha e muito sozinha. Você tem que ter muita educação e respeito com os idosos, Charles, tenho certeza de que te ensinaram isso na escola."

"Eu não gosto dela."

"Mas que indelicadeza."

"Ela fica vindo falar comigo. Fica encostando em mim. Eu não gosto dela."

"Eu já te expliquei, meu amor, é só porque ela é sozinha. Eu imagino que ela goste de saber o que um rapazinho educado e simpático pensa a respeito das coisas."

Depois disso, ele não respondeu mais. Só fugia da srta. Mellitt, e à noite ficava na cama morrendo de medo de que ela cruzasse o corredor, e todo dia se assustava com as partes de couro cabeludo sob o cabelo ralo.

Agora, Kingshaw acabava de se dar conta da razão daquela lembrança. Não era só porque ele não sabia para onde mais eles poderiam ir. Era o cheiro. As bonecas no armário de vidro tinham o cheiro da srta. Mellitt.

Kingshaw aproximou o rosto da maquete, respirando depressa, sorvendo o vapor denso e pungente de cola e tinta metálica, tentando esquecer.

"Claro, nós podemos nem estar mais aqui... Eu ainda não me decidi em relação ao futuro."

O sr. Joseph Hooper estava em frente ao espelho do guarda-roupas, com as mãos no pescoço, soltando a gravata, ansioso. Tem alguma coisa errada, pensou ele, alguma coisa que ela não está conseguindo me falar, a verdade é que ela não está totalmente feliz aqui.

Ele se aproximou e encarou o próprio rosto, os olhos verdes como algas, o nariz adunco, as linhas finas na testa e nos cantos da boca. Eu não tenho muito do que me orgulhar, não tenho nada de tão especial.

Mas havia algo entre eles dois, uma tensão, um entendimento, ele percebera isso nela e sentira em si mesmo, e pensava estar bem certo...

"Eu ainda não me decidi em relação ao futuro."

Bom, então a culpa é minha, pois eu ando indeciso, com medo de dar algum passo do qual depois vá me arrepender, ou de que seja ainda muito cedo. Apesar de que, quando eu publiquei o anúncio em busca de uma governanta, já tinha em mente que...

Ele se afastou do espelho, desabotoando a camisa, culpado pelo que já tinha em mente, culpado como sempre. Olhou o quarto sombrio, o papel de parede escuro, a cama de casal, onde dormia sozinho, arrumada. As imagens começaram a tomar forma em sua mente. Eu sou um homem extremamente sexual, por isso essa tensão, essa inquietude, é esse o motivo de tudo.

Ele tinha medo de se aceitar, de admitir toda a verdade. Agora havia a presença da sra. Helena Kingshaw, dormindo à noite no quarto ao lado e circulando pela casa durante o dia, olhando para ele, vestindo-se com capricho, encurtando as saias, e ele a vinha observando e ficava um tanto consternado.

Eu nunca tive o que quis, nada nunca me foi justo. Seu casamento fora sempre muito decoroso, a cama de casal era compartilhada com civilidade, e ele sofria com o gélido abismo que separava os comportamentos admissíveis e os desejos.

Mas depois disso, depois... Ele se largou com força na poltrona próxima à cama. Depois, nada. Só que entrava no metrô e olhava as pernas das moças sentadas à sua frente, imaginava bundas e coxas em meias de seda, nas mais diversas posições, e à noite percorria as vielas adjacentes à Charing Cross Road, procurando imagens de seios e bocas nas vitrines das livrarias e nas fachadas dos cinemas eróticos.

Oportunidades havia, ele sabia bem. Mas nunca aproveitou nenhuma, jamais faria isso, sentia-se assustado consigo mesmo e não sabia por onde começar. Só dormia, suava durante os sonhos e acordava de manhã cheio de culpa. E nada mais. Nada mais.

Ali sentado, o sr. Hooper pensava na sra. Helena Kingshaw, na casa, no quarto logo acima, no prazer de sua companhia, no orgulho e satisfação que lhe dava perceber como ela estava aliviada aqui. E havia também o jeito como ela o olhava, que o fazia notar sua própria carência, existia algo... Ele se despiu. Empolgou-se ao pensar que o casamento agora não seria como a união com Ellen, pois a sra. Kingshaw não lhe reservava tanto decoro e comedimento, estreitando o abismo entre vida e fantasia.

A ideia de que ela pudesse, no fim das contas, não permanecer em Warings, a ideia de voltar a viver naquela casa com a comida insípida e triste da sra. Boland e as recordações da própria infância como companhia, foi o que resgatou o sr. Hooper de sua indecisão.

"Amanhã", disse ele, acomodando-se na cama fria, "amanhã..."

Ele estava ansioso. Estavam todos juntos no carro do sr. Hooper, indo para algum lugar, e ele não sabia onde.

"É surpresa. Hoje é um dia muito especial, e vocês vão ter uma surpresa maravilhosa", disse a sra. Kingshaw.

"Aonde é que a gente está indo?"

"Ora, ora, você vai ter que esperar para ver!"

"Eu quero saber. Eu não gosto quando eu não sei."

"Você é uma figurinha, Charles. Onde é que já se viu alguém ser avisado de uma surpresa antes dela acontecer? O Edmund está bem animado, ele não quer saber. É que nem ficar tentando espiar o que tem nos embrulhos antes da noite de Natal."

Ela então não disse mais nada, só abriu um sorrisinho misterioso e meneou a cabeça, e o carro foi se afastando da vila. Os dois tiveram que vestir suas melhores calças compridas, em tons de cinza. Hooper só tinha saído de casa uma vez desde o acidente. Teve que viajar com a perna levantada, de modo que só sobrou um espacinho para Kingshaw no banco de trás. A sola do gesso de Hooper estava imunda.

Parecia uma reprise do dia do passeio ao castelo, o cheiro do carro lhe trouxe a lembrança do extenso túnel de árvores. Mas o dia estava frio e chuvoso, e o trajeto era diferente. As árvores estavam amareladas, por conta do início do outono.

"Por que é que a gente tem que ir a esse lugar?"

"Ah, isso também é segredo. Mas vocês vão descobrir, quando for a hora."

Ele já sabia. Desde sempre. Mas agora estava acontecendo, era verdade. E a realidade era ainda pior que a expectativa. Quando Hooper fora lhe contar, ele não ficou surpreso, nem irritado.

Ele ia começar uma nova maquete, lá no quarto das bonecas, e primeiro estava desenhando o modelo em papel quadriculado, no maior capricho, para ver se daria certo. O projeto era bem mais complicado que a torre do forte. Eles o tinham mandado ir jogar xadrez com Hooper, mas ele foi para o quarto, já não queria nem saber o que iam falar ou fazer. Hooper não o queria por perto. Estava fazendo umas listas de regimentos de guerra.

Ao ouvir os passos cruzando o corredor, Kingshaw pensou na srta. Mellitt cambaleando até o quarto, e por um instante se apavorou, sem saber onde estava. O cheiro de mofo havia escapado pelas frestas do armário das bonecas e invadido todo o quarto. Então, um barulho. Era Hooper, chutando a porta.

"*Tá se escondendo...*"

"Eu posso fazer o que eu quiser aqui, e isso aqui é tudo meu, a minha mãe me deu dinheiro pra comprar tudo, então você pode dar o fora, Hooper."

Hooper entrou no quarto, mancando e com dificuldade. Kingshaw estava de pé ao lado da mesa, com o braço estendido sobre o desenho, na defensiva.

"Eu nem quero essa porcaria de maquete. Isso é coisa de bebezinho."

"Você quebrou a outra. Você brincou com ela e depois quebrou, e não vai mais tocar em nada do que é meu."

"Cala a boca, eu acabei de ouvir uma coisa. Fiquei sabendo de um troço que você não sabe." Ele tinha uma expressão matreira, misteriosa. Kingshaw esperou, mas sem se afastar da mesa. A essa altura já sabia o suficiente a respeito de Hooper.

"Você não vai gostar quando eu te contar. *Se* eu te contar."

"Pra que que veio aqui então?"

"Bem que eu te falei que alguma coisa ia acontecer."

Silêncio. Já aconteceu *tudo*, pensou Kingshaw, seja lá o que for não vai fazer nenhuma diferença, não dá pra piorar. Ao olhar o rosto de Hooper, porém, seu estômago revirou de pavor.

"Você não vai perguntar o que é? Não quer saber?", perguntou ele, em tom de deboche. Kingshaw apertou os lábios até sentir os dentes ferindo a pele. Não abriria a boca, não perguntaria nada.

"Então tá, vou deixar você descobrir sozinho."

Bem devagar, Kingshaw se sentou na cadeira defronte à mesa. E ficou encarando os traços do desenho. Agora, Hooper contaria.

"Ele vai ser seu *padrasto*."

Silêncio.

"Ele vai casar com a sua mãe, e vai ser logo, vai ser antes da gente voltar pro colégio. Eles estavam bem falando sobre isso. Eu ouvi. Foi isso que eu te falei que ia acontecer, eu te falei isso há séculos."

Kingshaw não sentiu nada. Só que já sabia, e agora tinha chegado a hora. Ele já esperava. "Pode ir embora", disse. "Eu estou ocupado."

"Não tenta bancar o espertinho, Kingshaw."

"Cala a boca."

"E nem pensa que agora você não vai ter que fazer o que meu pai manda, porque vai. E vai ter que me obedecer também."

"*Cala a boca.*"

"E além disso eu não tenho que aguentar a sua mãe idiota aqui pra sempre, eu não quero ter nada a ver com ela. Nem com você. Você é só um imbecil."

As provocações entraram por um ouvido e saíram pelo outro, era uma coisa infantil, ele não estava mais dando a mínima para o que Hooper dizia.

"*Espera só.*"

Kingshaw não respondeu, não se mexeu. Percebeu que era Hooper que sentia raiva, era Hooper que se incomodava. Ele jamais quis a presença deles ali, em sua casa. Logo no primeiro dia tinha mandado aquele bilhete. "Eu não queria que você viesse." E agora ele e a mãe iriam ficar lá, e Hooper não tinha como impedir, sua casa seria a casa deles. Eu devia ficar feliz por ele se incomodar, pensou Kingshaw. Mas não sentia nada. Só se sentia sozinho por dentro.

Mais tarde, porém, no meio da noite, ele acordou de repente e se lembrou, então percebeu que era mesmo verdade, que estava tudo acontecendo. Agora vai sempre existir o Hooper, pensou ele, pra todo o sempre, o Hooper e o sr. Hooper. E começou a chorar, todo encolhido, se balançando. O pior de tudo era a casa, com seus cômodos escuros, móveis velhos e estojos de mariposas, ele sempre teria que voltar para lá. E no quarto de sua mãe estaria o sr. Hooper.

Mas os dois ainda não tinham contado. Na manhã seguinte, à mesa do café, antes de o sr. Hooper partir para Londres, ele e a sra. Kingshaw ficaram só trocando olhares e falando do tal passeio, da tal surpresa.

"Muito que bem", disse o sr. Hooper, "cá estamos!" Ele parou o carro junto a várias fileiras de outros carros em um gramado lamacento.

"Desta vez pelo menos vocês dois vão estar bem seguros. Hoje não vai ter nenhuma chance de vocês resolverem escalar e cair!"

Kingshaw olhou pela janela do carro, por entre as gotinhas de chuva. Ai, meu Deus, ai meu Deus, pensou ele, quando viu, não permita que a gente entre lá. Mas sabia que entrariam. Sentiu um nó na garganta. Hooper o encarava atentamente. Kingshaw viu o brilho súbito em seus olhos, um brilho de triunfo. E soube na mesma hora, sempre soube.

A sra. Helena Kingshaw saiu do carro e abriu um guarda-chuva verde-limão.

"Pois bem, Charles, querido, você vai ter que correr na frente o mais rápido possível e pular bem depressinha as poças. Não faz sentido nós todos nos molharmos. Mas eu vou logo atrás com o sr. Hooper para ajudar o Edmund, pobrezinho."

Kingshaw se afastou bem devagar, ignorando a chuva. Isso é a pior coisa do mundo, nada pode ser pior que isso. Como que eles não sabem, como que eles não *sabem*? Ele tentou desesperadamente pensar em um jeito de escapar, faria qualquer coisa para não ter que entrar ali.

"Quando o Charles era bem pequenino", disse a sra. Helena Kingshaw, cruzando o gramado lamacento, "ele tinha um pouquinho de medo. Mas isso já ficou para trás, claro, e hoje nós vamos ter uma comemoração esplêndida. Mesmo que o *tempo* não ajude!"

Quando ele fechava os olhos não fazia diferença, só piorava, porque aí ele imaginava tudo, tudo rodopiando em sua cabeça, e ele ouvia os barulhos mais intensamente, sentia os cheiros das coisas.

O sr. Hooper havia comprado os melhores lugares, os mais caros, bem pertinho do palco. Kingshaw encarou o breu lá no alto da tenda, onde ficavam as cordas e escadas dos acrobatas, molengas e imóveis, e foi baixando os olhos até as fileiras de pessoas, de rostos pálidos e olhos arregalados. Segurou com força os braços da cadeira. Não consigo sair, não consigo sair, não consigo sair... vai desabar em cima da gente, todo mundo vai cair e eu não vou poder fazer nada. Sua mente foi tomada por imagens desconexas da lona balançando e desabando, e de todos os corpos juntos, empilhados, esmagando-o.

O cheiro era o mesmo que ele recordava, de roupa molhada, vapor, serragem e holofotes quentes, cheiro de lona e esterco, e os barulhos eram iguais também, ecoando em sua cabeça e por detrás dos olhos quando ele os fechava, o estalo dos chicotes e o rufar dos tambores e os zurros, rugidos e bramidos dos animais dançantes. E não acabava nunca, e todo mundo gargalhava sem parar.

"Charles, meu amor, o que é que há? Pega logo, não fica aí devaneando, pega, pega..."

Sua mãe estava inclinada ao seu lado, sussurrando com premência, então ele ergueu os olhos e viu o rosto branco e lustroso de um palhaço à frente, bem na beira do palco. A pintura branca mais parecia uma pele esticada, brilhosa de suor, a bocarra escarlate abria e fechava feito um corvo atrás de carniça, e os olhos arregalados encaravam os dele. O palhaço tentava lhe entregar um balão amarelo com orelhinhas de borracha. Do outro lado estava Hooper, com um sorrisinho ardiloso. Então o palhaço foi embora, e foram preparados os túneis de aço dos leões, e ele queria gritar e sair correndo, estava vendo a hora que os animais todos iam enlouquecer e atacar o sujeito que estava com eles na jaula, que os rugidos iam lhe arrebentar a cabeça.

No intervalo, o sr. Hooper comprou picolés coloridos para eles e chocolates para a sra. Helena Kingshaw.

"Ai, eu estou me sentindo uma criança! Que delícia!"

Ao lado dela, Kingshaw esperou a vez dos elefantes mansos e pesadões, e quando chegou a hora ele quase chorou, pois eles eram obrigados a usar uns chapéus franjados, e tinham um olhar tão dócil... O picolé esquecido em sua mão esquerda foi derretendo, escorrendo pela lateral do assento e deixando um rastro doce e pegajoso no chão.

É só mesmo pelos meninos, pensou o sr. Joseph Hooper, remexendo-se na cadeira desconfortável, entediado com o circo. Mas ao erguer a cabeça com diligência para olhar os saltos e as cambalhotas dos Quatro Voadores, viu as acrobacias das moças vestidas em cetim brilhoso, os corpos serpeando, o balanceio das pernas. Estendeu a mão e tocou os joelhos macios da sra. Helena Kingshaw.

No túnel coberto que levava à saída da tenda, em meio ao empurra-empurra da multidão, Kingshaw vomitou com força.

"Você devia ter *avisado*, Charles, devia ter falado alguma coisa, ou tentado aguentar mais um pouquinho."

Ai, Deus, ai Deus, pensou ele do lado de fora, sob a chuva fria, está tudo bem, já passou, já acabou, e ficou ali, arrepiado com as lembranças.

"Eu fui fazer uma visita à sra. Fielding."

Kingshaw a encarou horrorizado, sem querer acreditar no que acabava de ouvir.

"A gente já tinha se cruzado lá pela vila, claro, uma ou duas vezes, mas agora eu fui até a fazenda e me apresentei."

Ele ficou parado junto à porta da cozinha, totalmente pálido. Sua mãe estava esvaziando a sacola de compras.

"Pra que que a senhora foi até lá? A senhora não devia ter ido lá."

"Não fale assim comigo, querido, eu já repeti isso várias vezes. A bem da verdade, eu fui por você. Eu queria convidar o Anthony para vir aqui tomar um chá um dia desses, na semana que vem. Antes de você e o Edmund partirem para o colégio." Ela fez uma pausa e deu uma olhadela para a sra. Boland, do outro lado da cozinha. "Antes do casamento."

"Eu não quero que o Fielding venha tomar chá aqui. Eu não quero que ele venha aqui pra nada."

"Ai, meu Deus, Charles, eu não consigo acompanhar esse vaivém bobo de vocês garotos. Achei que vocês dois fossem grandes amigos."

"Ele é meu amigo."

"Bom, então..."

"Eu não quero que ele venha *aqui*."

"Bom, você já esteve lá várias vezes. E eu sei que a mãe dele foi muito bacana com você, quando o Edmund estava internado e você ficou aqui sozinho. Receber o Anthony para um chá é o mínimo que a gente pode fazer. Além do mais, agora que nós vamos ficar mesmo morando aqui, vai ser ótimo vocês todos poderem brincar juntos nas férias."

"Ele não vai querer vir."

"Ah, ele já me falou que vai adorar!"

Kingshaw saiu de casa pela porta dos fundos e foi descendo a passagem de pedras rumo à entrada do bosque. Hooper tinha ido ao hospital, dar uma olhada no gesso.

À direita da trilha estreita e gramada que levava ao bosque, havia uma pequena clareira, no meio de um círculo de carvalhos, fora das vistas da casa. Ele ia até ali às vezes, quando conseguia escapar de Hooper, pois havia uns esquilinhos cinza que ficavam correndo e subindo nas árvores, e ele gostava de olhar, gostava de ver os corpinhos ágeis e macios, os rabinhos balançando. Desde o acidente, Hooper não conseguia mais ir atrás dele sem fazer barulho, por conta da perna engessada, além do mais, aquela área não era muito boa para ele, pois estava bem lamacenta depois de quase uma semana de chuva.

As folhas e a terra estavam reviradas, e a grama estava molhada. Ao olhar para cima, por entre as árvores, dava para ver nuvenzinhas fofas e umas nesgas de céu azul, em desenhos que iam mudando conforme o vento soprava. Mas hoje não havia esquilo nenhum.

A ideia de Fielding ir visitá-los, tomar chá à mesa deles, ter que brincar com eles na sala de estar ou no quintal, a ideia de Hooper ali, de olho nos dois, tudo isso era insuportável. Fielding, a fazenda e tudo o que havia lá pertenciam a ele, eram descobertas dele. Agora sua mãe estivera lá, cruzara a garagem e batera à porta da frente, foi vendo tudo, fazendo perguntas à mãe de Fielding, se metendo, estragando tudo. Ele sabia que Fielding viria a Warings, porque Fielding era sociável, gostava de ir a qualquer lugar e de fazer qualquer coisa, tudo o agradava, ele fazia amizade com todo mundo. Kingshaw percebera isso desde o início, e só pensava em manter Hooper bem longe. Quando ele falava sobre Hooper, Fielding o ouvia e acreditava nele, mas não fazia a menor diferença, ele era sossegado demais com as coisas para erguer alguma barreira. Hooper também não poderia fazer nada com ele, nadinha, e na verdade nem tentaria. Jamais conseguiria intimidar nem humilhar Fielding, pois o temperamento de Fielding rejeitaria tudo sem o menor esforço, e ele também não despertaria o pior de Hooper, como acontecia com Kingshaw. Fielding era invulnerável.

Kingshaw não pensava tudo isso racionalmente, mas sentia, tinha uma certeza dentro de si. Não podia controlar Fielding, ninguém podia, e mesmo que tentasse, Fielding escaparia, ele fazia amigos em qualquer lugar, partilhava qualquer coisa. Então estava tudo acabado.

Eles andaram conversando sobre o casamento. Na quinta-feira, 10 de setembro, iriam todos juntos ao cartório de Milford, depois comemorariam com um almoço no George Hotel. "Um almoço *de família*", disse a sra. Helena Kingshaw, "nós quatro juntos."

Depois disso, iriam todos para o colégio, no carro do sr. Hooper. "Eu preferia que ele não fosse de trem", dissera a sra. Kingshaw, "pelo menos não dessa primeira vez, por mais que estivesse com o Edmund. Ah, eu sei que ele tem 11 anos, mas ainda é tão pouca idade, não é?"

"É, sim", respondeu o sr. Hooper. "É, sim", e fez um carinho em seu joelho. Ela se sentiu consolada.

"Charles, nós vamos todos juntos até o colégio, deixamos vocês dois lá, bem instalados, e depois eu e o sr. Hooper vamos passar uns dias viajando."

Kingshaw se sentiu esquisito, meio apático, imaginando tudo, já sabendo como seria esse dia. Ele veria o prédio estranho e um monte de rostos desconhecidos, e ficaria sozinho com Hooper depois que o carro partisse. E tudo começaria.

Bem à sua frente, uma família de passarinhos saltitava junto a um amieiro, com os rabinhos para cima feito penachos indígenas. Dali a pouco, ele se levantou e começou a se aproximar, na surdina. Queria pegar um pássaro e segurá-lo nas mãos. Um galho estalou debaixo do seu pé. Os arbustos pararam de se mexer, e as penas marrons dos pássaros se confundiram com os galhos. Quando ele se afastou, o grupinho já tinha alçado voo. Ele ouviu o carro do sr. Hooper chegando em casa.

"Quer ver uma outra coisa agora?"
    "Quero."
    "Um troço que eu aposto que você nunca viu."
    "Ok."
    "Mas talvez você não goste."
    "Por quê?"
    "Talvez você fique com medo."
    Fielding fez cara de espanto. "Eu não tenho medo de quase nada." Hooper parou, com os olhos cravados nele, tentando descobrir se era verdade. Ainda não tinha decifrado Fielding, jamais conhecera alguém tão sincero consigo mesmo, capaz de dizer e fazer qualquer coisa.
    "O Kingshaw tem medo."
    Na mesma hora, Fielding olhou para trás. "Então a gente não vai, se você não quiser. Não tem problema."
    Kingshaw estava um pouco afastado, com as mãos nos bolsos, sentindo ao mesmo tempo orgulho e desdém pelo cuidado de Fielding.
    "Não tô nem aí pra você."
    "É alguma coisa viva?"
    "Não", respondeu Hooper, "é coisa morta."
    "Ah, tá, pra isso eu não ligo muito, não. Eu não ligo muito pra nada. Só que o..."
    "Olha, eu já falei que não tô nem aí, não falei? Não me interessa o que você faz com ele", soltou Kingshaw, furioso, ressentido com o jeito de Fielding com Hooper.
    Já no Salão Vermelho, Fielding exclamou: "Uau, várias borboletas! Que legal!".
    "Mariposas", disse Hooper, "mariposa é outra coisa. São melhores que as borboletas."

Fielding espiou o primeiro estojo, ansioso. "Dá pra ver direitinho. Dá pra ver todos os pelinhos."

Kingshaw congelou.

"O meu avô que colecionava. Ele era famoso no mundo inteiro, escreveu livros e várias coisas sobre mariposas. Elas valem milhares de libras."

"Que mentira."

Hooper se virou para Kingshaw. "Não enche o saco, medroso. Você não sabe de nada."

No mesmo instante Fielding olhou em volta, meio aflito. Kingshaw se recusava a olhar para ele. Hooper foi percorrendo os estojos, encarando Fielding outra vez. "Tem coragem de pôr a mão?"

Fielding parecia confuso. "Tenho. É só bicho morto. Não pode fazer nada."

"Então vai lá."

"Mas tá trancada."

"Não tá, não, é só levantar a tampa."

"Mas não vai estragar? Pode dar problema pra gente."

"Eu tenho coragem. Uma vez eu até tirei uma do estojo."

"Ah."

Fielding avançou para o estojo ao lado. Do batente da porta, Kingshaw os observava. O Hooper acredita nele, não vai obrigar ele a subir a tampa e pôr a mão, não vai forçar ele a provar nada, simplesmente acredita nele. É assim que o Fielding é, é assim que tem que ser.

Com ele tinha sido diferente. Hooper sabia, desde a primeira vez que olhou a cara de Kingshaw, que seria tudo muito fácil, que sempre conseguiria assustá-lo. Por quê, pensou Kingshaw, *por quê*? Seus olhos de repente se encheram de lágrimas, diante daquela injustiça. POR QUÊ?

Fielding agora tinha subido em uma cadeira para tocar o dorso de uma doninha empalhada. Sua mão ficou cinza de poeira.

"Eu acho que se alguém não vier limpar elas vão acabar se despedaçando. Estão meio apodrecidas."

"Achou legal?"

Fielding desceu da cadeira. "Normal", respondeu, sem muito interesse. "Mas têm um cheiro esquisito."

Ele avançou até o estojo seguinte e começou a ler os nomes das mariposas. Como se fosse a coisa mais normal, pensou Kingshaw, como se elas não pudessem assustar nem machucar ninguém, como se fosse uma lista de nomes de navios, de cachorros, de flores. Como se fosse nada. Fielding simplesmente se alegrava em descobrir coisas novas, gostava de fazer tudo o que lhe sugerissem.

Ele só tinha falado do cheiro esquisito. E o cheiro era justamente o que Kingshaw mais odiava. Ao cruzar a porta do Salão Vermelho, recordou a noite em que Hooper o trancou lá dentro, quando a chuva açoitou a janela e a mariposa saiu voando de dentro da luminária.

Não fazia muito tempo que o sr. Hooper andara falando das mariposas. "Eu pensei seriamente em chamar um especialista para avaliar tudo. Venho pensando em vender, aquilo não têm utilidade nenhuma para nós, nenhuma mesmo."

"Ah, mas são *relíquias*, coisas de família, será que os meninos não vão se interessar quando estiverem um pouquinho mais crescidos? Eu tenho certeza de que não é boa ideia se desfazer de uma coleção dessas, tão incomum."

Enquanto ouvia as palavras de sua mãe, Kingshaw foi entrando em desespero, pois tudo o que ela pensava, acreditava, dizia e fazia agora parecia ter relação com qualquer pessoa no mundo, menos com ele. Mesmo sem querer ele se importava, sim, desejava com fervor que ela fosse diferente, que fosse *dele*, que fosse ela mesma e ao mesmo tempo uma pessoa diferente. Era bem melhor antes da gente vir pra *cá*.

Mas isso também não era verdade. Pois antes ela se agarrava a ele, dizia: "Charles, você é tudo que eu tenho agora, eu quero tanto que você progrida, você compreende isso, não é?". Ele tinha se esforçado muito para se livrar do peso do significado das palavras dela.

"A gente agora pode fazer outra coisa", disse Hooper.

"Tá bem. O quê?"

"Sei lá. A gente pode ir dar uma olhada nos meus planejamentos de guerra. Eu fiz uma tabela listando todos os regimentos. Tá lá no meu quarto."

"Pra que serve isso?"

"Pra lutar."

Fielding estranhou.

"É isso que eu gosto de fazer."

"Você quer ir?", perguntou Fielding, virando-se para Kingshaw. Seu rostinho cor de noz tinha um jeito preocupado.

"Tanto faz."

Mas Hooper já tinha mudado de ideia. "Não, já sei, a gente vai lá pros sótãos." E começou a subir as escadas.

O corvo, pensou Kingshaw, o corvo empalhado. E pode ter outras coisas, eles podem me trancar lá. Meu Deus.

"O Kingshaw não tem coragem."

"Cala a boca, Hooper, eu vou te dar um soco."

Fielding olhou para um e para o outro, chocado com a violência na voz de Kingshaw. Hooper tornou a dar as costas para Kingshaw, dirigindo-se apenas a Fielding. "Vem, é bem legal lá nos sótãos, tem várias coisas."

Kingshaw olhava os dois, sem se mexer.

"Você não vem?", perguntou Fielding, com delicadeza.

Kingshaw não respondeu.

"Beleza, então ninguém vai."

"Ele tem medo, deixa ele pra lá. Anda logo, Fielding, eu quero te mostrar um negócio. E é particular."

Fielding hesitou. Por um segundo, houve dois caminhos. Hooper podia ganhar ou perder. Kingshaw sentiu a tensão entre eles, e sentiu também a preocupação de Fielding. Queria dizer eu estou bem, pode ir lá com ele e me deixar quieto aqui, você pode fazer qualquer coisa, eu não estou nem aí, você pra mim já deu, prefiro ficar só comigo, comigo, comigo.

De repente, Fielding desceu três degraus da escada de uma vez, com o rosto tomado de animação por uma ideia que teve. "A gente vai lá pra minha casa", disse, "é isso que a gente vai fazer. Tem um trator novo, chegou ontem. Vamos lá ver."

Ele saiu pela porta da frente e foi cruzando a garagem. O sol tinha tornado a sair depois da última chuva. As pedrinhas do chão estavam brilhosas e escorregadias por conta da umidade. Fielding olhou para trás e gritou, impaciente: "*Andem logo*".

Hooper foi, agora já bem mais ligeiro com a perna engessada, mas Fielding o esperou mesmo assim. Kingshaw ficou parado junto à porta, remexendo com os pés as pedrinhas soltas do chão, ouvindo o barulhinho áspero e suave. Não iria à fazenda. Não voltaria para lá agora. Hooper que fosse. Ele não queria saber de Fielding, nada daquilo lhe pertencia mais.

Ele pensou em quando estivera lá pela primeira vez, lembrou a estranheza que sentiu, seus passos cautelosos, feito um gato farejando novidades. E o bezerrinho, todo feioso, gosmento e molhado.

No finalzinho da entrada da garagem, próximo ao portão, Fielding acenou para que ele fosse junto. Já não se via Hooper por detrás da sebe. Kingshaw ficou um instante olhando, sem se mover. O vento corria pelo gramado e soprava em seu rosto. Ele queria ir, mais do que tudo, pois desejava que as coisas voltassem a ser como antes. Mas elas não voltariam. Aquilo tudo tinha acabado. Ele se forçou a dizer isso em voz alta.

Retornou ao hall apainelado em madeira e fechou a porta da frente, sem fazer barulho.

Fielding esperou, meio confuso, achando que talvez devesse voltar para buscar Kingshaw. Ele tinha passado a tarde toda esquisito, estava frio, distante, irritado. Fielding se afligiu, pois só lidava com gente que se comportava como ele próprio, gente que levava as coisas com tranquilidade. Não sabia o que fazer. Talvez Kingshaw estivesse passando mal.

Hooper deu meia-volta. "Qual é o problema? Olha, deixa ele pra lá, ele é maluco, é um imbecil."

"Mas... pode estar acontecendo alguma coisa."

"Não, não tem nada, larga de besteira, ele tá é fazendo *drama*."

"Por quê?"

"Porque é isso que ele sempre faz. O Kingshaw é assim mesmo."

Fielding ainda estava incomodado.

"Olha só, quando a gente chegar na fazenda ele vai vir atrás, eu tenho certeza. Ele sempre vem."

No fim das contas, Fielding acreditou. Os dois começaram a cruzar o extenso gramado do canal. Estava muito úmido. Fielding ainda procurava uma cobra-de-vidro.

Kingshaw foi até o quarto de Hooper. A tabela de guerra, cheia de alfinetes coloridos, símbolos e bandeirolas, estava apoiada no cavalete. Sobre a mesa estavam as extensas listas de regimentos, em canetinhas de cores diversas. As letras eram grandes e redondas.

Kingshaw enrolou tudo com cuidado. Depois pegou a tabela e removeu a fita adesiva das beiradas, de modo que a folha de papel se desprendeu da cartolina de baixo. Enrolou essa folha também.

Ao descer as escadas, ouviu sua mãe e a sra. Boland conversando na cozinha. Saiu pela porta da frente, contornou os fundos da casa e cruzou os teixos. Na clareira junto à entrada do bosque, ele se agachou e começou a rasgar todo o papel em pedacinhos. Levou um tempão.

Ele removeu as folhas e os galhos molhados de um espacinho no chão e acomodou sobre o solo a pequena pilha de papéis. Tinha trazido a sobra dos fósforos de Hang Wood. Depois de riscar três ele conseguiu, graças a uma brisa repentina, e o fogo começou a arder no papel.

Kingshaw encarou a chama trêmula e azulada crescendo e achou que ficaria exultante, mas não sentiu nada de mais, aquilo na verdade já não lhe interessava. Quando o papel queimou por inteiro, ele pisoteou os pedacinhos carbonizados, depois cobriu tudo com folhas úmidas. Suas mãos estavam molhadas e cheias de lama. Mas não fazia diferença esconder ou não, Hooper ficaria sabendo do mesmo jeito.

Ele ficou uns momentos ali parado, na clareira, ouvindo a água escorrer pelas folhas dos carvalhos, então se deu conta do que havia feito e do que aconteceria com ele. Achava que jamais tornaria a sentir medo de alguma coisa, mas agora estava sentindo.

Faltavam cinco dias para 10 de setembro, em cinco dias eles partiriam para o colégio novo. Não valia a pena pensar nisso, não agora.

Começou a chover outra vez.

Capítulo 17

Hooper passou o dia todo olhando para ele. Mas sem dizer nada.

A casa estava cheia de malas. A sra. Helena Kingshaw corria pela escada de madeira e pelos corredores, com o rosto corado, pensando nas etiquetas das meias cinzas e dos blazers pretos e dourados, e ao mesmo tempo na delicada pilha de vestidos, anáguas e cardigãs de caxemira estendida em sua cama. É tudo tão ligeiro, pensou ela, tudo tão súbito, agora que está acontecendo. Mas havia a segurança, a sensação de uma nova experiência.

Em seu escritório, em meio a cartas e jornais, o sr. Hooper concluiu que havia feito uma boa escolha, então se arrepiou de vontade de que aquele dia e o seguinte terminassem, que os papéis fossem assinados e os meninos fossem logo instalados.

Lá fora chovia, e o vento forte açoitava os teixos. A sra. Kingshaw pôs na mala um vestido de lã de mangas compridas, pensando nos passeios pelo calçadão de Torquay.

Hooper não tinha falado nada sobre o sumiço dos planos de guerra e das listas de regimentos. Retornara da fazenda na Land Rover, com a mãe de Fielding, e ficou falando à beça, gabando-se de tudo. Kingshaw esperou. E nada. Ele foi se alarmando, Hooper não era assim, ele esperava urros furiosos, falação, represálias. E nada.

Durante um tempo, ele se agarrou à ideia de que Hooper talvez simplesmente não tivesse percebido, que talvez tivesse perdido o interesse nos planos. Mas lá estava o cavalete exibindo a cartolina em branco, lá estava a mesa sem papel nenhum. Não tinha como ele não perceber. Mas nada aconteceu. Hooper ficava só de olho, mantendo a distância, e Kingshaw então soube que ele estava à espera. Passava a noite se revirando na cama, acossado por sonhos terríveis, e ao acordar lhe vinha à mente a verdade, acordar era ainda pior que dormir. Ia acontecer, sim. Alguma coisa.

Ele quase chegou a falar com Hooper, para encerrar o assunto, quase disse: olha, fui eu que peguei, fui eu, olha só o que eu fiz. Teria sido um alívio, independentemente das consequências. Mas ele estava paralisado, incapaz de tomar uma atitude. Só conseguia encarar as malas abertas, os uniformes dobrados com capricho e as etiquetas nos punhos, C.J.N. Kingshaw, Colégio Drummond's, escritas na caligrafia do sr. Hooper.

Ele pegou um livro sobre fósseis e foi até a poltrona junto à janela da sala de estar, a cabeça invadida por imagens de como seria a escola, como seriam os outros garotos. Mas não conseguia imaginar nada além do St. Vincent's, pois era o único lugar que ele conhecia, e os rostos que lhe vinham à mente eram os de Devereux, Crawford e Broughton-Smith.

"Vão dormir cedo, vocês dois. Amanhã vai ser um dia de muitas emoções, vocês precisam acordar dispostos e descansados."

O quarto dele parecia vazio, com tudo já dentro das malas, feito no dia em que ele entrou ali pela primeira vez, no dia em que brigou com Hooper e lhe acertou um soco na cara.

Sua mãe passou um tempão com ele aquela noite, não parava de tocá-lo, de fazer perguntas, e depois que ela saiu, o entorno da cama ficou impregnado com seu cheiro. A chuva açoitava as janelas.

Kingshaw acordou de repente, quase no mesmo instante em que pegou no sono. Escutara um barulho. Remexeu-se na cama, esperando ver o corvo empalhado ou encontrar qualquer outra coisa no quarto. Mas não havia nada. Silêncio. Então um baque, e um ruído leve de papel roçando em alguma coisa. Ele não moveu uma palha. Dali a pouco, o rangido das tábuas do chão e o som de passos se afastando. Ele esperou mais um tiquinho. Nenhum som vinha do andar de baixo. Nenhum som, só o da chuva lá fora.

Por fim, ele acendeu o abajur e levantou-se da cama. A folha de papel dobrada estava largada no chão, junto à fresta da porta.

"Vai acontecer alguma coisa com você, Kingshaw."

A frase estava escrita com caneta de feltro preta, sublinhada várias vezes. Apesar de já conviver com o medo havia tanto tempo, ele agora o sentia em uma intensidade muito maior, ao ler a mensagem de Hooper, feito uma pontada forte de dor nos dentes, então amassou o papel e o atirou para o outro extremo do quarto, o mais longe possível, e se largou na cama metendo o rosto sob as cobertas, trêmulo.

Os pesadelos começaram.

Quando ele acordou ainda estava amanhecendo, então ele se lembrou, e na mesma hora soube o que fazer. A manhã o fez recordar as horas anteriores. A casa estava em silêncio. Ao olhar pela janela, ele viu o dia cinzento clareando.

As malas abertas já não lhe diziam nada.

Lá fora estava frio e meio úmido, mesmo já tendo cessado a chuva e o vento. Mas depois de pular a cerca e começar a cruzar o primeiro campo, ele sentiu a grama grossa e molhada. A única diferença era que hoje não havia nevoeiro, dava para enxergar tudo bem ao longe, o céu estava limpo e claro.

Haviam arrancado todo o milho e queimado o restolho, e o campo parecia muito maior, as árvores que margeavam a floresta estavam muito distantes. A vegetação de fora estava orlada de marrom e amarelo, mas por dentro ainda era densa e verde-escura, pois as folhas não tinham começado a cair.

Tão logo adentrou o bosque, ele parou. Depois do primeiro trecho já não tinha muita certeza do caminho. Eles tinham andado muito, em várias direções, depois de encontrar o cervo. Ele tentou recordar o trajeto que os homens tinham feito com eles, depois do resgate.

O cheiro era familiar, o mesmo que ele sentira ao sair de baixo da moita, depois do temporal, um odor fresco, mas também pútrido e adocicado, por conta do solo e das folhas molhadas.

Ele sentiu uma empolgação repentina. Aquele era o seu lugar, era onde ele queria estar. Estava tudo bem. Está tudo bem, está *tudo* bem, ele disse a si mesmo, repetidas vezes. Bem devagar, começou a abrir caminho pela mata úmida.

Em Warings, Hooper dormia de bruços, com a mente vazia, mas no andar de baixo seu pai se contorcia na cama, estimulado pelos sonhos. É hoje, pensou a sra. Helena Kingshaw assim que acordou, e isso é a melhor coisa que podia ter acontecido, é o melhor para nós dois. A partir de agora eu não vou mais ser uma lutadora solitária, isso ficou para trás, está acabado, esquecido, e nós vamos ser felizes, todos nós juntos. Hoje é o dia em que tudo começa.

Ela saiu da cama e olhou o pequeno despertador oval. Pendurado na porta do guarda-roupas estava o terninho de linho creme, visível sob a capa de polietileno. Vai haver bastante tempo para tudo, pensou a sra. Kingshaw, bastante tempo. Então sentou-se outra vez na beira da cama, para fumar um cigarro. Passava um pouco das sete.

Kingshaw conseguiu achar a clareira. As pedras ainda estavam lá, empilhadinhas, da fogueira que eles haviam acendido. Parecia ter se passado tanto tempo. Ele não parou para olhar.

À beira do córrego, ele tirou toda a roupa, dobrou as peças e as acomodou em uma pilha. Seu corpo tremia, sentindo a água suave e muito gelada. Por um instante ele hesitou, uma parte de sua mente começava a despertar. Então pensou em tudo, no que mais aconteceria, pensou nas coisas que Hooper havia feito e nas que ainda faria, pensou no colégio novo e no casamento da mãe. Foi remexendo a água e cambaleando mais para a frente, até o meio do riacho, onde era mais fundo. Quando a água chegou na altura das coxas, ele foi descendo, bem devagar, imergiu o rosto inteiro e sorveu uma longa e profunda respiração.

Foi Hooper quem o encontrou, pois de imediato soube aonde ele tinha ido, e todos foram atrás de Hooper, pisoteando a mata e chamando por ele. A chuva havia recomeçado, penetrando a vegetação escura e escorrendo pela cabeça e os ombros de todos.

Quando viu o corpo de Kingshaw emborcado na água, Hooper pensou, na mesma hora, foi por minha causa, fui eu que fiz isso, foi por minha causa, e um jorro de triunfo o invadiu.

"Está tudo bem, Edmund, querido, está tudo bem." A sra. Helena Kingshaw estendeu o braço e o trouxe para perto. "Eu não quero que você olhe, querido, não olhe para não se afligir, está tudo bem."

Hooper sentiu contra o rosto o tecido úmido do casaco dela, inalou seu cheiro perfumado. E ouviu o som dos homens adentrando a água.

Susan Hill (1942) é uma renomada escritora nascida em Scarborough, na Inglaterra. Ao longo de sua carreira prolífica, ela cativou leitores em todo o mundo com suas habilidades literárias excepcionais. Dentre suas obras mais famosas, destacam-se *A Mulher de Preto*, um thriller gótico aclamado que ganhou adaptações para o cinema e o teatro, e *Eu Sou o Rei do Castelo*, que lhe rendeu o Somerset Maugham Award em 1971. Hill recebeu diversos prêmios e honrarias ao longo de sua carreira, solidificando seu lugar como uma das escritoras mais talentosas e influentes de sua geração.

MACABRA™
DARKSIDE

FEAR IS NATURAL ©MACABRA.TV   DARKSIDEBOOKS.COM